Catherine Simon
Kalter Hummer

GOLDMANN
Lesen erleben

Catherine Simon

Kalter Hummer

Ein Fall für
Kommissar Leblanc

GOLDMANN

Sollte diese Publikation Links auf Webseiten Dritter enthalten, so übernehmen wir für deren Inhalte keine Haftung, da wir uns diese nicht zu eigen machen, sondern lediglich auf deren Stand zum Zeitpunkt der Erstveröffentlichung verweisen.

Dieses Buch ist auch als E-Book erhältlich.

MIX
Papier aus verantwortungsvollen Quellen
FSC® C014496
FSC www.fsc.org

Verlagsgruppe Random House FSC® N001967

1. Auflage
Originalausgabe April 2020

Gestaltung des Umschlags und der Umschlaginnenseiten:
UNO Werbeagentur München

Redaktion: Regina Carstensen
BH • Herstellung: kw
Satz: Vornehm Mediengestaltung GmbH; München
Druck und Einband: GGP Media GmbH, Pößneck
Printed in Germany
ISBN: 978-3-442-48878-0
www.goldmann-verlag.de

EINS

»Warte nicht auf mich, ich esse heute Abend mit einem Kunden. Lass dir von Mary etwas zubereiten.«

Henri Chabot streifte nach einem prüfenden Blick in den Spiegel sein hellgraues Leinenjackett über und schritt durch den breiten, sonnendurchfluteten Flur auf die Haustür zu. Er gefiel sich. Blaue Hose, weißes Hemd ohne Krawatte, die Hemdöffnung ließ gebräunte Haut erkennen. Die Worte waren an seine Frau Lucile gerichtet, die ihm stumm hinterherstarrte. Wie die Verkörperung eines unausgesprochenen Vorwurfs stand sie unbeweglich am Treppenabsatz.

Chabot fühlte, wie sich Gereiztheit in ihm ausbreitete. Das ständig missmutige Gesicht seiner Frau ging ihm seit geraumer Zeit gehörig auf die Nerven. Schon in Saint-Malo hatte sie diese Leidensmiene aufgesetzt, als würde das Elend der ganzen Welt auf ihren Schultern lasten, und, schlimmer noch, als sei er schuld an dem Elend. Und seit sie hier auf Guernsey lebten, seit zwei Jahren, zeigte sie ihm täglich auf die eine oder andere Weise, dass sie mit seiner Entscheidung, den Wohnort zu wechseln, nicht einverstanden war. Was wollte sie eigentlich? Sie könnte den ganzen Tag Golf spielen, segeln oder am Meer liegen. Das Haus besaß einen Pool und einen privaten Zugang zu einer der schönsten Buchten der Insel. Vom Wohnzimmer aus hatten sie einen Blick aufs Meer fast bis nach Jersey. Dass der Immobilienmakler so ein Schmuckstück von Haus in allerbester Lage überhaupt aufgetan hatte, grenzte an ein Wunder. Dafür hatte er die stolze Summe von knapp zwei Millionen Pfund auf den Tisch gelegt. Seine Segelyacht ankerte im Hafen von St. Peter Port, seine

Frau brauchte nur den Skipper anzurufen und könnte jederzeit zu einem Törn aufbrechen. Was also wollte Lucile?

Er kannte Frauen, die dankbarer gewesen wären für eine derart komfortable Lebenssituation. Lucile aber trug ihre Enttäuschung vor sich her wie eine Standarte. Was warf sie ihm eigentlich vor? Sie brauchte nicht zu arbeiten, Geld spielte keine Rolle. Er war alles andere als geizig. Seinetwegen könnte sie sich mit Yoga oder anderem Esoterikkram beschäftigen, das wäre ihm egal. Sie sollte nur aufhören, wie ein stummer Vorwurf dazustehen.

»Was ist das eigentlich für ein merkwürdiger Zettel?« Lucile hielt das Papier hoch, das Henri aus der Jackettasche gefallen war, als er den Autoschlüssel hervorgeholt hatte. Sie hatte es aufgehoben und gelesen.

»Das ist widerwärtiger Dreck und gehört in den Papierkorb«, erwiderte Chabot ärgerlich. Wie hatte ihm nur dieses Missgeschick unterlaufen können! Hastig machte er kehrt und ging zum Treppenabsatz zurück, wo Lucile immer noch wie angewurzelt verharrte. Er riss ihr den Fetzen Papier aus der Hand, was sie willenlos geschehen ließ.

»Aber das ist eine eindeutige Drohung. ›Go home, Chabot! Zahl deine Steuern in Frankreich, sonst passiert etwas.‹ Und nicht mit der Hand geschrieben, sondern mit aufgeklebten Zeitungslettern. Wer weiß, ob die dich oder mich nicht entführen und dann Lösegeld erpressen. Oder Schlimmeres.« Luciles Stimme schnappte über.

»Jetzt beruhige dich mal! Kein Mensch will mich entführen, und dich schon gar nicht. Das sind verwirrte Schwachköpfe, die dagegen protestieren, dass Unternehmen hier gewisse Steuervorteile gewährt werden. Die sind zu dumm, um zu begreifen, dass die ganze Insel davon profitiert. Ich verschwende keinen Gedanken an so einen Blödsinn. Und du solltest das auch nicht tun. Genieß den Tag, es wird warm heute.«

»Sollten wir nicht die Polizei einschalten?«

»Untersteh dich! Keine Polizei, hörst du! Misch dich nicht in meine Angelegenheiten! Und hör auf mit diesem hysterischen Getue.«

Lucile hatte die Hand, die eben noch das Papier gehalten hatte, sinken lassen. Sie baumelte neben ihrer Hüfte, deren Knochen sichtbar über dem Rand der weißen Hose hervortraten. Wie hässlich sie aussieht, wie unattraktiv, dachte Chabot. Lucile hatte merklich an Gewicht verloren, magere Beine, ein fleischloser Oberkörper, straff gespannte Haut über den Wangen. Und das mit zweiundvierzig! Als er sie vor neun Jahren geheiratet hatte, war sie eine strahlende Schönheit gewesen, charmant und bezaubernd, ganz und gar Pariserin und Tochter aus gutem Hause, wie man so sagte. Ihr Vater hatte einmal das Amt des Kulturministers bekleidet. Was war davon geblieben? Nichts. Sogar ihr schönes, dichtes honigfarbenes Haar trug sie in letzter Zeit straff nach hinten gebunden, als wollte sie der Welt zeigen, wie sehr sie litt. Nein, nicht der Welt, ihm wollte sie vor Augen führen, dass er sie unglücklich machte.

Henri Chabot hasste Komplikationen. Seine erste Ehe hatte er beendet, als Jenny sich ständig über seine Abwesenheit beklagte und forderte, er solle sich mehr um die Kinder kümmern. Er hatte ihr eine großzügige Abfindung überlassen und die Kinder dazu, und Jenny war klug genug gewesen, in die Scheidung einzuwilligen. Sie war nach Jersey zurückgezogen, wo sie geboren und aufgewachsen war, und widmete sich der Malerei. Er erwog schon seit einiger Zeit, sich von Lucile zu trennen. Mit genügend Geld ließ sich alles regeln. In seinem fast siebzig Jahre währenden Leben hatte Chabot diese Maxime stets erfolgreich angewandt. Und an Geld hatte es ihm nie gemangelt.

Als er als Zehnjähriger an der Hand seines Vaters über die ausgedehnten Ländereien in der Bretagne spaziert war und an der Reling der Fährschiffe, die zur väterlichen Reederei gehörten, auf die langsam sich entfernende französische Küste geblickt hatte, war ihm klar geworden, dass ihm all das einmal gehören würde und dass dieser Reichtum ihm Macht bescherte. Aber er wusste auch schon bald, dass Besitz nicht nur erhalten, sondern auch vermehrt werden wollte. Ein Wirtschaftsstudium in Paris und Cambridge, Managementseminare in London und Praxis in der Führungsetage einer internationalen Firma hatten ihm die nötigen Kenntnisse verschafft, um die Reederei erst zusammen mit seinem Vater und nach dessen Tod allein zu leiten. Die Ländereien in der Bretagne samt einem erhaltenen Schloss hatte er seinem Bruder Raoul überlassen, der sonstige Immobilienbesitz und das Vermögen wurden zwischen ihnen aufgeteilt. Dass sich der Stammbaum seiner Familie bis zu den Herzögen des Mittelalters zurückverfolgen ließ, hatte ihn nie besonders interessiert. Während sich Raoul, der Zweitgeborene, im ewig klammen Schloss, wo, um es einigermaßen warm zu haben, auch im Sommer in den Kaminen Feuer angezündet werden musste, in Ahnenforschung vertiefte, war er, Henri, ins Geschäft eingestiegen. Er war schon immer ein Macher gewesen. Er hatte Biss, und er wollte beißen. Schwierige Situationen belebten ihn wie Champagner. Lösungen suchen, das war seine Devise. Lösungen, aus denen er als Sieger hervorging.

Der Kampf im Schifffahrtsgeschäft war in den letzten zwanzig Jahren härter geworden, Reedereien fusionierten, internationale Gesellschaften beherrschten den Weltmarkt. Natürlich hatte er die Hände nicht in den Schoß gelegt. Wollte man konkurrenzfähig bleiben, musste man den Umständen entsprechend handeln und ökonomischer wirtschaften. Deshalb hatte er die Reederei verschlankt, die Personalverwaltung outgesourct, den Hauptsitz nach Guernsey verlegt und sich vor einem Jahr zusätzlich zum Fährschiffbetrieb aufs Parkett der Kreuzschifffahrt gewagt. Eine Flotte von drei Kreuzschiffen, keine von diesen Riesenlinern, sondern für maximal neunzig Passagiere und mit jedem Luxus ausgestattet, gehörte zu seiner Reederei. Eins dieser wie Privatyachten gestylten, schwimmenden Luxushotels kreuzte in den Gewässern rund um die Philippinen, das zweite war in der Karibik unterwegs, das dritte fuhr auf der Route der großen Entdecker durch die Arktis. Es war keine geringe Investition gewesen, aber schon nach einem Jahr gab ihm der Erfolg recht. Das Geschäft mit den Kreuzfahrten boomte, alle Reisen waren ausgebucht, es gab sogar Wartelisten. Die Leute gierten danach, in den letzten intakten Korallenriffen zu tauchen oder die polaren Eisberge vor ihrem endgültigen Schmelzen zu sehen. Fünfzigtausend Euro pro Person legten die gut betuchten Kunden für seine Reisen hin, und bisher fand keiner den Preis zu hoch. Der Ankauf eines maroden Reisebüros in Paris hatte sich als genialer Coup erwiesen: Er sparte sämtliche Vermittlungskosten. *Sein* Büro organisierte *seine* Reisen.

Henri Chabot öffnete die Haustür und drehte sich noch einmal um. Lucile hatte sich nicht einen Millimeter bewegt, mit hängenden Armen stand sie da. Sein halbherziges Lächeln wurde nicht erwidert. Dann eben nicht, dachte er, schließlich war er nicht für ihr Glück verantwortlich.

Federnd schritt er auf die Garage zu, in der sein neuer, dunkelblauer Jaguar F-Type Cabriolet wartete, ein kraftvoller Sportwagen, dreihundert PS, zweihundertfünfzig Stundenkilometer Höchstgeschwindigkeit. Zu seinem Leidwesen bot die Insel keine Möglichkeit, die Potenz des Motors unter Beweis zu stellen. Beim Auto seines Vaters saß vorn auf der Motorhaube der silbern glänzende Jaguar, den er als Kind gern berührt hatte, als könnte dessen Kraft und Vitalität in ihn, den kleinen Henri, übergehen. Alte südamerikanische Kulturen verehrten den Jaguar als Gottheit, hatte er gelesen. Er strich kurz mit der Hand über das bei neueren Modellen ins Steuerrad eingelassene tierische Symbol, bevor er den Wagen anließ. Der Motor antwortete mit einem katzenhaft schnurrenden Geräusch, und der Jaguar mit Henri Chabot am Steuer rollte aus der Garage auf die Straße, die nach St. Peter Port hinunterführte, wo das Büro der Reederei seinen Sitz in der Nähe des Hafens hatte.

ZWEI

Lucile starrte noch einige Minuten auf die ins Schloss gefallene Tür, durch die ihr Mann gerade entschwunden war. Mit seinen neunundsechzig Jahren war er immer noch attraktiv, schlank, athletisch und von fast unbegrenzter Energie. Falten gaben dem markanten Gesicht eine interessante Note, dichte, kurz geschnittene graue Haare schenkten ihm ein jugendliches Aussehen, die grünen Augen funkelten, wenn er etwas in Angriff nahm.

Vor fast zehn Jahren, als er um sie warb, war sie der Grund gewesen für das Leuchten in seinen Augen. Sie hatte ihn bei einem Empfang des Wirtschaftsministers, der ein Freund ihres Vaters war, in Paris kennengelernt. Hin und wieder hatte sie ihren Vater bei solchen Anlässen begleitet. Ihre Eltern waren damals längst geschieden, und ihr Vater noch nicht wieder verheiratet. Ohne Umschweife war Henri auf sie zugegangen und hatte ihr ein Glas Champagner gereicht.

»Eine Frau wie Sie hat etwas Besseres verdient als diese staubtrockene Gesellschaft hier«, hatte er gesagt. »Kommen Sie, lassen Sie uns verschwinden.«

Es war ein Überfall, der sie in seiner Plötzlichkeit überrollt hatte. Sie wusste bis heute nicht, warum, aber sie war dem Unbekannten, von dem sie nicht einmal den Namen kannte, gefolgt. Er hatte sie erst in ein japanisches Restaurant geführt, wo sie auf dem Boden sitzend Sashimi aßen, dann waren sie die ganze Nacht durch Montmartre gezogen. Als er sie in der Morgendämmerung im Taxi nach Hause brachte, fragte er sie, ob sie seine Frau werden wolle. Sie hatte gelacht und gesagt: »Ich kenne Sie nicht«, und er hatte geantwortet: »Aber ich kenne Sie.«

Sie erbat sich Bedenkzeit, Henri ließ nicht locker. Er warb um sie, überraschte sie mit einer Reise nach Thailand, mit kostbaren Geschenken. Aber bei ihr wollte sich auch nach ein paar Monaten keine brennende Verliebtheit einstellen. Wenige, nicht sehr glückliche Erfahrungen mit Männern hatten sie vorsichtig werden lassen. Ihre Zurückhaltung heizte ihn an, seine Bemühungen noch zu verstärken. Und irgendwann hatte sie geglaubt, sie, Lucile Delaunay, sei die Auserwählte, sie und keine andere Frau auf dieser Welt sei für diesen Mann geschaffen, der sie mit solcher Inbrunst begehrte.

Nach einem halben Jahr gab sie ihm ihr Jawort, kündigte ihre leitende Stelle in der Nationalbibliothek und ihre traumhafte Wohnung auf der Île Saint-Louis, die sie nur durch Vermittlung ihres Vaters erhalten hatte, verabschiedete sich von Freunden, die ihrem Entschluss wenig Verständnis entgegenbrachten, und wurde Reeder-Gattin in Saint-Malo. Erst viel später erschloss sich ihr der tiefere Grund des Eifers, den Henri an den Tag gelegt hatte, um sie zu bekommen. Es war ein Charakterzug, der immer dann in Erscheinung trat, wenn er etwas in seinen Besitz bringen wollte. Sobald er die Beute besaß, von der er glaubte, ohne sie nicht leben zu können, erlahmte sein Interesse. Was ihn antrieb, war das Jagen selbst. Sei es in der Reederei oder in seinem privaten Leben, überall war er ständig auf der Jagd nach etwas Neuem, und das hielt ihn jung. Er schien in den letzten zehn Jahren überhaupt nicht gealtert zu sein, während sie die Spuren ihrer Niederlagen an Körper und Gesicht wahrnahm, sobald sie in den Spiegel sah.

Lucile stürzte in die Küche, öffnete den Kühlschrank und entnahm ihm Garnelen, die Vorspeise vom Vorabend, dazu zwei gebratene Hähnchenschlegel und eine Schüssel mit Mayonnaise. Im Schrank war noch Baguette. Mit einem Löffel verteilte sie die Mayonnaise auf einer Garnele, biss ein Stück Baguette ab und stopfte sich dazu die Garnele in den Mund. Genauso verfuhr sie mit dem Fleisch: Baguette, Hähnchen mit Mayonnaise, Baguette. Dazu kippte sie ein Glas Rotwein hinunter, dann noch eines. Wie eine Raupe, die sich, getrieben von unbändigem Hunger, an einem Blatt zu schaffen macht, vernichtete Lucile den Inhalt des Kühlschranks. Und als sie Garnelen und Hähnchen verschlungen hatte, griff sie zu den beiden Rosinen-Scones, die die Haushälterin am Tag zuvor mitgebracht hatte, bestrich sie mit fettreicher, sahniger Clotted Cream, gab Erdbeermarmelade darauf und hieb ihre Zähne gierig in den süßen Teig. Die Masse im Mund füllte die Leere aus, die sie im Inneren fühlte. Sie schluckte alles hinunter, und für einen Moment genoss sie das Gefühl, satt und warm zu sein, geborgen in ihrem eigenen Körper.

Dann gebärdete sich ihr Magen, von der zugeführten Nahrungsmenge überfordert, wie ein Luftballon, der gleich platzen würde. Sie rannte zur Gästetoilette und erbrach das Essen, das sie gerade in einem Anfall von Heißhunger zu sich genommen hatte, in die weiße Porzellanschüssel. Sie würgte so lange, bis sich das gewohnte Gefühl der Leere wieder einstellte. Sie, Lucile, war zu nichts nütze, nicht einmal zu einer guten Ehefrau. Dass sie keine Kinder bekam, blieb eine Wunde, die sich nicht schließen wollte. Zig Ärzte hatte sie konsultiert, keiner konnte sich erklären, warum sie nicht schwanger wurde. Henri war nicht auf weitere Kinder aus, hatte aber ihren Kinderwunsch akzeptiert. Zu seinen zwei Söhnen aus erster Ehe hatte er wenig Kontakt. Wahrscheinlich wäre er für ihre gemeinsamen Kinder kein guter Vater geworden. Ein Trost war das nicht.

Längst wusste sie, dass Henri eine oder sogar mehrere Geliebte hatte, mit denen er sich regelmäßig traf, obwohl weder sie noch er ein Wort darüber verloren. Sie nahm es ihm nicht einmal übel, es war ihr egal. Seit Monaten schon verweigerte sie ihm ihren Körper. Es ekelte sie, wenn er sie anfasste. Was er aber auch gar nicht mehr tat, er berührte sie nicht mehr. Je dünner sie wurde, desto weniger nahm er von ihr Notiz, was ihr nur recht war. Aber so konnte es nicht weitergehen, sie wollte dieses Leben nicht mehr, nicht mehr mit diesem Mann, nicht mehr als reiche Reeder-Gattin, und schon gar nicht auf dieser Insel der Millionäre.

Die Haustür wurde geöffnet, und Mary, die Haushälterin, rief in den Flur hinein: »Sind Sie da, Madame?«

Lucile trat hervor und begrüßte die junge, stämmige Frau, die ausgezeichnet Englisch und Französisch sprach, hervorragend kochte und meistens gut gelaunt war. »Ich habe die Post mitgebracht«, sagte Mary und legte einen Stapel Drucksachen und Briefe auf das Regal unter der Garderobe, bevor sie sich in die Küche begab. Lucile sah lustlos den Packen durch. Der Brief mit den aufgeklebten Zeitungslettern fiel ihr sofort auf, nur der Name ihres Mannes befand sich auf dem Umschlag, keine Adresse, keine Marke. Der Brief musste von jemandem eigenhändig in den Kasten geworfen worden sein. Sie riss ihn auf und zog ein Blatt heraus, auch hier nur aneinandergereihte Buchstaben: »Letzte Warnung! Verschwinde, sonst passiert etwas!« Angst stieg in Lucile auf. Die Drohung war an Henri gerichtet. Aber war nicht auch sie in Gefahr? Diese Leute könnten sie entführen, um Henri zu erpressen, die Insel zu verlassen. Wenn das überhaupt ihr Ziel war und nicht eine Forderung nach Lösegeld. Lucile griff zum Handy und rief ihren Vater an.

DREI

Monsieur Leblanc, bitte!«

Er hörte seinen Namen, jetzt war er dran. Er dachte an Flucht, er könnte einen dringenden Termin vortäuschen, den er vergessen hatte, oder ohne Erklärung einfach verschwinden. Wie viele Schritte waren es bis zur Tür? Nein, das konnte er nicht machen, er musste der Vernunft gehorchen, sich erheben und der Assistentin folgen zu diesem Stuhl, der harmlos wie ein Massagesessel aussah. Wenn er an die letzte Behandlung vor wenigen Wochen dachte, verwandelte sich das Dentalmöbel schlagartig in ein Folterinstrument. Er überließ seinen Körper ungern ärztlichen Händen, auch wenn es sich, wie in diesem Fall, nur um einen kleinen Teil seines Körpers handelte, um einen Zahn, genauer gesagt, um die Reste eines Zahns. Lange Zeit hatte er das Pochen in seinem linken oberen Eckzahn mit immer stärkeren Schmerzmitteln bekämpft. Aber der Schmerz ließ sich nicht eindämmen, er wütete, drangsalierte ihn. Eine Gesichtshälfte schwoll an, bis Marie ihn schließlich zu diesem Docteur Puget schickte, von dem sie nur Gutes gehört hatte. Maries Zähne gaben sich mit einer jährlichen Routinekontrolle zufrieden, sie konnte kaum ermessen, welche Qualen er litt. Ja, er hatte diese Kontrolluntersuchungen in den letzten Jahren ein wenig vernachlässigt. Aber dass dann gleich so etwas entstehen musste. Das Schlimmste war die Spritze gewesen, obwohl er zugeben musste, dass die Schmerzen danach verschwunden waren. Der Zahn ist bis in die Tiefe entzündet, hatte der Arzt gesagt, da müssen wir mit schwererem Geschütz ran.

»Monsieur Leblanc, kommen Sie?« Die Stimme der Assistentin,

nun schon etwas energischer, riss ihn aus seinen schmerzvollen Erinnerungen.

Docteur Puget begrüßte ihn mit Handschlag, weiße Hose, weißes T-Shirt, gebräunte Haut, ein breites Lächeln und ein makelloses Gebiss. Er strahlte eine Leidenschaft für Zähne aus.

»Haben Sie noch irgendetwas gespürt?«

»Nein, eigentlich nicht.«

»Nun, das sollten Sie nach einer Wurzelbehandlung auch nicht« – der Doktor lachte –, »sonst hätte ich schlecht gearbeitet. Die Wurzel ist tot, da regt sich nichts mehr. Dann wollen wir uns heute mal um die Krone kümmern, nicht wahr, Monsieur le Commissaire. Sie sind doch Kommissar?«

»Wenn man so will.«

»Und wie will man?«

»Sonderkommission.«

»Klingt interessant. Gut, ich schleife jetzt den Zahn ab, dann bekommen Sie ein Provisorium, und in etwa zwei Wochen können wir Ihnen eine hübsche Krone aufsetzen.«

»Abschleifen? Kann man ihn nicht so lassen?«

»Sie wollen doch nicht mit einem abgebröckelten Dens caninus herumlaufen, oder?«

»Aber wenn der Zahn sowieso tot ist, brauche ich dann noch eine Spritze?«

»Das würde ich Ihnen schon sehr empfehlen. Sehen Sie, das Zahnfleisch ist durchzogen von vielen kleinen Nervensträngen …«

»Gut«, sagte Leblanc matt und fügte sich in sein Schicksal, »dann mit Spritze.«

»Nur ein kleiner Piks«, sagte der Doktor und fuchtelte mit der Nadel in der Luft herum.

Leblanc spürte den Einstich und das Einsickern der Flüssigkeit in sein Zahnfleisch. Dann spürte er nichts mehr. Mit einer Art Bohrer näherte sich der Zahnarzt dem toten Zahn, um ihn zu einem

Stumpf zu schleifen. Der hohe sirrende Ton drang bis in Leblancs Hirn. Zwischendurch saugte die Assistentin Flüssigkeit aus seinem Mund. Selten zuvor war sich der Kommissar so hilflos vorgekommen, ausgeliefert den Händen anderer.

Schließlich war es vorbei.

»Ein schöner Stumpf«, sagte Docteur Puget, »den können wir so lassen. Ich mache jetzt einen Abdruck, und dann setze ich Ihnen die provisorische Krone auf.«

Sein Einverständnis konnte der Patient nur in einem gurgelnden Laut ausdrücken.

Mit wackligen Beinen und einem flauen Gefühl im Magen stand Leblanc vor dem Haus der Zahnarztpraxis in der Avenue de Wagram. Den vergissmeinnichtblauen Pariser Junihimmel würdigte er nicht eines Blickes. Lippe und Zahnfleisch fühlten sich an wie eine angeschwollene Blase. Sein Handy, das er vergessen hatte auszustellen und das sich glücklicherweise während der Behandlung still verhalten hatte, klingelte. Wenn der Anrufer jemand anderes als Monsieur Gautier, der Pariser Polizeipräfekt, gewesen wäre, hätte er vermutlich nicht geantwortet. Als Sonderermittler war er Monsieur Gautier direkt unterstellt, also bemühte er sich, ein »Oui, allô« hervorzubringen, das, wie er sofort merkte, von seinem üblichen Ton erheblich abwich. Die Reaktion des Polizeipräfekten bestätigte seine Wahrnehmung.

»Sind Sie das, Leblanc?«

Leblancs »Ja« wurde mit einer misstrauischen Frage quittiert.

»Sind Sie betrunken?«

»Nein, Zahnarzt, Spritze«, brachte der zu Unrecht der Trunkenheit Bezichtigte hervor.

»Oh, Sie haben mein volles Mitgefühl. Zahnarztbesuche gehören zu den Schrecken des Lebens. Trotzdem muss ich Sie dringend sprechen. Kommen Sie bitte umgehend in mein Büro, ich habe da eine Sache, die keinen Aufschub duldet.«

»Bin gleich da.« Leblanc bemühte sich um eine deutliche Aussprache.

Monsieur Gautier schien ihn verstanden zu haben, denn er legte wortlos auf.

Als Leblanc sein Spiegelbild in einer Schaufensterscheibe betrachtete, war er erstaunt, dass an seinem Gesicht nichts Auffälliges zu entdecken war. Die Lippenschwellung bestand nur in seinem Gefühl, der betäubte Nerv verhinderte den ordnungsgemäßen Gebrauch der Mundwerkzeuge, daher das Lallen. Diese Entdeckung erleichterte ihn, und beinahe froh gestimmt, weil er die Behandlung hinter sich hatte, trat er den Weg zur Métro-Station Charles de Gaulle – Étoile an. Er nahm die Linie 1 bis Châtelet, überquerte die Seine am Pont Notre-Dame und lenkte seine Schritte zur Polizeipräfektur auf der Île de la Cité.

Nachdem im Zuge von Sparmaßnahmen und Zusammenlegungen von Polizeipräsidien seine Arbeitsstelle in Deauville vor über zwei Jahren in einen einfachen Polizeiposten umgewandelt worden war, hatte man ihn zunächst beurlaubt. Zumal er sich bei seinen letzten Ermittlungen nicht ganz an die Vorgaben seiner Vorgesetzten gehalten, sogar gegen sie gehandelt hatte. Aber da der Fall noch einmal aufgerollt werden musste und nie zu einem eindeutigen Ergebnis führte, hob man die Beurlaubung wieder auf. Mit seinen fünfundfünfzig Jahren wäre er, weil er zur Gruppe von Beamten mit erhöhtem Risiko bei der Berufsausübung gehörte, durchaus schon pensionsberechtigt, ein Zustand, den er nicht anstrebte. Im Zuge der geplanten Reform der Arbeitszeitgesetze würde diese Möglichkeit wahrscheinlich sowieso bald verschwinden. Der Polizeipräfekt, den Leblanc aus der Zeit kannte, als er noch nicht Präfekt war, hatte eigene Pläne mit dem Kommissar, dessen detektivische Fähigkeiten er schätzte, den er allerdings für eigenwillig und nicht besonders teamfähig hielt. Er beorderte Leblanc nach Paris und schlug ihm vor, Aufgaben als Sonderermittler zu übernehmen. Man würde ihn zur Aufklärung diffiziler Mordfälle einsetzen, wenn die Kriminalisten vor Ort mit ihren Methoden nicht weiterkamen.

»Eine Premiere, Leblanc«, hatte der Präfekt gesagt, »so etwas hat es in der Geschichte der französischen Kriminalpolizei noch nie gegeben. Die Aufgaben werden Ihnen direkt von mir zugeteilt, ich informiere die jeweiligen Präsidien über Ihre Mitarbeit. Sie müssen nur bereit sein, die Einsatzorte zu wechseln.«

Leblanc hatte seine Begeisterung kaum zügeln können. Nicht der gefürchtete Ruhestand, sondern eine attraktive Aufgabe als Sonderermittler wurde ihm angeboten. Seine Zusage lag ihm schon auf der Zunge, als ihm einfiel, dass er nicht mehr allein war. Dieses Mal wollte er nichts falsch machen, nichts über Maries Kopf hinweg entscheiden, sondern sie von Anfang an in die Planung einbeziehen. Deshalb erbat er sich zwei Tage Bedenkzeit. Das musste reichen, um Marie auf die neue Situation einzustimmen.

Nachdem sie beide von einem zweimonatigen Aufenthalt in Kamerun bei seiner Mutter und ihrer neuen Großfamilie nach Trouville zurückgekehrt waren, hatte Leblanc seine Wohnung aufgegeben und war zu Marie gezogen. Für jemanden wie ihn, der sich in Gefühlsdingen nicht gern festlegte, ein großer Schritt. Marie kannte ihn so gut, dass sie ermessen konnte, was das Entgegenkommen für ihn bedeutete. Entspannung trat ein. Sie pochte nicht ständig auf mehr Verbindlichkeit, und ein paar Monate lang, als Leblanc noch beurlaubt war, hatte keine Unstimmigkeit ihr Zusammenleben getrübt.

Aber Marie war nicht entgangen, dass die verordnete Untätigkeit nach einiger Zeit bei ihm zu Unzufriedenheit und Nervosität führte. Lange Spaziergänge mit dem Hund reichten nicht mehr aus, um seinen Tatendrang zu besänftigen. Aus Paris zurückgekehrt, berichtete Leblanc von der neuen Aufgabe, die ihm der Präfekt vorgeschlagen hatte, und Marie war klar, dass sie, wenn sie ihr weiteres Leben mit ihm verbringen wollte, nicht Nein sagen durfte. Seine

Zufriedenheit gegen ihre Angst, dass ihm etwas passieren könnte, und ihr Alleinsein, wenn er in einer Ermittlung steckte. Und sie sagte Ja. Ja, er solle wieder arbeiten, sie würden gemeinsam eine Lösung finden. Ganz aufgeben wollte Marie das Haus in Trouville nicht, aber dazu eine Wohnung in Paris für sie beide, das könnte sie sich vorstellen.

Mit Sinn fürs Praktische hatte sie sich gleich an die Planung gemacht. Sie besaß in Paris ein kleines Einzimmerappartement, das sie vermieten würde. Leblanc, erleichtert, dass die Entscheidung schnell und einfach getroffen wurde, hatte Marie, die mehr Verhandlungsgeschick zeigte als er, die Wohnungssuche überlassen. Bald hatte sie in der Rue de la Tour in Passy, im Westen von Paris, eine Dreizimmerwohnung zu einem halbwegs passablen Mietpreis gefunden, und eine Arbeit gleich mit. Der Hauseigentümer, der im Erdgeschoss ein Magasin d'ameublement betrieb, ein Geschäft mit Dekorations- und Einrichtungsgegenständen, suchte für zwei Tage in der Woche eine Mitarbeiterin für den Online-Handel. Nach fast einem Jahr der Untätigkeit war Leblanc wieder im Einsatz, und Marie pendelte zwischen Paris und Trouville. Was Leblanc nie für möglich gehalten hätte, trat ein: Das Bedürfnis nach sexuellen Abenteuern und einem unsteten Leben verflüchtigte sich, Ruhe und Zufriedenheit breiteten sich in ihm aus und das Gefühl, zum ersten Mal in seinem Leben eine Art Zuhause zu haben.

VIER

Als Leblanc jetzt in der Rue de la Cité auf den Eingang der Polizeipräfektur zusteuerte, dachte er an seinen letzten Fall, eine völlig absurde, unwahrscheinliche Geschichte. Ein pädophiler Schauspieler hatte sich, nachdem seine Neigung an die Öffentlichkeit gelangt war, unter Drogeneinfluss in seiner Villa erhängt. Jedenfalls sah alles nach Selbstmord aus, es gab einen Abschiedsbrief und keinen Hinweis auf Fremdeinwirkung, Die Akte sollte bereits geschlossen werden, als der Präfekt Leblanc den Auftrag erteilte, Nachforschungen anzustellen. Und er, Leblanc, fand tatsächlich heraus, dass es kein Selbstmord war, sondern ein von langer Hand geplanter Mord.

Vor der Bürotür des Polizeipräfekten strich sich Leblanc prüfend über Lippe und Wange, die Taubheit hatte nachgelassen, er würde verständlich artikulieren können. Kaum hatte er angeklopft, erscholl von drinnen ein »Kommen Sie rein, Leblanc«, als könnte Monsieur Gautier durch das dunkle Holz der Tür hindurchsehen. Der Präfekt befand sich nicht allein im Raum, er saß auch nicht, wie sonst üblich, hinter seinem Schreibtisch, sondern mit einem älteren Herrn an dem runden dunklen Holztisch, um den vier Stühle gruppiert waren. Beide Herren erhoben sich. Neben dem hochgewachsenen, schmalen, aristokratisch wirkenden Weißhaarigen wirkte der Präfekt, den man für sich genommen gerade noch athletisch nennen konnte, klein und gedrungen. Leblanc kramte in seinem Gedächtnis, woher er das Gesicht des Besuchers kannte. Er musste nicht lange nachdenken, der Präfekt stellte ihn mit den Worten vor:

»Monsieur Delaunay ist Ihnen sicher bekannt, Leblanc, unser ehemaliger Kulturminister …«

»Na, na, Emmanuel, das ist eine halbe Ewigkeit her. Wer weiß das heute noch?«, unterbrach ihn der Ex-Minister.

Leblanc erinnerte sich vage. Es musste in den Siebzigerjahren unter Präsident Giscard d'Estaing gewesen sein, als Delaunay, damals ein junger Mann in den Dreißigern, der Regierung angehörte und für das Ressort Kultur zuständig war. Damals war er, Leblanc, fünfzehn gewesen, und auch wenn er nicht aktiv an den Demonstrationen, die gegen alles Mögliche gerichtet waren, teilgenommen hatte, stand er doch immer als jugendlicher Zuschauer am Straßenrand und fand die Atmosphäre aufregend und verheißungsvoll. Der Delaunay, der sich ihm heute im Büro des Präfekten präsentierte, war ein alter Herr um die achtzig, elegant und kultiviert, bekleidet mit einem hellen dreiteiligen Anzug und beigefarbenen Sommerschuhen. Ein schwarzer Ebenholzstock mit Elfenbeinknauf lehnte am Stuhl.

»O ja, natürlich, ich erinnere mich«, beeilte sich Leblanc zu bemerken.

Der Ex-Minister lächelte nachsichtig.

»Setzen Sie sich, Leblanc«, forderte ihn der Präfekt auf. »Wir möchten etwas mit Ihnen besprechen. Frédérique, möchtest du ihm die Lage erklären?«

»Ja, also, das ist so«, begann Delaunay, »meine Tochter Lucile lebt mit ihrem Mann auf Guernsey. Sie kennen die Kanalinsel, Monsieur Leblanc?«

»Ich bin nie da gewesen. Das Einzige, was mir dazu einfällt, ist die Erzählung *Mon oncle Jules*, die wir in der Schule gelesen haben. Wenn ich mich recht entsinne, spielt sie auf einer Kanalinsel oder auf der Überfahrt dorthin.«

»Der gute Maupassant, aber das war die Nachbarinsel Jersey. Wenn wir schon bei Dichtern sind, unser großer Victor Hugo hat während des Zweiten Kaiserreichs unter Napoleon III. fast zwanzig Jahre auf Guernsey im Exil gelebt. Aber das nur am Rande. Es geht um meine Tochter. Sagt Ihnen der Name Henri Chabot etwas? Nein? Er stammt aus einer angesehenen bretonischen Familie mit langer Tradition. ›Manche Ferries‹ kennen Sie sicher, die marktbeherrschende Reederei, die den Fährbetrieb zwischen Frankreich und England bedient.«

Leblanc nickte, behielt aber für sich, dass er selbst Schiffe aller Art mied, weil ihm die schwankenden Planken und der Gedanke an das, was sich unter dem Schiffsboden befand, nicht behagten.

Delaunay fuhr fort. »Lucile ist seit neun Jahren mit Henri Chabot verheiratet, eine Verbindung, die ich nicht guthieß. Aber Kinder müssen ihre eigenen Erfahrungen machen. Als Vater kann man einen Rat geben, entscheiden müssen sie allein. Und mit den Entscheidungen leben. Sehen Sie, meine Tochter ist unglücklich. Nicht dass sie sich beklagt, nein, das würde Lucile nicht tun, dazu ist sie zu stolz. Aber ich merke es auch so. Jetzt hat sie mich angerufen, geradezu in Panik, weil ihr Mann anonyme Briefe bekommt, die darauf schließen lassen, dass sein Leben in Gefahr ist, und möglicherweise auch ihres. Der Absender fordert, dass Henri mit seiner Reederei von Guernsey verschwindet. Die Einzelheiten kenne ich nicht. Lucile jedenfalls befürchtet, dass sie entführt werden und als Geisel benutzt werden könnte. Ihr Mann scheint die Drohungen nicht ernst zu nehmen, sie dagegen hat Angst … Dass sie damals alles hier in Paris aufgegeben hat und mit Chabot nach Saint-Malo gezogen ist …« Der Ex-Minister seufzte und schüttelte den Kopf, um sein tiefes Missfallen auszudrücken.

Jetzt griff der Präfekt ein, den Blick auf Leblanc gerichtet. »Monsieur Delaunay wandte sich mit der Frage an mich, ob wir von hier aus irgendetwas tun können. Das stellt allerdings ein gewisses Problem dar. Die Kanalinseln gehören weder zur Europäischen Union noch direkt zu Großbritannien, sie sind als Kronbesitz der britischen Krone unterstellt und damit unabhängig. Henri und Lucile Chabot sind zwar weiterhin französische Staatsbürger, aber wir haben nicht das Recht, auf Guernsey polizeilich ermittelnd tätig zu werden. Wie Sie wissen, gilt in Europa die grenzüberschreitende Zusammenarbeit bei der Strafverfolgung, aber auf den Kanalinseln haben wir keinerlei Befugnisse. Dennoch möchte ich, möchten wir, dass Sie sich dort umsehen, dass Sie den Drohungen, die Monsieur Chabot ausgesetzt ist, nachgehen, bevor ein Unglück passiert.«

»Sie wollen sagen, ich soll nach Guernsey fahren?«

»Ja, das wollte ich damit ausdrücken.«

»Mit dem Schiff?« Die Stimme des Kommissars verriet leichte Panik.

»Soweit ich weiß, gibt es auch Flüge. Wichtig ist mir, ist uns, dass Sie gewissermaßen ›undercover‹ auftreten, als verdeckter Ermittler. Sie haben dort keine offiziellen Befugnisse. Diskretion ist oberstes Gebot. Finden Sie heraus, wer diese Drohbriefe verfasst und was dahintersteckt – Erpressung, Entführung oder Schlimmeres, und verhindern Sie eine mögliche Straftat, Leblanc. Wenn die Spur nach Frankreich führen sollte, können wir offiziell ermitteln. Falls nicht, bleibt nichts anderes übrig, als dass Chabot Anzeige erstattet und die örtliche Polizei die Sache übernimmt. Meiner Ansicht nach sind wir dazu verpflichtet, französische Bürger, die in Gefahr sind, zu schützen. Und wenn es sein muss, mit ungewöhnlichen Mitteln.«

»Monsieur Gautier hat mir versichert, dass Sie der geeignete Mann dafür sind.« Delaunays Augen richteten sich beschwörend auf Leblanc, als könne er mit seinem Blick dessen Zustimmung erlangen. So, dachte Leblanc, müssen Politiker sein. Diese Energie müssen sie ausstrahlen, um die Menschen glauben zu lassen, sie könnten die Geschicke eines Landes oder gar der ganzen Welt zum Besten lenken. Sonst würden sie nicht gewählt werden.

»Haben Sie noch Fragen, Leblanc?« Der Präfekt beendete die fast hypnotische Überzeugungsarbeit des Ex-Ministers.

»Hm, eigentlich … Wo werde ich auf Guernsey untergebracht sein?«

»Wir haben gedacht, es wäre das Beste, wenn Sie im Haus meiner Tochter wohnen. Platz gibt es genug, und sie würde sich in Ihrer Gegenwart sicherer fühlen. Sie treten als Luciles Cousin auf, der eine Zeit lang zu Besuch kommt. Meinem Schwiegersohn sollten wir nicht unbedingt Ihre wahre Identität offenbaren, und auch nicht, dass ich bei dieser Sache meine Hände im Spiel habe. Er würde sich sofort verschließen. Übrigens, und das ist nicht ganz unerheblich – dass Henri den Sitz seiner Reederei von Saint-Malo nach St. Peter Port verlegte, sorgte bei den zum Teil langjährigen Mitarbeitern für erheblichen Unmut.«

»Steueroase, Sie verstehen«, warf der Präfekt ein.

»Alles legal«, fügte Delaunay hinzu, »nichts Kriminelles, falls Sie das denken. Trotzdem gibt es nicht wenige, die diese Schlupflöcher gerne gestopft sehen würden.«

»Können Sie mir dazu weitere Informationen geben?«, bat Leblanc den Präfekten.

»Sagen wir es mal so, Guernsey bietet Unternehmern eine sehr freundliche Steuergesetzgebung, das heißt niedrige Einkommenssteuer, keine Vermögenssteuer, keine Schenkungs- und Erbschaftssteuer, keine Körperschaftsteuer. Die Details finden Sie in dem Dossier, das meine Sekretärin für Sie zusammenstellt.«

»Werden Sie den Fall übernehmen, Monsieur Leblanc?« Delaunays Stimme nahm einen flehentlichen Ton an.

»Doch, ja, ich denke schon«, sagte Leblanc, »eine interessante Aufgabe.« In einer Millionärsvilla wohnen, die Frau des Hausherrn beschützen und nebenbei die Herkunft von Drohbriefen ausfindig machen, das klang mehr nach Urlaub als nach Arbeit, fand er. Im Juni eine Woche kostenlos auf einer Kanalinsel zu verbringen, die Chance würde er kein zweites Mal erhalten.

»Gut«, sagte der Präfekt, »Sie fliegen morgen, meine Sekretärin wird Ihnen einen Flug buchen. Sie werden mich ständig und jederzeit über Ihre Ergebnisse auf dem Laufenden halten.«

»Ich benachrichtige meine Tochter«, fügte der Ex-Minister hinzu. »Sie wird Sie am Flughafen in Empfang nehmen. Wie gesagt, Sie treten als ihr Cousin auf, und wir müssen uns überlegen, was Sie gerade jetzt nach Guernsey führt. Wie wäre es … wenn Sie Journalist wären? Reisejournalist zum Beispiel. Lucile soll sich etwas ausdenken, auch was die Verwandtschaft betrifft, aus welchem Zweig der Familie Sie stammen, wann Sie sich das letzte Mal getroffen haben und so weiter.«

Beide Herren drückten Leblanc zum Abschied kräftig die Hand, wie zur Bestätigung, dass sie an seine Fähigkeiten glaubten.

Als der gerade zum Undercover-Detektiv ernannte Kommissar die Seine in südlicher Richtung überquerte, um zur Métro-Station Odéon zu gelangen, hatte er den zahnärztlichen Eingriff bereits völlig vergessen. Nur seine Zunge schlängelte eigenmächtig um das Provisorium herum.

Maries Reaktion, wenn er ihr von seiner morgigen Abreise nach Guernsey berichten würde, war schwer vorherzusagen. Mit seinem Beruf hatte sie nicht wirklich ihren Frieden gemacht. Natürlich befürwortete sie, dass Verbrecher verfolgt und für ihre Taten zur Rechenschaft gezogen wurden. Natürlich befand sie die Arbeit der Polizei als notwendig und unverzichtbar. Aber die Angst, dass ihm bei einem Einsatz etwas passierte, war nicht weniger geworden. Auch wenn sie wusste, dass er mit Terrorismusbekämpfung, wo tatsächlich ein erhöhtes Risiko bestand, nichts zu tun hatte. In ihrer Vorstellung begab er sich bei jedem neuen Fall in gefährliche Situationen. Das reichte aus, um sie in eine Anspannung zu versetzen, die sich erst wieder löste, wenn seine Arbeit beendet war. Guernsey lag nicht gerade um die Ecke, und er würde mindestens eine Woche fort sein. Er musste versuchen, ihre Bedenken zu zerstreuen. Insgeheim ahnte er, dass es nicht einfach werden würde.

FÜNF

Das Flugzeug setzte zur Landung an. Die Sicht war klar, die Umrisse der Insel zeichneten sich deutlich vor dem Hintergrund des intensiv blauen Ärmelkanals ab. Leblanc hatte in Birmingham umsteigen müssen, in die Maschine einer anderen Fluggesellschaft.

Wie er schon geahnt hatte, war Marie nicht so leicht zu besänftigen gewesen. »Ich habe kein gutes Gefühl«, hatte sie gesagt und: »Bist du nicht zu alt für solche Undercover-Experimente? Das kann doch gefährlich werden, und als Bodyguard bist du gar nicht ausgebildet. Wenn dir auf Guernsey etwas zustößt?«

Zuletzt hatte er sie beruhigen können – es sei eine lächerlich einfache Sache, eine kleine Ermittlung, völlig harmlos, fast ein Urlaub – und versprochen, täglich anzurufen. Sie hatte ihn am Vormittag zum Flughafen Charles de Gaulle gebracht und gewartet, bis er durch die Einchecksperre verschwunden war. Als Leblanc sich noch einmal umdrehte und die tapfer lächelnde Marie in ihrem lindgrünen Sommerkleid, die rechte Hand zum Winken erhoben, in der Halle stehen sah, stieg ein Gefühl der Wärme und Zuneigung in ihm auf. Wie sie sich in den letzten zwei Jahren einander angenähert und zueinander gefunden hatten, das fand Leblanc beachtlich. Er wunderte sich manchmal über sich selbst und war erstaunt, dass ein Mensch wie er noch wandlungsfähig war. Nicht dass sie immer einer Meinung waren, und gelegentlich, wenn er eine Pause brauchte und allein sein wollte, gingen sie sich aus dem Weg. Marie spürte, wann er wieder bereit war, sich ihr zuzuwenden, und ließ ihn in Ruhe. Er dankte ihr das mit Offenheit und

Ehrlichkeit. Bis dahin hatte er ständig Ausflüchte gesucht, die dem Bedürfnis geschuldet waren, sich alle Möglichkeiten offen zu halten. Aber jetzt brauchte er keine Ausweichmanöver mehr, und er spürte eine bisher ungekannte Leichtigkeit, eine Art Glück, das sich einstellte als Folge von klar geäußerten Entscheidungen und Wünschen.

Lucile Chabot wartete in der Flughafenhalle auf die Ankunft der Maschine aus Birmingham. Ihr Vater hatte ihr mitgeteilt, wann der Kommissar aus Paris landen würde. Der sei der Beste, hatte er seiner Tochter versichert, er habe sich persönlich beim Polizeipräfekten um die Angelegenheit gekümmert. Er hatte ihr auch das Aussehen des Ermittlers beschrieben, das, wie er meinte, nicht unbedingt der Vorstellung von einem Kriminalkommissar entspreche: mittelgroß, leichter Bauchansatz, schlenkriger Gang, dichte graue, bis in den Nacken fallende Haare, gut gekleidet, modisch-lässig, nicht der sportliche Typ. »Er ist dein Cousin, mütterlicherseits natürlich, meine Geschwister kennt dein Mann. Als Reisejournalist könnte er eine Reportage über Guernsey schreiben. Sein Auftauchen muss plausibel sein. Denk dir etwas aus! Und mach dir keine Sorgen mehr, Kleines, wahrscheinlich stellt sich das Ganze tatsächlich als eine Aktion von politischen Wirrköpfen heraus.«

Wie immer hatten die Worte ihres Vaters eine beruhigende Wirkung auf sie ausgeübt. Stets hatte er zurückhaltend, aber unablässig seine schützende Hand über sie gehalten. Was würde sie nur machen, wenn er einmal nicht mehr da wäre. Allein bei dem Gedanken traten ihr Tränen in die Augen. Die Dringlichkeit, ihr Leben zu ändern, überkam sie mit erschreckender Wucht.

Lucile erkannte Leblanc sofort, als er, in der Hand seine kleine graue Reisetasche, durch die Sperre in die Flughafenhalle trat.

»Sie sind Kommissar Leblanc aus Paris, nicht wahr?«, begrüßte sie ihn.

»Und Sie Madame Chabot, nehme ich an.«

Leblanc versuchte, sein Erstaunen zu zügeln. Die magere, unscheinbare Frau, die vor ihm stand, sollte die Tochter des Ex-Ministers und Ehefrau des millionenschweren Reeders sein? Sie wirkte eher wie ein vernachlässigtes, bedrücktes Kind, das Leid erfahren und sich in ein Schneckenhaus zurückgezogen hatte. Der Anflug eines bezaubernden Lächelns ließ erkennen, dass sie sich über den Gast aus Paris tatsächlich freute.

»Lucile. Ich bin ab jetzt Ihre, Entschuldigung, deine Cousine. Wir sollten das üben, damit uns kein Fehler passiert«, unterbrach Lucile Leblancs Gedanken.

»Also dann, ich heiße Jacques.«

»Ich habe mir schon überlegt, wie ich dich einführe. Deinen Namen brauchen wir nicht zu ändern. Du bist der Sohn einer Schwester meiner Mutter, die mit einem Verwaltungsbeamten namens Leblanc verheiratet ist.«

»Meinst du wirklich? Wenn dein Mann nachforscht, wird er sofort entdecken, dass die Geschichte nicht stimmt.«

»Das würde er nie tun, meine Familie interessiert ihn überhaupt nicht. Henri kennt außerdem nur die Seite meines Vaters, meine Mutter hat er ein einziges Mal bei unserer Hochzeit gesehen. Er wird keinen Verdacht schöpfen, warum sollte er. Nur damit du Bescheid weißt: Meine Eltern sind schon lange geschieden. Mein Vater hat vor sechs Jahren noch einmal geheiratet, die Ehe hat aber auch nicht gehalten. Meine Mutter zog nach der Scheidung zurück in ihre Heimat nach Aix-en-Provence.«

»Dein Vater hat vorgeschlagen, dass ich mich als Reisejournalist ausgebe.«

»Ja, das hat er mir auch gesagt, eine gute Idee. Du schreibst eine Reportage über die Insel. Von meiner Mutter hast du erfahren, dass ich hier lebe, und mich angerufen.«

Leblanc nickte. »Gut, das würde auch rechtfertigen, wenn ich eine Menge neugierige Fragen stelle. Was muss ich denn sonst noch von dir wissen?«

»Nicht viel. Das letzte Mal haben wir uns gesehen, als ich Kind war und meine Mutter in Aix besucht habe. Du bist über zehn Jahre älter als ich, kommt das hin? Ich bin zweiundvierzig.«

»Ungefähr, fünfundfünfzig.«

»Also war ich bei dieser Begegnung zehn und du dreiundzwanzig. Seitdem hatten wir kaum Kontakt. Gelegentlich habe ich von meiner Mutter erfahren und du von deiner, was wir machen und wo wir leben. Sonst nichts. Wichtiger wäre dein Lebenslauf.«

»Wenn ich Journalist bin, muss ich eine Ausbildung gemacht haben, Journalistenschule oder so etwas.«

»Als ich gestern erfahren habe, dass du kommst« – das Du ging Lucile inzwischen so leicht über die Lippen, als sei Leblanc tatsächlich der Sohn ihrer Tante, den sie lange nicht gesehen hatte –, »da habe ich ein bisschen gegoogelt. Also, es gibt in Frankreich acht öffentliche Hochschulen für Journalismus. Du hast die an der Universität Aix-Marseille besucht. Dazu könntest du Geografie studiert haben, um dich auf Reisejournalismus zu spezialisieren. In welchem Land außer Frankreich kennst du dich ganz gut aus?«

»Hm, eigentlich nur in Kamerun. Meine Eltern haben dort gelebt, mein Vater war Lehrer, er ist vor ein paar Jahren gestorben. Mich haben sie als Kind in Frankreich im Internat gelassen, nur in den Ferien habe ich sie besucht. Und vor Kurzem habe ich zwei Monate bei der Familie meiner Mutter in Yaoundé verbracht, sie hat wieder geheiratet, einen kamerunischen Schriftsteller.«

»Das ist doch wunderbar. Dann hast du gewissermaßen als Korrespondent für … sagen wir *Le Monde* aus Kamerun berichtet.« Die Erfindung einer Biografie für ihren »Cousin« schien Lucile zu beleben. Seit Längerem hatte sie einmal wieder eine Aufgabe. »Aber wir müssen nicht in dieser ungemütlichen Halle herumstehen. Wir fahren zu uns und reden dort weiter, ja? Henri kommt nicht vor neun aus dem Büro.«

Leblanc folgte Lucile zum Ausgang. Sie steuerte links auf den Parkplatz zu, wo sie ihren roten Honda Civic abgestellt hatte.

»Ach, ja«, bemerkte Leblanc. »Linksverkehr wie in England. Hast du dich daran gewöhnt?«

»Es geht, wenigstens fahre ich kein englisches Auto. Meinen Wagen habe ich aus Saint-Malo mitgebracht. Die ungewohnte Verkehrsordnung führt jedenfalls dazu, dass ich mich vorsichtiger im Verkehr bewege. Auch wenn ich eine Straße überquere, weil ich garantiert erst mal in die falsche Richtung sehe. Die Erfahrung wirst du auch machen.«

»Ich kenne das aus London. Zum Glück musste ich da nicht selbst fahren.«

Die beiden Neu-Verwandten saßen nebeneinander im Auto. Lucile startete den Motor noch nicht, Fahren und Reden konnte sie im Moment nicht vereinbaren. Sie hätte nicht erklären können, warum sie zu dem Kommissar auf dem Nebensitz, den sie gerade fünfzehn Minuten kannte, tiefes Vertrauen gefasst hatte. Ob es der Hauch Paris war, den er mitbrachte und der sie an die Heimat und die Zeit vor ihrer Ehe erinnerte, oder sein Beruf, der Sicherheit verhieß, jedenfalls keimte Zuversicht in ihr auf, dass sie die Kraft finden würde, ihr Leben zu ändern. Sie konnte sich selbst nicht erklären, warum sie in den letzten Jahren so mutlos geworden war, warum sie regungslos wie in einer Falle verharrte, als hätte Henri sie verhext.

Aber vorerst musste sie ihrem »Cousin« weitere Instruktionen geben. »Noch mal zu deinem Job«, sagte sie. »Du arbeitest jetzt bei *La Provence* in Marseille und bist dort zuständig für das Ressort Reisen, sowohl redaktionell als auch mit eigenen Reportagen. Dazu kannst du dir auch spontan etwas ausdenken, wenn es nötig ist, oder?«

»Ich denke schon. Wahrscheinlich für viele ein Traumberuf, in der Welt herumzufahren und darüber zu schreiben. Für mich wäre das nichts, immer unterwegs, immer wieder den Koffer packen. Und man macht ja nicht Urlaub, am Ende muss ein Artikel abgegeben werden. Außerdem hänge ich irgendwie an unserer Grande Nation, besonders an Paris. Auf eigenen Wunsch hatte ich mich nach Deauville versetzen lassen und vier Jahre lang ein Kommissariat geleitet. Es war eine schöne Zeit in der Normandie, aber ich muss sagen, es hat auch etwas für sich, wieder in Paris zu sein.«

»Wie gut ich das verstehe! Ich würde liebend gern wieder nach Paris ziehen.« Lucile seufzte.

Um das Gespräch in weniger persönliche Bahnen zu lenken, wollte Leblanc wissen: »Was kannst du mir zu den anonymen Drohbriefen sagen, deinen Mann kann ich ja schlecht darauf ansprechen?«

»Ich weiß nicht, ob Henri mehr als die zwei erhalten hat, die ich zufällig gesehen habe. Er redet mit mir nicht darüber und ist sofort aufgebracht, wenn ich ihn danach frage. Einer ist ihm aus der Jackentasche gefallen, da stand so etwas wie, er solle verschwinden und seine Steuern in Frankreich zahlen. Der andere lag bei uns im Briefkasten. Eine Drohung. Im Sinne von, das sei eine letzte Warnung, bevor etwas passiere. Beide waren aus ausgeschnittenen Zeitungsbuchstaben zusammengebastelt, zudem Kopien. Das zweite Schreiben muss jemand persönlich bei uns eingeworfen haben, keine Briefmarke, keine Adresse, nur der Name Chabot auf dem Umschlag.«

»Hast du eine Ahnung«, fragte Leblanc, »aus welcher Zeitung die Buchstaben stammen können? Aus der hiesigen? Wie heißt die überhaupt? Oder einer französischen?«

»Das Provinzblatt hier heißt *Guernsey Press*, aber deine Frage kann ich nicht beantworten. Dazu müsste man die Briefe mit den Zeitungen vergleichen. Übrigens gibt es auch hier die wichtigsten französischen Zeitungen zu kaufen, wenn du darauf anspielst, dass die Absender sich in Frankreich befinden könnten.«

»Es würde trotzdem helfen, wenn du deinem Mann einen der Briefe entwenden könntest. Ich würde ihn mir gern mal genauer ansehen.«

»Das wird schwierig. Ich glaube, er bewahrt sie nicht zu Hause auf, sondern im Büro, wenn er sie nicht schon vernichtet hat. Du könntest den Wunsch äußern, sein Büro zu sehen, dann suchen wir ihn morgen zusammen auf. Wenn du ihn für eine Weile aus dem Zimmer lockst, durchstöbere ich die Schubladen. Außerdem schadet es bestimmt nicht, wenn du seinen Arbeitsplatz und den Geschäftsführer Christophe Rougier kennenlernst. Hier auf der Insel freuen sich nicht alle über die Steuersparer aus dem Ausland, die ihren Firmenstandort nach Guernsey verlegen, meist nur als Offshore-Unternehmen. Geschäftsleute mit erstem Wohnsitz auf der Insel erhalten noch günstigere Bedingungen. Das betrifft aber nur die Reichen – na ja, und zu denen gehören wir. Mit den Einzelheiten kenne ich mich aber nicht aus.«

Leblanc hatte die Unterlagen über die Steueroase Guernsey in der Mappe gelesen, die die Sekretärin des Präfekten zusammengestellt und ihm ausgehändigt hatte, und hielt sich für einigermaßen informiert. Dass die Kanalinseln weder zu Großbritannien noch zur EU gehörten, sondern selbstständig waren und deshalb auch eigene Steuergesetze erlassen konnten, hatte er vorher nicht gewusst. Guernseys Politiker behaupteten, so stand es in einem der vielen Artikel, die Unternehmensbesteuerung entspreche internationalen Regeln, sei nachhaltig, wettbewerbsfreundlich und schütze die Wirtschaft der Insel und die Steuerneutralität. Außerdem gelte das für alle auf der Insel, für Einheimische und Ausländer, niemand werde diskriminiert. In der Europäischen Union zeigten sich nicht alle Politiker so begeistert von dem Steuermodell, allerdings schienen sie keine Handhabe zu haben, es zu unterbinden. Oder es lag gar nicht in ihrer Absicht. Leblanc hatte sich gefragt, was dem französischen Staat wohl an Steuereinnahmen durch die Verlegung von Chabots Reederei verloren ging. Millionen, Milliarden? Summen, die ihm Schwindel verursachten.

»Hatte dein Mann Ärger mit der Steuerbehörde in Saint-Malo?«, wollte Leblanc wissen. Vielleicht steckte ein durchgedrehter Finanzbeamter hinter den Drohungen?

»Davon weiß ich nichts, aber das würde mir Henri auch nicht mitteilen. Nach außen ist jedenfalls nichts gedrungen, nur dass die Mitarbeiter der Reederei protestierten. Die schalteten die Gewerkschaft ein, wandten sich an die Presse, es gab sogar Demonstrationen. Tun konnten sie letztlich nichts, denn es wurde offiziell niemand entlassen, allen wurde angeboten, mit nach Guernsey zu übersiedeln. Aber natürlich war klar, dass keiner dazu in der Lage wäre, entweder aus familiären oder finanziellen Gründen, oder aus beiden. Insofern war es ein Scheinangebot, aber alles legal. Ich glaube, Henri würde keine illegalen Schritte unternehmen, er hat ausgezeichnete Anwälte und Unternehmensberater an der Hand.«

»Ich kann mir gut vorstellen, dass einige Leute Wut im Bauch haben und nicht wollen, dass dein Mann ungeschoren davonkommt.«

»Aber nach zwei Jahren?«, wandte Lucile ein. »Warum haben sie nicht sofort reagiert?«

»Die Frage kann ich dir nicht beantworten. Vielleicht ist irgendetwas passiert, was die Verbitterung der Geschädigten erneut zum Kochen gebracht hat. Der Auslöser für Taten ist manchmal ein Detail, ein Zufall. Vielleicht hat jemand deinen Mann zufällig irgendwo getroffen, und plötzlich dreht er durch. Ich werde versuchen, das herauszubekommen.«

SECHS

Lucile startete den Wagen. Vom Parkplatz bog sie nach links ab, folgte einem Schild mit der Aufschrift »St. Peter Port«.

»Wir wohnen nicht direkt in der Hauptstadt – was sich so als Hauptstadt bezeichnet«, erklärte sie. »Lächerlich, diese Insel ist eine Ansammlung von Briefkastenfirmen und Touristenattraktionen.«

Leblanc registrierte Luciles Unmut. »Du lebst nicht gern hier, oder?«

»Ehrlich gesagt, ich hasse diesen Ort. Mir war schon Saint-Malo zu provinziell, aber da gab es wenigstens noch den TGV nach Paris. Von hier bleibt einem nur der Flug, und du hast ja selbst erlebt, wie umständlich und langwierig das ist. Ich fühle mich auf dieser Insel wie im Exil.«

Leblanc blickte aus dem Fenster, um einen ersten Eindruck zu bekommen: enge Straßen, Hecken, kleine, vorwiegend weiß getünchte Häuser, gelegentlich windschiefe Bäume. Die Menge der Autos auf beiden Fahrspuren war beachtlich.

»Viel Verkehr hier«, bemerkte er.

»Ja, ständig, man kommt kaum voran. Staus wie in Paris zu Stoßzeiten. Der Raum ist begrenzt, jeder Inselbewohner besitzt mindestens ein Auto, dazu die Leihwagen der Touristen, es ist unerträglich.«

Kurz nachdem sie den Bereich des Flughafens verlassen hatten, wies Lucile auf ein Schild hin mit der Aufschrift »German Occupation Museum«. »Das solltest du dir unbedingt ansehen. 1940 haben die Nazis den Hafen in St. Peter Port bombardiert und die Insel, wie auch die Nachbarinseln, besetzt. Einige Inselbewohner starben bei dem Angriff, viele wurden in ein Internierungslager nach Baden-Württemberg deportiert. Die auf der Insel Verbliebenen lebten bis 1945 unter härtesten Bedingungen und ständigen Einschränkungen im täglichen Leben. Im Museum befinden sich viele Ausstellungsstücke, die den Alltag der Menschen gut illustrieren. Morgen mache ich mit dir eine Rundfahrt über die Insel. Die Spuren der Nazis sind noch überall vorhanden.« Lucile machte eine Pause. »Interessiert dich Geschichte überhaupt?«

»Doch, schon«, sagte Leblanc, fügte aber hinzu, er dürfe seine Aufgabe nicht vergessen. Er sei schließlich hier, um sie, Lucile, und ihren Mann, zu schützen und die Quelle der Drohbriefe ausfindig zu machen.

»Ja, klar«, lenkte Lucile sofort ein. Sie hätte gern alles vergessen, ihre Ehe, die Drohbriefe, und mit ihrem »Cousin« ein paar unbeschwerte Tage verbracht.

Beim Betrachten der Landschaft fiel Leblanc auf, dass die Besiedlung dichter wurde, stattlichere Häuser tauchten auf, sie näherten sich der »lächerlichen« Hauptstadt, wie Lucile gesagt hatte. Kurz bevor sie St. Peter Port erreichten, bog Lucile von der Hauptstraße ab. »Becquet Road« las Leblanc auf dem Straßenschild.

»Dieser Ortsteil heißt Village de Putron«, erklärte Lucile, »die meisten Namen hier stammen aus der normannischen Vorzeit der Insel, die erst den Herzögen der Bretagne und danach denen der Normandie gehörte. Mit Wilhelm dem Eroberer ging sie dann, wie die anderen Kanalinseln, an die englische Krone über. Immer noch sprechen einige Bewohner das alte Normannisch, und viele auch Französisch. Ach, jetzt fange ich schon wieder mit Geschichte an.«

Leblanc lachte. »Ich wollte dich nicht zurückhalten, ich höre gern zu. Erstaunlich, wie lange sich eine Sprache überliefert. Wahrscheinlich sind die Kanalinseln nicht nur wegen der Nähe zu Frankreich so beliebt. Französische Touristen haben es gern, wenn ihre

Muttersprache verstanden wird. Meine Landsleute gelten ja nicht gerade als Weltmeister im Lernen fremder Sprachen, ich nehme mich da gar nicht aus. Ein bisschen Englisch, das war's auch schon.« Seine »Cousine« lächelte wissend.

Die Straße endete als Sackgasse. Lucile hielt vor der Doppelgarage eines villenähnlichen Anwesens. Auf beiden Seiten der Einfahrt üppige Blütenpracht in Gelb und Violett und ein perfekt gestutzter Rasen. Das Haus schien sich auf dem höchsten Punkt eines Steilhangs zu befinden, dahinter zog sich dichter Baumbestand bis zum Meeresufer hinunter.

»Wir sind da«, bemerkte Lucile. »Voilà, unser Domizil.«

Als sie dann vom Wohnzimmer aus die angrenzende Terrasse betraten, wo Mary den Tisch für einen Imbiss gedeckt hatte, zur Rechten den einladenden Pool, in der Ferne das blau schimmernde Wasser des Ärmelkanals, war Leblanc überwältigt von der Schönheit, die Natur und Menschenhand an diesem Ort geschaffen hatten. Ein Paradies – bei dem Anblick könnte er auf der Stelle vergessen, wozu er hier war. Sogar von seinem Zimmer im ersten Stock, das Lucile ihm zugewiesen hatte, war das Meer zu sehen.

Er rief Marie an. Er sei gut angekommen und perfekt untergebracht, die Insel sei ein Traum, und sie müssten unbedingt einmal gemeinsam hier Ferien machen. »Schön«, sagte Marie einsilbig. Ja, bei ihr sei alles in Ordnung, beantwortete sie seine Frage, und fügte mit leiserer Stimme hinzu: »Bitte sei vorsichtig, Jacques, ich habe ein ungutes Gefühl, das nicht weichen will.«

»Ach wo«, erwiderte Leblanc, um ihre Sorgen zu zerstreuen, »was soll hier schon passieren? Die Sache wird sich in Luft auflösen. Meine Anwesenheit soll lediglich eine beruhigende Wirkung auf die Tochter des Ex-Ministers ausüben. Den Hausherrn habe ich noch gar nicht zu Gesicht bekommen. Wirklich, Marie, eine ganz einfache Sache. Auf dieser Insel gibt es so gut wie keine Verbrechen.«

Erst spät am Abend – Lucile und Leblanc hatten schon gegessen, Mary hatte ein köstliches Roastbeef mit glasierten Kartoffeln und Erbsen zubereitet – kam Henri Chabot nach Hause. Lucile stellte ihm ihren »Cousin« Jacques vor, aber er wirkte seltsam abwesend und uninteressiert und wollte kaum etwas über das Leben seines angeheirateten Verwandten wissen. Lucile spulte die Biografie ab, die sie sich ausgedacht hatte, aber ihr Mann schien gar nicht zuzuhören. Henri trank Whiskey auf Eis und bot Leblanc ein Glas an, aber der lehnte ab. Er mochte seine Aufgabe nicht in einem benebelten Zustand beginnen. Möglichst viel beobachten, hatte er sich vorgenommen, denn auf gängige Ermittlungsmethoden konnte er nicht zurückgreifen. Sein erster Eindruck von Chabot: Dieser Mann überließ nichts dem Zufall, jeder Schritt war sorgfältig geplant und abgewogen, und vor allem, er bekam immer alles, was er sich vorgenommen hatte zu bekommen.

Nur einmal ließ sich der unbeteiligt scheinende Chabot aus der Reserve locken, als Lucile sagte, sie habe ihrem Cousin von den Drohbriefen erzählt, die er erhalten habe und nicht ernst nehme, die ihr aber Angst machten. Leblanc fragte sich, warum sie das tat. Wollte sie die Reaktion ihres Mannes testen? Wollte sie ihm zu verstehen geben, dass sie jetzt einen Mitwisser hatten? Oder wollte sie Leblanc einen von Chabots Wutanfällen vorführen, unter denen sie ständig litt? Wenn ja, war ihr Vorgehen erfolgreich. Der Reeder brauste auf wie ein plötzlich einsetzender Sturm über dem Ozean und brüllte Lucile an.

»Was fällt dir ein, mit einem Fremden über unsere persönlichen Angelegenheiten zu reden, und wenn er zehnmal dein Cousin ist! Dich geht das Ganze sowieso nichts an, das ist meine Sache, und ich ignoriere diesen Dreck vollkommen, verstehst du, vollkommen. Ich lass mich doch von ein paar Spinnern nicht einschüchtern.«

Chabot donnerte sein leeres Whiskeyglas auf die Tischplatte und fuhr, an Leblanc gewandt, fort: »Und du, Herr Cousin, vergisst sofort, was du gehört hast, sonst hat der Spaß hier ein Ende. Ich verbiete dir, dich in irgendeiner Weise einzumischen, auch wenn dich diese Verrückte hier auf Knien darum bittet. Falls du es noch nicht gemerkt hast, meine Frau ist hysterisch, sie steigert sich in etwas hinein, macht aus einer Mücke einen Elefanten, krank ist das, krank. Dazu ständig dieses vorwurfsvolle Getue. Unzumutbar.«

In seiner Rage lief Chabot im Wohnzimmer hin und her. Ob ihn die Bewegung abkühlte oder er seinen Zorn entladen hatte, jedenfalls wurde er leiser und stieß nur noch zischend aus: »Ich weiß nicht, ob sie diese Anwandlungen früher schon gehabt hat, das kannst du als Cousin besser beurteilen, aber in ihrem jetzigen Zustand gehört sie in psychiatrische Behandlung.«

Damit verließ er den Raum, nicht ohne sich sein Whiskeyglas zu schnappen und mitzunehmen.

Während des Ausbruchs ihres Mannes hatte Lucile geschwiegen und die Augen gesenkt gehalten.

Hoppla, dachte Leblanc, da läuft etwas zwischen den beiden Chabots ganz furchtbar schief. Nicht Sorge um seine Frau sprach aus den abfälligen Worten des Reeders, sondern Verachtung und Überdruss. Und Lucile wollte vermutlich mit ihrer Provokation vorführen, wie Chabot sie einschätzte und behandelte. Es schien sogar, als würde die auf diese Weise pathologisierte Lucile in sich hineinlächeln, weil ihr Vorhaben gelungen war.

Seine Überlegungen trafen zu. Und mehr noch. Lucile Chabot hatte sich gerade eben ein Stück ihres Lebens zurückerobert. Sie hatte die Initiative ergriffen, und ihr Plan war aufgegangen. Nein, sie war nicht länger formbares Wachs in den Händen ihres Mannes. Dieser Kommissar aus Paris flößte ihr Mut und Stärke ein, das Kräfteverhältnis zwischen Henri und ihr veränderte sich zu ihren Gunsten. An die Drohbriefe dachte sie kaum noch.

SIEBEN

Chabot brach am nächsten Morgen schon früh auf, um sich im Büro um die anstehenden Aufgaben zu kümmern.

Er war gereizt. Dass seine Frau gerade jetzt Ärger machte und auch noch diesen unerwünschten Cousin ins Haus geholt hatte, behagte ihm gar nicht. Der Mann war ihm egal, aber er merkte, dass mit Lucile etwas vor sich ging, dass sie sich seinem Griff entzog. Ihre Stimme klang anders, ihre Augen blickten ihn herausfordernd an. Mit dem Instinkt eines Raubtiers, dem eine Beute verloren geht, spürte er, dass seine Macht über seine Frau schwand. Und das hing irgendwie mit diesem Cousin zusammen, der sie zu unterstützen schien. Nicht dass er eifersüchtig gewesen wäre. Wenn sie Affären hätte, wäre ihm das egal. Was er wollte, war, dass sie sich ihm unterwarf und dass er derjenige war, der sie zum Teufel schickte, wenn er ihrer überdrüssig war. Frauen, die sich ihm widersetzten, waren Henri Chabot ein Gräuel. Er eroberte sie, er beherrschte sie, er verließ sie.

Aber der Fall Lucile musste warten. Im Moment konnte er sich nicht um Privatangelegenheiten kümmern, er hatte genug anderes am Hals. Auf den Kreuzfahrtlinern gab es Ärger mit der Crew, die hauptsächlich von den Philippinen stammte. Sie verlangten bessere Arbeitsbedingungen und mehr Lohn. Da hatten wieder die Gewerkschaften ihre Finger im Spiel, vor allem die ITF, die Internationale Transportarbeiter-Föderation. Ob die Verlegung der Reederei nach Guernsey sie dazu veranlasste zu glauben, sie könnten jetzt Forderungen stellen? Er musste mit seinen Anwälten und Beratern in Paris sprechen, die spezialisiert waren auf Schifffahrtsrecht. Die Gesetze und Verordnungen glichen einem Dschungel, in den nur Fachleute eine Schneise schlagen konnten.

Dass seine Schiffe schon lange unter zypriotischer Flagge fuhren, hatte bisher niemand – außer ein paar moralinsauren Gewerkschaftern – beanstandet, er hatte auf Zypern eine Offshore-Tochterfirma gegründet. Dass er nun auch die Verwaltung und den Sitz der Reederei nach Guernsey verlegt hatte, um die lästigen Steuern zu umgehen, schien Probleme hervorzurufen. Aber ohne weitere Einsparungen würde er angesichts des ungeheuren Konkurrenzdrucks in finanzielle Schwierigkeiten geraten, zumindest würde seine Gewinnmarge sich verkleinern. Dazu kamen diese unappetitlichen Drohbriefe. Gestern war schon wieder einer angekommen, mit einer »allerletzten Drohung«.

Und noch eine lästige Angelegenheit stand an. Seine Ex-Frau feierte auf Jersey ihren sechzigsten Geburtstag. Sie hatte ihn gebeten, an ihrem Fest teilzunehmen, Robert und William, seine Söhne, würden da sein und etwas mit ihm besprechen wollen. Er ahnte, dass Unangenehmes auf ihn wartete. Aber er wäre nicht er, wenn er die Dinge nicht wieder in den Griff bekommen würde, bisher hatte er alles in den Griff bekommen.

ACHT

Während Henri Chabot bereits im Büro seiner Arbeit nachging, saßen Lucile und ihr »Cousin« bei strahlendem Wetter unter der Markise auf der Terrasse und frühstückten. Leblanc hatte hervorragend geschlafen und gerade ein paar Runden im Pool geschwommen.

»Bevor wir in die Stadt fahren, zeige ich dir die Insel. Ein bisschen Sightseeing muss sein, ob du willst oder nicht«, bestimmte Lucile und biss ein Stück von ihrem Croissant ab. Sie hatte sich schon lange nicht mehr so wohlgefühlt, obwohl sie sich am Abend zuvor weitere Tiraden ihres Mannes hatte anhören müssen. Fast trotzig hatte sie seine Ausbrüche über sich ergehen lassen.

»Bist du bereit?«, fragte sie Leblanc.

»Die Badehose ist vielleicht nicht die geeignete Bekleidung. Ich ziehe mich schnell um, dann können wir aufbrechen.«

Eine halbe Stunde später hatte Lucile den Wagen aus der Garage gefahren und wartete auf Leblanc. Ihre Essattacken mit anschließendem Erbrechen waren ausgeblieben. Sie hatte in Leblancs Gegenwart ein Croissant gegessen und einen Milchkaffee getrunken und nicht das Bedürfnis verspürt, den Kühlschrank zu plündern. Das ist ein gutes Zeichen, dachte sie, ich finde zurück zur Normalität, ich schaffe es. Ich brauche nur einen Freund, der mir beisteht.

Der, dem sie diese Aufgabe zutraute, verließ soeben das Haus und setzte sich neben sie auf den Beifahrersitz.

»Los geht's. Ich spiele ein bisschen die Geschichtslehrerin. Wenn es dir zu viel wird, sag es nur.«

»Ich lausche mit offenen Ohren. Über Guernsey weiß ich nur das, was ich gestern auf der Reise gelesen habe, vorwiegend Berichte über die aktuelle Situation.«

»Nimmt man das Wohnhaus von Victor Hugo mal aus«, begann Lucile, als sie, auf derselben Straße wie am Tag zuvor, in Richtung Südwesten unterwegs waren, »ist das historisch Bemerkenswerteste auf Guernsey das unterirdische Tunnelsystem, das die Nazis ab 1940 von russischen, polnischen und französischen Zwangsarbeitern graben ließen. Fast die ganze Insel ist unterhöhlt von diesen Tunneln, wie ein riesiges Maulwurfsystem. Vierzehn Tunnel wurden begonnen, aber nicht alle fertig gebaut. Es sollten dort Fahrzeuge, Waffen, Lebensmittel und Benzin gelagert werden. Und es gab ein unterirdisches Krankenhaus, das zeige ich dir gleich.«

Leblanc hörte Luciles Ausführungen aufmerksam zu und sah sie von der Seite an. Seine Gegenwart schien sie zu beleben. Hoffentlich erwartete sie nicht zu viel von ihm.

»Du scheinst dich ja mit der Geschichte der Insel beschäftigt zu haben, auch wenn du nicht gern hier lebst.«

»Ein bisschen. Ich arbeite einen Tag in der Woche ehrenamtlich im Victor-Hugo-Museum, um wenigstens etwas Sinnvolles zu tun. Das ist nun von der aufstrebenden Literaturwissenschaftlerin Lucile Delaunay übrig geblieben, die in der Pariser Nationalbibliothek eine glänzende Karriere vor sich gehabt hätte: Eintrittstickets an Touristen verkaufen. Ich könnte mich beim Zirkus als Kassendame bewerben, da bekäme ich ein lustiges Hütchen und eine rote Pappnase aufgesetzt.«

Leblanc spürte die Bitterkeit, die sich hinter der scherzhaften Bemerkung verbarg. »Bereust du es, Henri Chabot geheiratet zu haben?«

Lucile schwieg einen Moment, dann sagte sie: »Ich kenne dich erst seit gestern, aber du bist mir vertraut wie ein wirklicher Verwandter, oder eher wie ein Freund. Meine Ehe war ein Fehler, ein Irrtum. Ich war jung und dumm und habe mich von schönen Worten beeindrucken lassen. Außerdem hatte ich Vorstellungen im Kopf, von einer Familie und Kindern und von dem, was einem sonst noch überall vorgegaukelt wird. Schönes Heim, Glück allein und solche Sachen. Da mischte sich Sehnsucht mit Phantasie. Aber diese Bilder hatten nichts mit der Wirklichkeit zu tun. Am Anfang hat mich Henri verwöhnt, das kann er. Wunderbare Reisen, Luxushotels, Shopping in Hongkong und New York, eine märchenhafte Wüstentour in Oman, eine Insel im Indischen Ozean nur für uns allein. Aber irgendwann war das vorbei, und ich saß gewissermaßen sinn- und arbeitslos in Saint-Malo. Eine Schwangerschaft blieb aus, Henri wollte sowieso keine Kinder mehr. Die Ärzte, die ich konsultierte, um den Grund herauszufinden, waren ratlos. Ich fühlte mich leer, im wahrsten Sinne des Wortes, und mein Mann verlor immer mehr das Interesse an mir. Versteh mich nicht falsch, ich gebe ihm keine Schuld an meinem Unglück, ich wandte mich auch von ihm ab. Ich verdorrte wie eine Blume, die nicht genügend gegossen wird. Das ist die Situation, seit einiger Zeit leben wir wie zwei Fremde zusammen, die aufgrund einer falschen Entscheidung in einem Boot sitzen und nicht aussteigen können. Er demütigt mich, wo er kann, er nimmt mich nicht ernst, und neuerdings stellt er mich als einen pathologischen Fall dar, das hast du ja erlebt.«

»Dass ihr Probleme habt, war gestern nicht zu übersehen. Ja, er behandelt dich nicht gut, und du hast ihn provoziert, um mir diese Szene vorzuführen, stimmt's?«

»Kann sein. Sonst hättest du mir vielleicht nicht geglaubt.«

»Ich will mich nicht in eure Ehe einmischen, aber ich verstehe nicht, warum du ihn nicht längst verlassen hast. Du hättest gehen können.«

»Ehrlich: Ich weiß es nicht. Wenn ich es wüsste, wäre ich nicht mehr hier. Ich sollte mich tatsächlich in psychotherapeutische Behandlung begeben, um zu verstehen, warum ich mir das Gefängnis selbst gebaut habe, verschlossene Türen, Gitter vor den Fenstern, Ausgangssperre. Entschuldige, wenn ich dich mit meinen Geschichten langweile.«

»Nein, das tust du nicht«, beeilte sich Leblanc zu versichern. Ihn berührte das Schicksal dieser Frau. Merkwürdigerweise spürte auch er eine Nähe zu der fast Unbekannten. Sie weckte in ihm einen Beschützerinstinkt, wie einem Kind gegenüber, das man vor Unheil bewahren möchte. Chabot war ihm sofort unsympathisch gewesen. Auch wenn er seinem Ersteindruck in der Regel vertraute, hatte er sich in seinem Beruf angewöhnt, Urteile erst nach eingehender Prüfung zu fällen. In diesem Fall zog es ihn jedoch mit Macht auf Luciles Seite.

Lucile bog rechts ab und hielt nach einer kurzen Strecke auf einem Parkplatz in einem Wäldchen an. Ein großes weißes Schild mit der Aufschrift »German Military Underground Hospital« wies auf eine in den Fels gehauene Schneise hin, an deren Ende sich eine kaum erkennbare Öffnung in grün bemoostem Beton befand.

»Das ist der Eingang zu dem unterirdischen Krankenhaus, es erstreckt sich über mehrere Quadratkilometer, drei Eingänge, fünf Lüftungsschächte. Um die fünfzehntausend Tonnen Beton sind beim Bau verbraucht worden. Ich habe es mir einmal angesehen, gruselig, man sieht noch die Betten, und in den Gängen kann man sich verlaufen. Du möchtest nicht hineingehen, oder?«

»Nein, sei mir nicht böse, ich sollte langsam daran denken, dass ich einen Auftrag zu erfüllen habe. Wenn sich die Sache mit den Drohbriefen geklärt hat, würde ich dich gern noch mal als Fremdenführerin in Anspruch nehmen.«

Ein wenig Enttäuschung zeichnete sich auf Luciles Gesicht ab, aber sie stimmte sofort zu. »Dann fahren wir jetzt nach St. Peter Port, ins Büro von Henri.«

»Gibt es Leute, die Kritik am Steuerparadies Guernsey öffentlich äußern? Eine Partei, oder vielleicht eine Gruppierung?«

»Eine Partei glaube ich nicht, ich kenne mich da aber nicht so gut aus. In der Zeitung habe ich gelesen, dass es vor Kurzem Proteste gab gegen einen neuen Bebauungsplan und gegen den wahnsinnigen Verkehr, verstopfte Straßen und Luftverschmutzung. Im Zusammenhang mit dem Steuersystem und den Offshore-Firmen taucht immer wieder der Name John Mayor auf. Er tritt für mehr Steuergerechtigkeit und Transparenz ein und hat das Komitee *Für mehr Gerechtigkeit* gegründet.«

»Mit dem würde ich gern sprechen. Wo finde ich den denn?«, wollte Leblanc wissen.

»Ich hab gelesen, dass er Grundschullehrer ist. Bestimmt kann ich rauskriegen, an welcher Schule. Eine Kollegin im Museum weiß alles, was auf der Insel passiert. Ich rufe sie nachher an.«

NEUN

Auch in der Hauptstadt St. Peter Port herrschte dichter Verkehr. Auffällig waren die vielen geparkten Autos auf der Küstenstraße weit vor dem Hafen.

»Parkplatzmangel«, erklärte Lucile.

Im Hafenbecken ankerte eine Yacht neben der anderen, größere, kleinere, Luxusyachten. Es schien, als hätte jeder Bewohner Guernseys neben einem Auto auch ein eigenes Boot. Links der Straße zogen sich die grauen und weißen Häuser des Städtchens einen Hügel hinauf, der von einer Kirche gekrönt wurde. Leblanc meinte, eine gewisse Ähnlichkeit mit Trouville ausmachen zu können. Sie fuhren am Hafen entlang bis zu einem Kreisel. Wenige Meter, nachdem sie abgebogen waren, tauchte ein vierstöckiges gläsernes Bürogebäude auf. Lucile fuhr den Wagen in die Tiefgarage. Mit dem Fahrstuhl ging es in den vierten Stock, wo sich Chabots Büro befand.

Helen Hogg, die Sekretärin – jung, hübsch, brünett, ein wenig zu stark geschminkt, eng anliegendes, ausgeschnittenes T-Shirt –, begrüßte Madame Chabot. »Ihr Mann ist im Büro. Soll ich Sie anmelden?«

Lucile war Miss Hogg zwei-, dreimal begegnet. Die Sekretärin behandelte sie mit unübersehbarer Herablassung. Hatte sie die Anweisung von Henri bekommen, sie vom Büro fernzuhalten?

»Nein, danke, nicht nötig«, antwortete Lucile und überhörte Miss Hoggs gereizten Unterton.

Sie marschierte am Empfangstisch vorbei den Gang entlang,

Leblanc hinter ihr her. Nach dem Klopfen wartete sie nicht auf ein »Herein«, sondern öffnete die Tür. Chabot saß hinter seinem Schreibtisch. Durch die Glasfront hatte man einen Panoramablick über den Hafen.

Chabot gab sich keine Mühe, seinen Ärger über den unangekündigten Besuch seiner Frau samt Cousin zu verhehlen. Auf seiner Stirn bildeten sich Zornesfalten, ein Ausbruch war zu befürchten. Doch er zischte nur: »Was willst du hier? Und was will der hier?«

Statt sich wie sonst bei einer heftigen Reaktion ihres Mannes in ihr Schneckenhaus zurückzuziehen, ging Lucile strategisch vor, wappnete sich mit Sanftheit.

»Als Journalist interessiert er sich für Guernseys Wirtschaft. Ich dachte, du könntest ihm mit deinem Wissen nützlich sein. Er recherchiert über den Schiffsverkehr zwischen den Inseln und die Fähren nach Frankreich und England. Um seine Reportage mit Fakten anzureichern, nicht wahr, Jacques?«

»Ja, genau«, bestätigte Leblanc und fügte hinzu: »Ich nehme an, dass die Fährschiffe ein bedeutender Faktor für den Transport von Waren sind, und natürlich von Menschen.« Was ich da von mir gebe, ist an Banalität kaum zu überbieten, dachte er, kaum waren ihm die Worte entschlüpft.

»Wie sollte es anders sein, als dass Inseln von Schiffen angefahren werden«, hieb Chabot ungnädig in die Kerbe von Leblancs unbedachter Äußerung.

Lucile überlegte angestrengt, wie sie ihren Mann für eine Weile aus dem Büro locken könnte. »Wir dachten, du könntest mit Jacques eine Tour durch den Hafen machen und ihm dabei einige Informationen geben. Anschaulichkeit ist immer das Beste.«

Der Versuch misslang. »Ich spiele ganz sicher nicht den Fremdenführer. Dein Cousin soll sehen, woher er seine Fakten bekommt, von mir nicht. Und jetzt bitte ich euch, wieder zu gehen, ich habe nämlich zu arbeiten. Und, Lucile, heute Nachmittag fahre ich nach

Jersey rüber zu Jenny, ein Familientreffen, das meine Anwesenheit erfordert.«

Lucile suchte Leblancs Blick. Sie mussten ihren Plan, die Drohbriefe ausfindig zu machen, aufgeben. »Tja, dann«, sagte sie, schon zum Gehen bereit, als die Tür geöffnet wurde und Miss Hogg eintrat. Ihr kurzer Rock gab viel von ihren gebräunten Beinen preis.

»Henri, hast du mal eine Minute«, gurrte sie taubengleich. »Christoph und ich kommen da mit einer Sache nicht weiter.«

»Wir warten hier«, beeilte sich Lucile zu sagen.

Chabot, dem es lieber gewesen wäre, die lästigen Besucher hätten das Büro verlassen, wollte vor Miss Hogg einen Rauswurf vermeiden. »Bin sofort wieder da«, erklärte er und folgte der kecken Sekretärin, die triumphierend mit ihrem Chef abzog.

Mit dem Eingreifen des Schicksals hatte keiner mehr gerechnet. Die Chance musste genutzt werden.

Lucile flüsterte: »Jetzt aber schnell.«

Mit einer Behändigkeit, die man der schmächtigen Frau nicht zugetraut hätte, raste sie um den Schreibtisch herum, zog eine Schublade auf, noch eine, bis sie bei der letzten angelangt war. Sie kramte in abgelegten Papieren, Geschäftsbriefen, statistischen Aufstellungen, fand Autoschlüssel, Pfefferminzpastillen und einen zerknüllten Zettel. Den ließ sie in ihre Handtasche gleiten und schloss die Schublade. Beim Aufrichten fiel ihr Blick auf den Bildschirm des Computers, eine geöffnete E-Mail. Sie überflog die Zeilen.

»Habe Sehnsucht nach dir. Heute Nacht am Strand? Ich liebe dich, Pat.«

Trotz ihrer Entscheidung, Henri zu verlassen, fühlte sie einen Stich in der Brust. Pat? Heute Nacht? Roberts Frau, Henris Schwiegertochter, hieß Patricia. Er würde doch nicht … Nein, das wäre ja … das würde er seinem Sohn nicht antun.

»Er kommt zurück, mach schnell«, zischte Leblanc, der Schritte auf dem Flur hörte. Lucile schaffte es gerade noch, neben ihren

»Cousin« zu treten, die Verwirrung, die die Zeilen auf dem Bildschirm ausgelöst hatten, zu bemänteln und, als ihr Mann die Bürotür öffnete, wie die Unschuld in Person zu flöten: »Wir wollen deine Zeit nicht länger in Anspruch nehmen.«

Lucile entdeckte ganz neue Seiten an sich. Bisher war ihr verborgen geblieben, dass in ihr ein Talent zur Schauspielerei schlummerte. Sie schob Leblanc aus dem Büro ihres Mannes und stapfte zum Ausgang, ohne Miss Hogg an ihrem Empfangstisch auch nur eines Blickes zu würdigen, ohne allerdings auch, wie ursprünglich vorgesehen, dem Geschäftsführer einen Besuch abzustatten.

Ein unerklärbares Unbehagen beschlich Henri Chabot unmittelbar nach dem Aufbruch der Besucher. Die plötzliche Veränderung im Verhalten seiner Frau gefiel ihm nicht. Dieser ominöse Cousin, der aus dem Dunkel irgendeiner Vergangenheit aufgetaucht war, behagte ihm noch weniger. Chabot, ein Mann der Tat und nicht des Grübelns, rief im Internet die Seite der Marseiller Zeitung *La Provence* auf, suchte die Nummer der Redaktion heraus und griff zum Telefon. Seine Vorahnung hatte nicht getrogen. Ein Redakteur namens Jacques Leblanc war bei der Zeitung nicht bekannt, nein, man beschäftigte auch keinen freien Mitarbeiter, der so hieß. Die Suchmaschine spuckte, als er den Namen eingab, Zeitungsartikel über einen Kriminalkommissar in Deauville aus, der vom Dienst suspendiert worden war. Verflixt, Lucile hatte einen Schnüffler engagiert. Wahrscheinlich war dieser Kommissar jetzt als Privatdetektiv tätig. Hatte ihn seine Frau auf sein Privatleben angesetzt? Wollte sie herausfinden, mit wem er sie betrog? Die kleine Sekretärin war ihm egal. Es war ein Fehler gewesen, sie mitzunehmen nach Paris zur Tagung der Schiffsversicherer. Einmal waren sie im Bett gelandet, seitdem spielte sie sich auf wie eine Königin. Das Getue ging ihm ziemlich auf die Nerven, er würde ihr bei Gelegenheit kündigen. Aber seine Affäre mit Pat musste geheim bleiben. Sein Sohn durfte nichts davon erfahren, sonst würde es einen Riesenkrach geben.

Oder fühlte sich Lucile tatsächlich von den anonymen Briefen bedroht? Aber die betrafen doch ihn und nicht sie.

Er zog die untere Schublade seines Schreibtischs auf, in die er den letzten dreckigen Schrieb zusammengeknüllt hineingeworfen hatte. Er fand ihn nicht mehr. Hatte Lucile in seiner Abwesenheit etwa den Schreibtisch durchwühlt? Wie konnte sie es wagen! Dass sie hinter seinem Rücken gegen ihn intrigierte, beschleunigte seinen Wunsch, sich von ihr zu trennen. Aber zuerst musste er sich den Schnüffler vom Hals schaffen. Ein Unfall, ein plötzliches Verschwinden – Dmitri würde eine Lösung einfallen.

Henri Chabot rief seinen Skipper an. Dmitri, in Moskau geboren, in Portsmouth aufgewachsen, Seefahrer, Bodyguard, ein Hüne von einem Mann und bereit, wenn man ihn gut bezahlte, unangenehme Angelegenheiten aus der Welt zu schaffen. Schon manches Mal hatte er ihm gute Dienste geleistet.

ZEHN

John Mayor ließ sich nicht lange bitten, wenn es um ein Interview ging, zumal mit einem Reporter aus Frankreich. Groß war seine Wut auf die Verantwortlichen aus Politik und Wirtschaft, die seiner Ansicht nach nicht nur die Insel, sondern die Welt zerstörten. Dass milliardenschweren Industriellen durch die Gründung von Offshore-Firmen in manchen Ländern ermöglicht wurde, anderen Ländern die dringend benötigten Steuerabgaben zu entziehen, empörte ihn zutiefst. Auch sonst war John Mayor mit vielem nicht einverstanden, was auf dem Globus passierte, und seine Meinung tat er gerne in der Öffentlichkeit kund. »Legal ist nicht gerecht«, war seine Devise.

Lucile hatte Leblanc am Nachmittag vor der Amherst Primary School abgesetzt, die sich am nördlichen Rand von St. Peter Port befand. Anschließend fuhr sie ins Victor-Hugo-Museum, um ihren wöchentlichen Kassendienst anzutreten. Verabredet war, dass Leblanc, der sich nach dem Gespräch mit dem Lehrer allein in der Stadt umsehen wollte, sie gegen Abend anrief, damit sie ihn abholte. Sie habe Mary gebeten, einen Hummer zuzubereiten, sagte sie, frisch aus dem Meer, eine Spezialität der Kanalinseln. Den müsse er unbedingt probieren, er werde warm mit einer Cocktailsoße serviert. Pünktlich um acht Uhr gebe es Essen.

Leblanc hatte sich diesen engagierten Pädagogen jünger vorgestellt, vielleicht um die dreißig. Der John Mayor, der ihm auf dem betonierten Schulparkplatz entgegenkam, war an die sechzig, hatte krause graue Haare, einen grauen Vollbart und erinnerte entfernt an Karl Marx. Oder war man geneigt, fragte sich Leblanc, diese Ähnlichkeit zu konstatieren, weil beiden gesellschaftliche Missstände ein Dorn im Auge waren, gewissermaßen von den inneren Überzeugungen aufs Äußere zu schließen? Würde man bei einem Top-Manager, der ähnlich aussah, auch an den Verfasser des *Kommunistischen Manifests* denken? Aber ein Manager würde vermutlich keinen Vollbart haben. Oder doch? Um sich einen Scherz zu erlauben? Sollte es Manager mit Humor geben?

John Mayor streckte dem Besucher die Hand entgegen, fester Händedruck, offenes Lächeln. Leblanc, auf seine Englischkenntnisse angewiesen, bat den Lehrer, langsam zu sprechen.

»Nehmen Sie das Gespräch denn nicht auf?«, fragte John Mayor.

Nach einem Moment der Überrumpelung – an was man alles denken muss – beeilte sich Leblanc zu erwidern: »Äh, ich mache mir Notizen.«

»Wir können uns in ein leeres Klassenzimmer setzen. Das Lehrerzimmer wird von Kollegen zum Korrigieren von Arbeiten oder Unterrichtsvorbereitungen genutzt, ich möchte sie nicht stören.«

Leblanc folgte dem Lehrer durch die Eingangshalle in den Trakt mit den Klassenzimmern. Es war still, nicht der in Schulen übliche Lärm, und Schüler waren weit und breit nicht zu entdecken. Als hätte Mayor seine Gedanken erraten, erklärte er: »Mittagspause, die meisten sind draußen auf den Sportplätzen.«

Im Flur und im Klassenzimmer hing der unausrottbare Geruch von Schule, wie er wahrscheinlich überall auf der Welt zu finden ist: ein Gemisch aus Kinderschweiß, feuchter Kleidung, Linoleum und Putzmitteln.

»Sie sind also der Rebell von Guernsey. Was kritisieren Sie genau?«, fragte Leblanc, als sie sich hingesetzt und er aus seiner Tasche ein Stück Papier und einen Stift geangelt hatte. Gut, dass er so etwas immer bei sich trug.

John Mayor lächelte nachsichtig. »Zehn Jahre lang saß ich als

Abgeordneter im Parlament, ich habe meinen Glauben an die Demokratie verloren. Vor 1998 war der Finanzsektor völlig zügellos, dann … ja, dann wurde eine unabhängige Finanzaufsicht eingeführt, um Offshore-Geschäfte zu regulieren und Kapitalflüsse transparenter zu machen. Aber ohne große Wirkung. Das hält niemanden davon ab, hier Geld zu investieren. Man umgeht die Aufsicht, indem man Trusts gründet, also Stiftungen, die werden gar nicht registriert, und jeder kann eine Stiftung gründen. Die Dunkelziffer ist ziemlich hoch, die genauen Zahlen kennt niemand. Die Kanalinseln leben von der Offshore-Finanzindustrie, der Sektor macht über fünfzig Prozent des Bruttoinlandsprodukts aus und beschäftigt fast ein Viertel der arbeitenden Bevölkerung Guernseys. Mindestens noch einmal so viele verdienen indirekt daran.«

»Das ist aber nur die Hälfte der Erwerbstätigen. Was macht die andere Hälfte?«, unterbrach ihn Leblanc.

»Arbeitet im Tourismussektor zum Beispiel oder im kommunalen Bereich, Polizei, Lehrer …« John Mayor grinste, wurde aber gleich wieder ernst. »Das Haushaltsdefizit trägt jedenfalls die Bevölkerung. Kürzungen in der Verwaltung, Entlassungen und höhere Steuern für Arbeiter, die Straßen auf der Insel sind teilweise in schlechtem Zustand, die Schulen überfüllt, auf Arzttermine müssen Patienten manchmal wochenlang warten. Die Menschen leben in Sozialwohnungen, weil die Miet- und Immobilienpreise so hoch sind, dass sich ein normaler Angestellter keine Wohnung auf dem freien Markt leisten kann. Ich bin auf der Insel geboren, stamme aus einer Familie von Fischern, die jahrhundertelang hier gelebt haben. Was ist das für eine Gesellschaft, die nur die Reichen bevorzugt? Alle anderen können sehen, wo sie bleiben.«

Es war John Mayor anzumerken, dass er seinen Unmut nicht zum ersten Mal zum Ausdruck brachte. Emotional bewegt, ja, aber nicht überwältigt von Zorn. Er formulierte klar und stützte sich auf fundierte Kenntnisse.

»Haben Sie Mitstreiter, die sich auf Ihre Seite gestellt haben?«, fragte Leblanc.

»Ja, wir sind eine kleine Gruppe und organisieren Informationsveranstaltungen, manchmal auch aus gegebenem Anlass eine Demonstration.«

»Wie weit würden Sie denn gehen, um Ihre Forderungen durchzusetzen?«

Mayor verstand Leblancs Frage nicht. »Wie meinen Sie das?«

»Gibt es in Ihrer Gruppe Leute, die anderen drohen würden, um ein Ziel zu erreichen?« Leblanc versuchte zu präzisieren, aber nicht alles preiszugeben.

»Jemandem drohen? Sie meinen Politikern?«

Mayor ist aus dem Spiel, dachte Leblanc. Der hat mit den Briefen nichts zu tun. »Ja, oder denen, die diese Offshore-Firmen betreiben.«

»An die kommt man doch gar nicht heran. Die Inhaber solcher Firmen tauchen selbst nicht auf, die Geschäfte laufen über Vermögensverwaltungen und Anwaltskanzleien.«

»Manche haben aber ihren Wohnsitz auf der Insel, oder nicht?«

»Was sollen Ihre Fragen? Wir sind keine Revolutionäre, sondern Demokraten. Es gibt in der Gruppe vielleicht ein, zwei Hitzköpfe, die gelegentlich aufbrausen, aber die tun niemandem etwas zuleide. Wie kommen Sie überhaupt auf so eine Idee? Hat uns jemand beschuldigt?«

Leblanc beschloss, die Hintergründe aufzudecken. »Ich habe von Drohbriefen gehört, die ein Firmeninhaber erhalten hat. Er solle die Insel verlassen, sonst würde ihm etwas passieren. Meinen Sie, das könnte ernst gemeint sein oder nur eine leere Drohung?«

Auf Mayors Stirn bildeten sich tiefe Falten. Er schüttelte den Kopf, die grauen Locken wippten. »Ich kann mir weder das eine noch das andere vorstellen. Auf Guernsey passieren so gut wie keine Verbrechen, wir sind eine kleine Insel. Die Polizei beschäftigt sich mit Verkehrsdelikten oder rettet Kinder von unzugänglichen Klippen. Keine Ahnung, wann es mal einen Mord gegeben hat. Selbst wenn jemand aus unserer Gruppe, bei dem eine Sicherung durchgebrannt ist, so einen Drohbrief geschrieben haben sollte – ich sage *selbst wenn*, weil ich nicht glaube, dass das der Fall ist –, dann hätte das keinerlei Konsequenzen.« Plötzlich richtete sich Mayor auf. »Sie sind gar kein Journalist, stimmt's? Sie sind Polizist.«

Nachdem Mayor selbst darauf gekommen war, rückte Leblanc mit der Wahrheit heraus. »Sie haben recht, ich war Kriminalkommissar. Jetzt bin ich so etwas wie ein Sonderermittler, allerdings ohne Befugnisse außerhalb der EU. Deshalb die Tarnung. Ich wäre Ihnen dankbar, wenn Sie das für sich behalten. Und ich wäre Ihnen auch dankbar, wenn Sie mich benachrichtigen, falls Sie etwas von anonymen Briefen hören, selbst wenn es sich um leere Drohungen handeln sollte.« Er reichte dem Lehrer seine Handynummer. »Mir wäre es auch lieber, die Sache stellte sich als schlechter Scherz heraus. Dann könnte ich Entwarnung geben. Ein Verbrechen zu verhindern ist auf jeden Fall besser, als eins aufklären zu müssen, nicht wahr?«

John Mayor nickte. »Da haben Sie recht. Ich wünsche Ihnen viel Erfolg.« Er versicherte, er würde sich melden in dem sehr unwahrscheinlichen Fall, dass ihm etwas zu Ohren käme.

Leblanc ließ sich von ihm noch zu einem Kaffee im Lehrerzimmer überreden, in dem Mayors Kolleginnen und Kollegen über Klassenarbeiten gebeugt saßen. Anschließend schlenderte er langsam die Amherst Road hinunter in Richtung Hafen.

Im Cambridge Park, einer baumgesäumten Grünfläche, setzte er sich auf eine Bank, um nachzudenken. Mayor und seine Gruppe konnte er ausschließen, die hatten mit der Sache nichts zu tun. Aber wo sollte er ansetzen? Was tat er eigentlich hier? Im Grunde fühlte er sich überflüssig, außer dass seine Anwesenheit eine positive Wirkung auf Lucile auszustrahlen schien. Der Reeder glaubte nicht an eine ernsthafte Bedrohung, außerdem, falls wirklich so etwas wie eine Entführung passierte, wären ihm die Hände gebunden. Sollte er bleiben, nur um eine Frau zu unterstützen, deren Ehe am Ende war, sie psychisch aufrichten, um sie in ihrem Wunsch nach einer Trennung zu bestärken? Selbst wenn es sich um die Tochter eines Ex-Ministers handelte, der mit dem Polizeipräfekten befreundet war. Er kannte sich auf dieser Insel nicht aus, die Gepflogenheiten waren ihm fremd. In Frankreich war er in der Lage, Situationen einzuschätzen, Menschen zu beurteilen, Hintergründe zu erkennen – all das fehlte ihm auf Guernsey. Sie hätten ihn genauso auf den Mond schicken können. Kurz, Leblanc hielt einen weiteren Aufenthalt für sinnlos.

Er rief den Polizeipräfekten an und teilte Monsieur Gautier seine Überlegungen mit.

»Bleiben Sie noch einen Tag. Wenn sich dann nichts tut, fliegen Sie zurück«, beschied der Präfekt. »Frédérique Delaunay hat sich sehr anerkennend geäußert, seine Tochter fühlt sich in Ihrer Gegenwart beschützt und sicher, sie lobt sie in den höchsten Tönen.«

Leblanc gab sein Einverständnis und beschloss, den geschenkten Tag als Urlaub anzusehen, das würde auch Lucile gefallen. Die Temperatur war nun am Nachmittag auf weit über zwanzig Grad angestiegen. Er zog sein Jackett aus und erhob sich, um den begonnenen Spaziergang zum Hafen fortzusetzen, als er von einem groß gewachsenen, kräftigen Mann mit einem Akzent, den er nicht sofort zuordnen konnte, angesprochen wurde. Der Mann nannte seinen Namen, Leblanc. Woher kannte er ihn? Was wollte er?

ELF

Leblanc erwachte in tiefer Dunkelheit. Es kam ihm vor, als hätte er hundert Jahre geschlafen. Kopf und Körper schmerzten, Arme und Beine waren steif. Ihm war übel, er fror. Wo war er? Was war geschehen? Seine Hände tasteten den Boden ab, auf dem er lag. Erde, feuchte Erde. Er bewegte langsam seine Gliedmaßen, richtete den Oberkörper auf. Ein Hustenanfall schüttelte ihn, als würde seine Lunge die normale Atemtätigkeit nur widerwillig wieder aufnehmen. Immerhin, er lebte und war unverletzt. Oder? Er befühlte Gesicht und Kopf. Als sein Geist wie von einer langen Reise zurückgekehrt war, kurbelte er seine Erinnerung an, und langsam kramte er erst Fetzen, dann Bilder und Zusammenhänge aus seinem Gedächtnis hervor.

Er war bei dem Lehrer gewesen, danach hatte er auf einer Parkbank gesessen. Und dann? Dann hatte ihn dieser Fremde angesprochen, Englisch mit einem Akzent, den er nicht zuordnen konnte. Mr Chabot wolle ihn sprechen, hatte der gesagt, er würde ihn zu ihm bringen. Wieso?, hatte Leblanc gefragt. Er habe gehört, dass Mr Chabot unterwegs und gar nicht im Büro sei. Reise verschoben, hatte der Unbekannte geantwortet, es sei wichtig, er solle mitkommen. Und Leblanc war ihm gefolgt zu dessen Wagen, einem schwarzen SUV, die Marke hatte er sich nicht gemerkt. Er hatte kaum auf dem Beifahrersitz Platz genommen und sich angeschnallt, als er einen Schmerz im Oberarm verspürte, einen Stich. Das war das Letzte, was er mit Bewusstsein wahrgenommen hatte. Er fasste sich an die Einstichstelle, sie war geschwollen und schmerzte. Übelkeit überwältigte ihn, ihm war noch nie im Leben so schlecht gewesen. Er legte sich wieder auf die feuchte Erde und dämmerte weg.

Gleich würde er erwachen, in seinem Zimmer in Luciles Villa oder, besser noch, in seinem Bett in Paris. Er träumte. Er musste aufwachen. Jacques, wach auf, es ist ein Traum, einer deiner Albträume. Aber die hatte er in letzter Zeit gar nicht mehr gehabt. Seit er mit Marie zusammenwohnte, kein einziger Höhlentraum mehr. Als Kind war er in einer Erdhöhle in Kamerun verschüttet gewesen, bevor man ihn nach drei Tagen entdeckt und befreit hatte, ein Trauma, das ihn seitdem sein Leben lang begleitete. Es grenzte an ein Wunder, dass er überlebt hatte. Jacques, wach auf!

Er wachte auf, war aber immer noch an diesem Ort, in dieser Finsternis, auf diesem feuchten Boden. Er versuchte aufzustehen, taumelte, versuchte es erneut, griff an die Wand, griff in Erde. Schließlich hielt er sich aufrecht, er tastete, oben, an den Seiten, nichts als Erde, ein Loch, gerade so hoch, dass er stehen konnte. Panik überfiel ihn wie ein Fieberschub, fraß sich in seine Zellen, sein Herz raste. Er würde an diesem Ort verdursten und verhungern und ersticken. Er würde sterben. Keiner würde ihn auf dieser gottverdammten Insel finden. Oder war er noch das zehnjährige Kind in Kamerun, das Kind in der Höhle, das sich im Todesdelirium ein zukünftiges Leben zusammenfantasierte? Nie war er als Jugendlicher nachts durch Paris gestreift, nie Kommissar gewesen, hatte nie den Körper einer Frau berührt, nie mit Marie zusammengelebt, nie in Deauville ein Präsidium geleitet, seine Zunge hatte nie die köstlichen Menüs im Restaurant Central gekostet. Er brüllte wie ein Tier auf dem Schlachthof, er schrie in Todesangst, er hieb seine Fäuste gegen die Wände, sodass sich Klumpen von Erde lösten. Dann brach er zusammen, hockte sich auf den Boden und weinte wie ein verlassenes Kind.

ZWÖLF

Lucile lief nervös vom Flur ins Wohnzimmer, vom Wohnzimmer in den Flur. Sie wartete schon geraume Zeit auf Leblancs Anruf. Vergeblich. Ihre Versuche, ihn zu kontaktieren, waren alle gescheitert: »Der Teilnehmer ist vorübergehend nicht erreichbar.« Zweimal hatte sie eine Nachricht hinterlassen. Jacques ließ einfach nichts von sich hören. Um halb sieben war sie aus dem Museum nach Hause zurückgekehrt. Jetzt war es nach acht, der gekochte Hummer stand warm und rot glänzend auf dem Tisch. Mary hatte, ohne einen Gedanken an Tierschutz zu verschwenden, den lebenden Hummer, der sich am Morgen noch vor der Insel Sark auf dem Meeresboden mit Artgenossen getummelt hatte und dann unvorsichtigerweise in einen Hummerkorb gekrochen war, in siedendes Wasser geworfen. Sie hatte die Scheren abgetrennt, den Schwanz zerteilt und die zwei Hälften so drapiert, dass das Fleisch mühelos zu entnehmen war. Dazu hatte sie eine Cocktailsoße zubereitet, die so milde war, dass sie den Hummergeschmack nicht übertönte. Aber der Hummer würde kalt werden, wenn Jacques sich nicht bald meldete. Wieso tat er das nicht, sie hatten es doch verabredet?

Um neun Uhr war der Hummer kalt und Lucile vor Sorge außer sich. Kurze Zeit darauf rief sie ihren Mann an. Erstaunlicherweise meldete er sich gleich. Ob er Jacques irgendwo gesehen habe, fragte sie. Ihr Cousin sei verschwunden, und sie fühle sich für ihn verantwortlich.

Ach, sagte ihr Mann, das habe er ganz vergessen ihr mitzuteilen. Ihr Cousin sei abgereist, eine dringende, nicht aufzuschiebende

Angelegenheit habe ihn zurückgerufen. Es sei alles sehr schnell gegangen, er habe wohl für die Maschine am Nachmittag einen Platz buchen können, jedenfalls nehme er, Henri, das an. »Ich habe ihn bei uns vorbeigefahren, damit er seine Tasche holen konnte. Er wollte sich ein Taxi nehmen, um zum Flughafen zu kommen. Ich konnte mich nicht weiter um ihn kümmern, weil der Helikopter wartete, um mich nach Jersey zu bringen. Übrigens werde ich erst morgen zurück sein, ich übernachte bei Jenny. Robert und William sind hier, wir haben etwas zu besprechen. Weil dein Cousin dich bei deiner Arbeit im Museum nicht stören wollte, hat er mich im Büro angerufen. Er sagte, ich solle dir Grüße bestellen, er werde sich noch bei dir melden.«

»Ist Patricia auch bei Jenny?« Lucile konnte die Frage nicht unterdrücken.

»Ja, natürlich, wieso?« Nachdem Henri die überstürzte Abreise ihres Cousins in ungewöhnlich freundlichem Ton geschildert hatte, verfiel er wieder in seine barsche Redeweise. »Ich werde hier gebraucht, du weißt ja nun Bescheid.« Er beendete das Gespräch.

Lucile nahm das Handy vom Ohr und starrte eine Weile fassungslos auf das Display. Sie rannte die Treppe hinauf, öffnete die Tür zum Gästezimmer. Es war tatsächlich leer, von Jacques' Sachen keine Spur, der Schrank ausgeräumt, auf der Konsole im Badezimmer weder Zahnbürste noch Shampoo. Irgendetwas in ihr sträubte sich, das, was sie gerade erfahren hatte, zu glauben. Aber offensichtlich hatte ihr Mann die Wahrheit gesagt. Nur sie verstand es nicht. Ihr Eindruck von Jacques, der nicht ihr Cousin, aber nach einem Tag bereits zu ihrem Vertrauten geworden war, deckte sich nicht mit dieser abrupten Abreise. Er hätte ihr doch zumindest Bescheid gesagt. Oder hatte sie sich erneut in einem Menschen so sehr getäuscht?

Tränen liefen ihr über das Gesicht. Sie fühlte sich allein gelassen, Zuversicht und Mut lösten sich in Luft auf. Sie stürzte die Treppe hinunter, wie rasend machte sie sich über den kalten Hummer her. Mit beiden Händen griff sie in die geöffneten Flanken des Tiers, entnahm ihnen das weiße Fleisch und stopfte es sich in den Mund. Ihr Tun glich einem Massaker, einer Vernichtung, und sie ließ nicht eher ab, bis Schalen und Scheren geleert waren. Kurz darauf begann die Orgie des Erbrechens.

Bevor Lucile, erschöpft von den Anstrengungen, die sie ihrem Körper zugemutet hatte, zu Bett ging, öffnete sie noch einmal die Tür zum Gästezimmer, wie um sich zu vergewissern, dass sich wirklich niemand darin aufhielt. Sie schlug die unordentlich über das Bett geworfene Decke zurück, und da lag ein nachlässig gefalteter hellblauer Pyjama, ein Schlafanzug, den Leblanc, aber das konnte Lucile nicht wissen, eigens für diese Reise gekauft hatte. Luciles Misstrauensantennen richteten sich auf. Würde ein Mann, selbst wenn er in Eile war, seinen Schlafanzug vergessen? Irgendetwas stimmte da nicht. Morgen würde sie Nachforschungen anstellen.

Zur gleichen Zeit in Paris, unter Berücksichtigung der Zeitverschiebung von einer Stunde: Marie tigerte unruhig in der Wohnung in Passy herum. Jacques hatte sie nicht angerufen, wie er es versprochen hatte, und alle ihre Versuche, ihn zu erreichen, waren fehlgeschlagen. Es ging auf dreiundzwanzig Uhr zu. Diese verflixte Guernsey-Reise! Sie hatte von vornherein ein ganz schlechtes Gefühl gehabt und hätte ihn mit mehr Nachdruck überzeugen müssen, in Paris zu bleiben. Aber natürlich hätte er sich nicht überzeugen lassen. Sobald er einen Fall witterte, war er nicht aufzuhalten. Noch einmal drückte sie die Wahlwiederholung. Wieder nur die Mailbox.

Weil sie nicht wusste, mit wem sie sprechen sollte, rief sie ihren Sohn in London an. London schien ihr, allein wegen der Gemeinsamkeit der englischen Sprache und der britischen Krone, in größerer Nähe zu Guernsey zu liegen. Was aber nicht der Fall war. London, Paris und Guernsey bildeten ein fast gleichschenkliges

Dreieck. Aber selbst wenn ihr die geografische Lage der drei Orte bewusst gewesen wäre, hätte es sie nicht von ihrem Vorhaben abgehalten. Denn Marie brauchte jetzt unbedingt jemanden, der ihr versicherte, sie leide unter Hirngespinsten, es werde alles gut. Diese Aufgabe sollte nun Charles erfüllen, der sich bei einer Bank in London um die Vermögensverwaltung der Kunden kümmerte. Gleich nach dem Abitur hatte er eine Banklehre begonnen und schien, nach seiner Karriere zu urteilen, durchaus erfolgreich zu arbeiten. Charles' verschlafene Stimme drang an ihr Ohr. »Maman, ist etwas passiert?«

»Entschuldige«, sagte Marie, als sie merkte, dass sie ihren Sohn aus dem Bett geholt hatte. »Jacques ist wegen einer Ermittlung nach Guernsey geflogen und ruft nicht an, obwohl er es versprochen hatte. Ich spreche dauernd auf seine Mailbox, aber er ist nicht erreichbar. Ich mache mir Sorgen.«

Ihr Sohn, vom Anruf seiner Mutter im Schlaf überrascht, wusste zunächst nicht, was sie von ihm wollte. »Maman, ich kann dir da nicht helfen, falls du meinst, ich könnte von hier aus etwas tun. Guernsey ist ein selbstständiges Territorium, das nicht zu England gehört, die britischen Behörden greifen da nicht ein. Was macht Jacques überhaupt auf der Insel? Er darf als französischer Polizeibeamter dort doch gar nicht tätig werden?«

»Das kann ich dir so schnell nicht erklären. Er kümmert sich um Franzosen, die auf Guernsey leben und in Schwierigkeiten sind, inoffiziell.«

Charles setzte nun auf Beruhigung und Deeskalation der Gefühlslage. »Du solltest dich nicht verrückt machen. Er kann den Anruf vergessen haben oder in einer Situation stecken, in der er nicht telefonieren kann. Er wird sich bestimmt morgen bei dir melden, es wird eine Erklärung für sein Schweigen geben.«

Eigentlich war es genau das, was Marie hören wollte. Aber die Worte ihres Sohnes besänftigten ihre stürmischen Gefühle nicht. Es war keine gute Idee gewesen, ihn anzurufen. Jetzt hatte sie Charles unnötig beunruhigt und außerdem seinen Schlaf gestört. Sie gab vor, von ihm überzeugt worden zu sein, und entschuldigte sich erneut.

Wieder allein mit ihren Ängsten, beschloss sie, am nächsten Tag den Polizeipräfekten zurate zu ziehen. Der hatte Jacques schließlich diesen Fall aufgehalst. Sie würde vor seiner Bürotür stehen und sich nicht abwimmeln lassen. Dummerweise hatte sie sich nicht die Telefonnummer der Leute geben lassen, bei denen Jacques auf Guernsey wohnte. Jetzt konnte sie tatsächlich nichts anderes tun, sie musste bis morgen abwarten.

Zur gleichen Zeit, wiederum unter Berücksichtigung der einen verschobenen Stunde, zog sich Henri Chabot, unter dem Vorwand, müde zu sein, im strandnahen Cottage seiner Ex-Frau Jenny in sein Gästezimmer zurück. Er bewohnte das Gartenhäuschen, das Jenny normalerweise als Atelier nutzte, während alle anderen im Cottage schliefen. Der Besuch war bisher mehr als unbefriedigend verlaufen. Seine Ex-Frau hatte zu ihrem Geburtstagsfest – Chabot wusste wirklich nicht, ob er ihr Naivität oder Bosheit unterstellen sollte – den ehemaligen Leiter der Personalabteilung, Alexandre Cornet, aus Saint-Malo eingeladen, eine Geschmacklosigkeit sondergleichen. Sie war mit der Familie Cornet seit Jahren befreundet. Aber natürlich hätte sie wissen müssen, dass die Konfrontation mit seinem früheren Angestellten für ihn eine unerträgliche Situation bedeutete. Prompt hatte Alexandre ein Klagelied angestimmt – die meisten Mitarbeiter hätten nach Henris Verlegung der Reederei keine Arbeit gefunden, sie lebten von Arbeitslosengeld, wie er auch. Es herrsche keine gute Stimmung in Saint-Malo, die Arbeitslosenquote liege bei fast zehn Prozent, die Dunkelziffer weit höher. Ob er sich nicht entschließen könne zurückzukehren, sie wären alle froh und würden sofort ihre Posten wieder antreten. Alexandre hatte seine Litanei abgespult und versucht, ihn unter moralischen Druck zu setzen. Er sei nicht der liebe Gott und somit nicht in der Lage, die wirtschaftlichen Gegebenheiten zu ändern, hatte er kurz angebunden geantwortet und sich mit seinen Söhnen Robert und Will zu einem Gespräch zurückgezogen. Das hatte allerdings genauso desaströs geendet und zur Vereisung der Atmosphäre geführt, was Jenny wiederum unerträglich fand und darum bat, dass sie sich wenigstens an ihrem Geburtstag zurückhielten.

Wie schon häufig hatte Will ihn um Geld gebeten. Will war in seinen Augen ein Nichtsnutz, ein Versager, der seit seinem Kunststudium in Paris nichts auf die Reihe gekriegt hatte. Das Studium hatte er seinem Sohn bezahlt und sogar noch den ersten Versuch, etwas Eigenständiges auf die Beine zu stellen, nämlich eine Galerie zu eröffnen, in der Werke junger asiatischer Künstler ausgestellt und verkauft werden sollten. Die Galerie erwies sich als Flop. Sein ungeratener Sohn hatte vergessen, eine Marktanalyse in Auftrag zu geben, und damit das erste und wichtigste Gebot vor einer Geschäftsgründung missachtet. Längst waren die gefragten Künstler aus Asien bei den ansässigen Galeristen unter Vertrag. Der blauäugige Will – »Mir kommt es auf die Kunst an, nicht aufs Geschäft« – konnte keine nennenswerten Objekte erwerben und scheiterte mit seinem Vorhaben.

Danach hatte er sich geweigert, weiter in seinen Sohn zu investieren. Ein Atelier wollte Will einrichten, dann eine Kunstschule gründen, dann entdeckte er sein vermeintliches Talent für die Bühne und bat um eine Ausbildung als Schauspieler. Schließlich wollte er ein marodes Busunternehmen erwerben und zu neuem Leben erwecken, und jetzt sollte es ein Restaurant sein, obwohl der mittlerweile vierzigjährige Will, der sich bisher durch nichts als durch Unfähigkeit ausgezeichnet hatte, nicht die geringste Ahnung vom Gastronomiegewerbe besaß.

Aus keiner dieser windigen Ideen war jemals ein konkretes Projekt hervorgegangen. Angeblich, weil er, der Vater, nicht genügend Vertrauen in den Sohn hatte und vor allem ihm finanziell nicht genügend unter die Arme griff. Geld, Geld, Geld. Henri konnte es nicht mehr hören. Will sollte etwas leisten im Leben, dann würde man weitersehen. Ein Restaurant! Was für eine Idiotie! Und sein Ältester, Robert, dessen Berufsleben, das musste Henri zugeben, als Investmentbanker in London von beeindruckendem Erfolg gekrönt war, hatte Will auch noch in seinem Vorhaben unterstützt und seine Bereitschaft erklärt, einen Teil der benötigten Summe zuzuschießen. Er, der Vater, hatte Nein gesagt, sie sollten ihn endlich in Ruhe lassen mit ihren Forderungen. Nur über seine Leiche, hatte er gemeint, dann könnten sie mit ihrem Pflichterbe machen, was sie wollten, vorher nicht. Er erfreue sich einer blendenden Gesundheit, habe also in absehbarer Zeit nicht vor, ins Gras zu beißen. Falls sie bereits damit rechneten.

Mit diesen Worten hatte er das Gespräch beendet und war zu Jenny und Pat ins Wohnzimmer zurückgekehrt, die den Tisch fürs Abendessen gedeckt hatten. Jenny war in den letzten Jahren stark gealtert – sie war jetzt sechzig – und hatte mächtig zugenommen. Ihr einstmals schwarzes Haar hatte sich in graues verwandelt, aufs Äußere achtete sie nicht, trug immer weite Hosen und Kittel. Und doch schien sie zufrieden mit ihrem Leben. Sie malte Bilder von Jerseys Küste mit Felsen und Sonnenuntergang – der reinste Kitsch, fand Henri – und verkaufte sie erfolgreich an Touristen. Das alles war ihm völlig egal.

Nicht egal dagegen war ihm Pat, seine schöne, begehrenswerte Schwiegertochter Patricia, Roberts Frau, knabenhaft, muskulös, mit streichholzkurzen schwarzen Haaren, Tochter eines Inders und einer Engländerin. Er hatte einmal gelesen, dass androgyne Frauen als sexuell besonders aktiv gelten würden. Ob das allgemein stimmte, wagte er nicht zu beurteilen, in Pats Fall traf die Aussage jedenfalls zu. Keine Frau hatte ihm bisher eine solche Lust verschafft wie sie, und ihr schien es ebenfalls Spaß zu machen. Sein Sohn vermochte offenbar ihre sexuellen Bedürfnisse nicht zu befriedigen. Was hatte er nur für zwei Schlappschwänze in die Welt gesetzt, der eine war eine Null im Berufsleben, der andere impotent. An ihm hatte es gewiss nicht gelegen, es mussten Jennys Gene sein, die den Kindern vererbt wurden.

Voller Ungeduld lag Henri auf dem Bett im Gartenhaus und wartete darauf, dass im Haus das Licht gelöscht wurde und alle schlafen gegangen waren. Erst dann konnte sich Pat unbemerkt davonschleichen. Jede Faser seines Körpers vibrierte, die Erwartung versetzte ihn in einen fast schmerzhaften Spannungszustand. Es dauerte aber noch eine gute Stunde, bis er ein leises Kratzen an der Fensterscheibe vernahm.

Er griff nach der Wolldecke auf dem Bett, öffnete lautlos die Tür und schlüpfte hinaus. Er musste sie berühren, ihre Haut spüren, jetzt sofort. Pat schüttelte den Kopf. Kein Wort wurde gesprochen. Sie deutete mit der Hand in Richtung Strand. Erst als sie einige Hundert Meter vom Cottage entfernt waren, flüsterte Pat: »Wir müssen vorsichtig sein. Wenn uns jemand bemerkt, sagen wir, dass wir schwimmen waren.«

Henri hörte nicht zu. Sein Verstand hatte die Segel gestrichen, er war ganz Körper. Selbst wenn in diesem Moment Robert vor ihm stünde, es wäre ihm egal. »Ich will dich«, raunte er Pat ins Ohr, seine Hände griffen nach ihr.

»Ich denke an nichts anderes«, flüsterte sie.

Er breitete die Decke auf dem Sand aus, der die Wärme des Tages noch in sich trug, und warf den Bademantel ab, unter dem er nackt war. Aus Vorsicht hatte Pat ihren Bikini übergestreift. Er zog ihr Hose und Oberteil aus. Sie roch nach Zimt und Sandelholz, er liebte ihren Geruch, er wollte, dass er an seinem Körper haften blieb. Dann überließen sie sich der Gier, die sie für alle Geräusche der Umgebung unerreichbar machte.

DREIZEHN

Sie sind Leblancs Gattin?«, erkundigte sich der Polizeipräfekt, als Marie, nachdem sie alle Hindernisse, zu ihm vorzudringen, mit äußerster Entschiedenheit überwunden hatte, vor ihm stand, die Hände geballt und entschlossen, sich nicht abwimmeln zu lassen.

»Wir sind nicht verheiratet, aber wir leben zusammen«, antwortete Marie ungeduldig, weil sie fand, das täte nichts zur Sache.

Der Präfekt beharrte auf dem Thema, um das unangenehme Gespräch, das sich, wie er vermutete, gleich anschließen würde, hinauszuzögern. »Das ist heute fast schon die gängige Lebensform, ein wenig bedauerlich, finde ich. Der Bund der Ehe verleiht doch der Verbindung zweier Menschen eine gewisse Stärke, meinen Sie nicht?«

Marie ging auf die Frage nicht ein, sie kam gleich zur Sache. »Jacques hat sich seit vorgestern nicht bei mir gemeldet, obwohl wir das vereinbart hatten. Es ist nicht seine Art, Versprechen nicht zu halten. Ich mache mir große Sorgen. Haben Sie etwas von ihm gehört? Sie haben ihm schließlich diesen Auftrag auf Guernsey erteilt.«

»Tja, also«, begann der Präfekt und holte tief Luft, um für die anstehende Aufgabe genügend Atem zu haben, »ich will ehrlich zu Ihnen sein. Monsieur Delaunay, unser Ex-Minister, hat mich in der Angelegenheit auch schon angerufen. Seine Tochter Lucile, zu deren Beruhigung wir Leblanc nach Guernsey gesandt hatten, ist ebenfalls beunruhigt. Angeblich sei Ihr … Ihr Partner, also Kommissar Leblanc, gestern abgereist, jedenfalls nach Aussage von

Monsieur Chabot, Luciles Ehemann. Ich habe am Morgen alle Passagierlisten von Flügen, die seit gestern Nachmittag von Guernsey gestartet sind, überprüfen lassen. Leblanc ist auf keiner verzeichnet. Es könnte natürlich sein, dass er eine Fähre nach Frankreich oder England genommen hat. Aber, so werden Sie sofort fragen: Warum sollte er das tun? Das frage ich mich auch. Leblanc hat sich weder bei mir noch bei Lucile Chabot gemeldet, und ich gebe zu, die Sache ist seltsam.«

»Seltsam ist ja wohl untertrieben«, fauchte Marie, die ihre Unruhe nicht mehr beherrschen konnte. »Jacques ist verschwunden. Sie müssen etwas unternehmen.«

»Nun, nach einem Tag von Verschwinden zu reden wäre vielleicht ein wenig zu früh. Aber, ja, wir sollten etwas unternehmen. Ich denke, ich werde das Polizeipräsidium in St. Peter Port informieren, auch wenn wir, was den Auftrag Ihres ... Partners angeht, mit Auskünften zurückhaltend sein sollten. Sie wissen sicher, dass wir dort keinerlei Ermittlungsbefugnisse haben, so sind nun einmal die gesetzlichen Bestimmungen.«

»Ich fliege da hin«, erklärte Marie entschlossen, auf einmal davon überzeugt, dass nur ihre Anwesenheit vor Ort zu Leblancs Rettung führen könne. »Er ist in Gefahr, das spüre ich.«

»Natürlich kann ich Sie nicht daran hindern, aber Sie können nichts tun. Das müssen wir der dortigen Polizei überlassen.«

»Ich fliege trotzdem, und ich wäre Ihnen dankbar, wenn Sie mir die Telefonnummer von Lucile Chabot geben würden, damit ich mich mit ihr in Verbindung setzen kann.«

»Gut, wenn Sie darauf bestehen. Ich bitte Sie nur, wenn Sie mit der Polizei auf Guernsey sprechen, Stillschweigen zu bewahren über den eigentlichen Grund für Leblancs Anwesenheit auf der Kanalinsel. Dasselbe wird Monsieur Delaunay auch seiner Tochter sagen. Übrigens, Monsieur Chabot kennt die wahre Identität Leblancs nicht, er wurde als Luciles Cousin ausgegeben. Einigen wir uns auf die schlichte Aussage, dass er bei den Chabots zu Besuch ist.«

Marie stöhnte, als sie von diesen Verwicklungen und Lügengeschichten erfuhr. Ihrer Meinung nach wäre Ehrlichkeit am Platz gewesen. Andererseits wollte sie nicht für zwischenstaatliche Störungen des Polizeiapparats verantwortlich sein. »In Ordnung«, versicherte sie, »ich halte mich daran. Sollte ich aber den Eindruck gewinnen, dass Jacques in Lebensgefahr ist, werde ich für völlige Offenlegung sorgen.«

Nun war es am Polizeipräfekten zu stöhnen. »So weit wird es schon nicht kommen«, beschwichtigte er.

So geschah es, dass Lucile, nachdem sie zwei Tage zuvor ihren »Cousin« Jacques abgeholt hatte, erneut in der Flughafenhalle wartete, dieses Mal, um seine Lebensgefährtin in Empfang zu nehmen. Die beiden Frauen hatten miteinander telefoniert und erkannten sich sofort. Wie unterschiedlich sie aussahen! Die eine, Marie, Ende vierzig, brünett, schulterlange Haare, feminines Äußeres, energischer Schritt, die andere, Lucile, schmal, mit dem Aussehen eines früh gealterten Kindes.

»Hallo, ich bin Marie Bertaux«, stellte sich Marie vor und streckte Lucile die Hand entgegen.

»Lucile«, erwiderte diese. »Wollen wir uns duzen?«

»Gern.« Marie war, ebenso wie Leblanc zuvor, überrascht von der Hilfsbedürftigkeit, die ihr Gegenüber ausstrahlte.

»Ich habe dir ja schon gesagt, dass du bei uns wohnen kannst, im Gästezimmer, wo auch Jacques untergebracht war.«

»Danke, das ist nett. Ich will Jacques finden, und das werde ich«, beteuerte Marie und bat Lucile, ihr die Abläufe der vergangenen zwei Tage zu schildern – wo Jacques war, was er gemacht hatte. Alles wollte sie wissen.

Auf der Fahrt zum Haus, es war bereits nach zwanzig Uhr, weil die Maschine Verspätung hatte, berichtete Lucile, erleichtert, dass sie jemanden an ihrer Seite hatte, über Leblancs Aktivitäten bis zum gestrigen Nachmittag.

»Das heißt«, fragte Marie, »dieser Lehrer war die letzte Person, die Jacques gesehen hat? Glaubst du, er hat etwas mit seinem Verschwinden zu tun?« Sie fand, nach über vierundzwanzig Stunden ohne ein Lebenszeichen sei Verschwinden das richtige Wort.

Lucile zuckte mit den Schultern. »Ich weiß es nicht.«

»Monsieur Gautier in Paris hat mir versichert, dass er die örtliche Polizei benachrichtigt hat.«

»Dann werden sie John Mayor sicher befragen. Wie dumm, dass ich gestern gearbeitet habe. Sonst hätte Jacques vielleicht mich angerufen und nicht meinen Mann. Henri meinte, Jacques habe mich im Museum nicht stören wollen. Mein Mann war übrigens gestern auf Jersey bei seiner Ex-Frau und seinen Söhnen. Er ist erst heute Mittag wiedergekommen und sofort ins Büro gefahren. Ich habe nur kurz mit ihm telefoniert, wir haben uns noch nicht gesehen, er müsste aber bald nach Hause kommen.«

»Hast du ihm meinen Besuch angekündigt?«

»Nein, dazu war noch keine Gelegenheit. Wir werden ihm sagen, dass du dich mit Jacques hier verabredet hattest, ihn aber seit gestern nicht erreicht hast. Weil du beunruhigt warst, hast du mich angerufen. Du bist wie geplant hergekommen, und ich habe dich eingeladen, bei uns zu wohnen, bis dein Lebensgefährte wieder auftaucht.«

»Wird ihm das denn recht sein?«

»Wahrscheinlich nicht, er war schon mit dem Besuch meines ›Cousins‹ nicht einverstanden, und entsprechend hat er sich auch in Jacques' Gegenwart geäußert. Mach dir nichts daraus, wenn er dich unfreundlich behandelt. Das geht auf meine Kappe, wir verstehen uns nicht mehr, ich werde mich von ihm trennen.«

Marie runzelte die Stirn. »Ich möchte aber nicht der Grund für Ehestreitereien sein. Dann gehe ich lieber ins Hotel.«

»Nein, bitte nicht. Ich bin froh, dass du da bist. Weißt du, ich glaube, da stimmt etwas nicht mit Jacques' angeblicher Abreise. Ich habe nämlich … das habe ich meinem Vater verschwiegen … Jacques' Pyjama im Bett gefunden. Auch wenn er überstürzt gepackt hätte, seinen Schlafanzug hätte er doch nicht vergessen, oder?«

Marie riss sich zusammen und unterdrückte aufkommende Panik. Luciles Äußerung bestärkte sie in ihrer Annahme, Jacques sei etwas passiert. Gedanken schossen ihr wie Blitze durch den Kopf. Wäre er verunglückt, müssten sich seine Sachen noch im Zimmer befinden. Wieso war die Tasche verschwunden? Hätte er seinen Schlafanzug vergessen, wenn er selbst gepackt hätte? Hatte eine andere Person seine Sachen abgeholt und den Pyjama übersehen? Aber wer? Und warum? Wieso behauptete Luciles Mann, Jacques habe einen Flug bekommen, wenn er gar nicht geflogen ist? Marie ließ Lucile nicht an ihren Gedanken teilhaben. Sie war ihr sympathisch, aber sie wollte nicht zu vertrauensselig sein. Sei auf der Hut, Marie, gemahnte sie sich selbst.

Henri Chabot war noch nicht zu Hause eingetroffen, als Lucile Marie im Gästezimmer einquartierte. Auch eine Stunde später, als sie bereits gegessen hatten, keine Spur von ihm. Lucile versuchte, ihn anzurufen, aber es meldete sich immer nur der Anrufbeantworter.

»Im Grunde ist es mir ja egal, wo er steckt«, sagte sie zu Marie. »Aber er könnte wenigstens Bescheid geben.«

Um halb elf klingelte es, und zwei Polizisten in dunkelblauer Uniform, blütenweißem Hemd und Krawatte, genauer, eine Polizistin mit einem Kollegen, wollten Lucile Chabot sprechen. In der Annahme, dass es um die Suche nach Leblanc ging, rief Lucile nach Marie, die, Schreckliches befürchtend, in den Flur eilte. Die Farbe war aus ihrem Gesicht gewichen, sie schluckte mehrmals, rang nach Luft.

»Haben Sie ihn gefunden?«, fragte sie leise.

»Wen haben wir gefunden?« Die Polizistin blickte sie erstaunt an.

»Meinen Mann, Jacques Leblanc.« Verheiratet oder nicht, das spielte jetzt keine Rolle.

»Ach, der verschwundene Franzose.« Die Polizistin wusste Bescheid. »Mein Name ist Matilda Wilson, Detective Sergeant bei der Kriminalpolizei, und das ist Detective Constable Brown. Dürfen wir hereinkommen?«

Lucile führte die Beamten ins Wohnzimmer und forderte sie auf, Platz zu nehmen. Sie zogen es vor, stehen zu bleiben. Maries Hände begannen zu zittern.

»Was ist denn mit ihm?«, flüsterte sie. Sie wollte die Wahrheit wissen. Jacques war tot, sie sollten es endlich sagen.

Die Polizistin holte tief Luft. »Wir sind nicht wegen Mr Leblanc hier. Mrs Chabot, wir müssen Ihnen leider mitteilen, dass Ihr Mann tot ist, die Folge eines Sturzes aus dem Bürofenster. Vermutlich hat er sich das Leben genommen.«

»Was?«, riefen Lucile und Marie wie aus einem Mund.

»Ein Unfall ist nicht ausgeschlossen. Die Fenster des Büros reichen bis zum Boden und sind nur durch ein kniehohes Metallgeländer von außen gesichert, wie Sie sicher wissen. Ihr Mann könnte direkt vor dem geöffneten Fenster gestolpert sein und den Halt verloren haben. Eine Obduktion wird ergeben, ob vielleicht ein Schlaganfall oder Herzinfarkt dazu geführt hat. Nach Fremdeinwirkung sieht es im Moment nicht aus.«

Matilda Wilson war mit neununddreißig schon zum Detective Sergeant aufgestiegen, hatte allerdings für diesen Karrieresprung ihre Heimat Birmingham gegen die beschauliche Insel Guernsey eintauschen müssen. Über zehn Jahre lang hatte sie sich bei der Kriminalpolizei Birmingham erfolgreich der Verbrechensbekämpfung gewidmet, Fortbildungen in Spurensicherung und forensischer Medizin absolviert und an Trainingseinheiten in Mediation und Befragungstechniken teilgenommen. Die dynamische, athletische rothaarige Polizistin fühlte sich auf Guernsey unterfordert. Schwere Verbrechen wie Mord oder Totschlag kamen äußerst selten vor, eigentlich so gut wie nie, und ihre Fähigkeiten lagen brach. Sie hatte schon überlegt, ob sie sich auf Cyberkriminalität verlegen sollte. Der Pferdeschwanz, zu dem sie die prächtige rote Mähne zusammengebunden hatte, schaukelte hin und her, als sie den Kopf drehte, um ihren Kollegen anzusehen, sich gleich darauf aber wieder Lucile zuwandte.

»Also, wie gesagt, Selbstmord oder Unfall«, wiederholte sie mit einer gewissen Härte, die fast unsensibel wirkte. »Wir haben keinen Abschiedsbrief gefunden. Kann Ihr Mann hier im Haus vielleicht ein Schreiben hinterlegt haben, das seine Absicht erklären würde?«

Lucile starrte die Polizistin wortlos an.

»Mrs Chabot?« Wiederholtes Training im Überbringen von Todesnachrichten versagte im Ernstfall. Man wusste nie, wie der Empfänger der schockierenden Botschaft reagierte. Matilda Wilson hatte sich die Strategie angeeignet, möglichst sachlich aufzutreten, aber auf jede Reaktion gefasst zu sein.

Erst jetzt fand Lucile zu ihrer Sprache zurück. »Warum sollte sich mein Mann umgebracht haben? Es ging ihm blendend, er war voller Energie.«

»Das versuchen wir herauszufinden, Mrs Chabot. Hat Ihr Mann hier im Haus einen Schreibtisch und einen Computer?«

»Im ersten Stock.«

Lucile führte die beiden Polizisten die Treppe hinauf. Noch begriff sie nicht, was die Nachricht, die sie gerade vernommen hatte, bedeutete. Matilda Wilson bat darum, sich mit ihrem Kollegen allein umschauen zu dürfen. Nach zehn Minuten erschienen die Polizisten wieder unten im Flur. Sie hatten auch in Chabots Arbeitszimmer nichts gefunden, was auf einen selbst gewählten Abschied von dieser Welt hindeuten könnte.

»Wir müssen den Laptop Ihres Mannes mit aufs Präsidium nehmen, um ihn dort genauer anzuschauen«, erklärte Matilda Wilson, »Sie bekommen ihn zurück.«

»Und wann kümmern Sie sich um meinen Mann? Er ist seit gestern Nachmittag verschwunden«, mischte sich Marie ein. Kaum war ihr die Bemerkung entschlüpft, blickte sie entschuldigend zu Lucile hinüber.

»Eins nach dem anderen«, erwiderte die Polizistin ruhig und überging Maries vorwurfsvollen Ton. »Wir verfügen nicht über so viel Personal, dass wir alles gleichzeitig in Angriff nehmen können. Aber wir haben bereits aufgrund einer Bitte der Pariser Polizei die Passagierlisten der Flüge, die gestern und heute von der Insel abgingen, und die der Fähren überprüft. Nirgendwo tauchte der Name Jacques Leblanc auf.«

»Wenn mein Mann weder per Flugzeug noch per Schiff die Insel verlassen hat, muss er doch noch hier sein.« Marie ließ nicht locker, die Angst um Jacques trieb sie an. Sie fand, dass die Aufmerksamkeit der Polizei eher einem vermutlich und hoffentlich noch Lebenden als einem Toten gelten müsste. Sie sollten endlich anfangen, nach ihm zu suchen. »Tun Sie etwas, bitte, er könnte einen Unfall gehabt haben, abgestürzt sein und hilflos irgendwo herumliegen.«

»Oder er hat sich irgendwo auf der Insel ein Hotelzimmer genommen, um allein oder zu zweit zu sein.«

Die Vermutung löste in Marie Empörung aus, und nun wurde sie doch laut. »Hören Sie, wir sind französische Staatsbürger, und wenn Sie nichts in dieser Sache unternehmen, wende ich mich an den Polizeipräfekten in Paris.«

Es war eine leere Drohung, aber sie wirkte. Matilda Wilson wollte keinen Konflikt mit französischen Behörden riskieren und lenkte ein. »Gut, ich setze Kollegen daran, die die Hotels überprüfen. Sollte das Ergebnis negativ sein, beginnen wir morgen mit der

Suche. Schreiben Sie mir seine Handynummer auf, wir können versuchen, sein Mobiltelefon über GPS zu orten. Wir haben einen IT-Spezialisten auf der Insel.«

»Aber mein Mann ist nicht erreichbar«, erwiderte Marie. »Sonst hätte er sich doch gemeldet.«

»Was bedeutet, dass er entweder sein Handy nicht bei sich oder keinen Empfang hat. Wenn die Handyortung nicht erfolgreich ist, werden wir andere Maßnahmen ergreifen und einen Suchtrupp über die Insel schicken. Hier meine Visitenkarte – können Sie uns ein Foto Ihres Mannes mailen? Wir verteilen morgen Handzettel an die Bevölkerung. Falls ihn jemand gesehen hat, wird derjenige sich bei uns melden.«

»Und wie geht es jetzt mit meinem Mann weiter?«, fragte Lucile erstaunlich ruhig und gefasst.

»Sie erhalten Bescheid, wenn wir die Ergebnisse aus der Gerichtsmedizin haben. Dann werden wir wissen, ob es sich um einen Unfall oder Suizid handelt. Sobald der Tote nach der Obduktion freigegeben wird, können Sie ihn bestatten, in Frankreich, nehme ich an. Sie sollten sich um die Überführung kümmern.«

»Ich muss seinen Bruder benachrichtigen, und seine Ex-Frau und seine Söhne«, fiel Lucile ein, und auf einmal wurde ihr klar, was noch alles auf sie zukommen würde.

»Ja.« Matilda Wilson nickte. »Das müssen Sie wohl. Und Sie müssen Ihren Mann identifizieren. Es tut mir leid. Kommen Sie morgen ins Präsidium.« Sie verspürte Erleichterung, dass die Ehefrau, die soeben zur Witwe geworden war, gefasst reagierte. Von Kollegen hatte sie gehört, wie Situationen entgleist und Angehörige zusammengebrochen waren. Jeder Polizist hatte Angst davor. Froh, die Aufgabe hinter sich zu haben, lächelte die junge Polizistin Lucile beim Abschied aufmunternd zu.

Als Lucile und Marie wieder allein waren, hatten sie Mühe, das gerade Geschehene in Worte zu fassen.

»Wenigstens ergreifen sie jetzt Maßnahmen, um Jacques zu finden«, sagte Lucile.

Marie wunderte sich über die Äußerung. Sie hätte erwartet, dass ihr erster Gedanke ihrem toten Mann galt. Dann fiel ihr ein, dass Lucile von einer Trennung gesprochen hatte. Sie wollte nicht indiskret sein, fragte aber vorsichtig: »Wie fühlst du dich denn nach dieser … dieser schrecklichen Nachricht?«

»Es klingt vielleicht roh, aber sein Tod berührt mich nicht. Mir graut nur vor den ganzen bürokratischen Aufgaben, die ich zu erledigen habe. Vielleicht stehe ich ja unter Schock und kann nicht ermessen, wie es mir morgen und übermorgen geht. Vielleicht kommt die Trauer mit Verspätung. Vielleicht werde ich ihn vermissen. Aber nach all dem, was ich in den letzten Jahren durchgemacht habe, kann ich es mir nicht recht vorstellen. Bei Gelegenheit erzähle ich dir davon. Ich möchte nicht, dass du mich für gefühllos hältst.«

»Du brauchst kein schlechtes Gewissen zu haben, und du musst dich auch nicht entschuldigen.« Zum Zeichen ihrer Zuneigung, die sie zu dieser zarten Frau gefasst hatte, legte sie den Arm um Lucile.

»Das Einzige, was mich irritiert, ist, dass ich nicht an einen Suizid glaube.« Lucile schüttelte den Kopf. »Henri und Selbstmord – nie und nimmer. Ich kenne keinen anderen Menschen, der so weit entfernt davon war, sich das Leben zu nehmen, wie er. Wenn es ein Unfall war, nun gut. Aber wenn nicht, hat ihn jemand umgebracht. Jacques hat dir sicher von diesen Drohbriefen erzählt, die Henri erhalten hat. Aus diesem Grund ist er überhaupt hierhergekommen.«

»Ich weiß«, antwortete Marie. »Du solltest unbedingt die Polizei davon in Kenntnis setzen.«

»Das werde ich, aber erst, wenn das Untersuchungsergebnis da ist. Der Verfasser der Briefe hat sein Ziel jedenfalls erreicht: Henri verlässt die Insel.«

VIERZEHN

Leblanc hatte in der Dunkelheit jedes Zeitgefühl verloren. Der Akku seines Handys, auf dem er hätte nachsehen können, war fast leer. In seinem anfänglichen Schrecken hatte er mehrfach und unkontrolliert die Taschenlampe angeschaltet, um sich einen Eindruck von der Umgebung zu verschaffen. Zunächst, als er das Mobiltelefon in seiner Hosentasche entdeckt hatte, fühlte er sich fast gerettet, musste aber sofort feststellen, dass er in der Höhle keinen Empfang hatte. Nach der ersten Panik, in dieser Erdhöhle zu sterben, war Hoffnung aufgekeimt, umso mehr, als er im Licht der Taschenlampe entdeckt hatte, dass die Höhle nicht durch enge Wände begrenzt war, wie er es nach seiner Verschüttung in Kamerun erlebt hatte, sondern sich in einen Gang fortsetzte. Er konnte aufrecht stehen und war ein paar Schritte gegangen, musste allerdings feststellen, dass er in eine Sackgasse geraten war. Also kehrtmachen und die andere Richtung einschlagen.

Allmählich begann ihm zu dämmern, wo er sein könnte. *Fast die ganze Insel ist unterhöhlt von diesen Tunneln, wie ein riesiges Maulwurfsystem*, hatte Lucile gesagt. Wie groß war die Insel? Wie viele Quadratkilometer hatte sie? Hatte Lucile eine Zahl genannt? Er konnte sich nicht erinnern. Hätte er nur besser aufgepasst! Aber was würde ihm das jetzt nützen? Immerhin, wenn er sich tatsächlich in den Nazi-Tunneln befand, konnte er dann nicht davon ausgehen, dass sie irgendwie belüftet waren, dass er nicht ersticken würde? Gut, er würde nicht ersticken, aber verdursten und verhungern. Dass er Wasser und etwas Essbares finden würde, war mehr als unwahrscheinlich. Und suchen würde ihn hier bestimmt niemand.

Seine Gefühle fuhren Achterbahn, Hoffnung und Verzweiflung wechselten einander ab. Aber aufgeben und liegen bleiben kam nicht infrage. Solange er noch einen Funken Energie in sich spürte, würde er versuchen, an irgendein Tunnelende zu gelangen. Ob es hier Tiere gab? Ratten vielleicht? Er hasste Ratten, seit er in Paris in einem Keller eine Leiche begutachten musste, die von Ratten angenagt gewesen war. Es grauste ihm, Gänsehaut überzog seine Arme, er fror. Es war sicher nicht so kalt, dass er in diesem unterirdischen Gang erfrieren würde, aber wenn er sich nicht bewegte, würde die Erdkühle allmählich in ihn eindringen und ihn lähmen. Er tastete sich in der Finsternis vorsichtig vorwärts, immer gewärtig, dass er etwas berühren konnte, was er nicht berühren wollte, immer bereit, seine Finger sofort von dem Ertasteten zurückzuziehen.

Übelkeit und Schmerzen übermannten ihn, er musste sich setzen, wahrscheinlich eine Folge des Mittels, das ihm gespritzt worden war. Er verfiel erneut in einen Dämmerzustand, döste ein, erwachte, sackte wieder weg. In klaren Momenten versuchte er, über seinen Zustand nachzudenken.

Schlafmittel oder Gift? Warum hatte man ihn hierhergebracht? Wer war der unbekannte Entführer? Hatte er ihn töten wollen und nur versehentlich eine zu geringe Dosis gespritzt? Oder sollte es dem Schicksal überlassen bleiben, ob er in diesem Tunnel starb oder gerettet wurde? Aber wenn jemand das Risiko einging, dass er überlebte, musste derjenige nicht fürchten, dass er als Ermittler ihn verfolgen und ausfindig machen würde? Nein, sicher nicht, außer Lucile wusste auf dieser Insel ja niemand, dass er Kriminalkommissar war.

Sein Entführer hatte den Namen Chabot genannt, gesagt, dass Chabot ihn sprechen wolle. Hatte der Reeder etwas mit dieser Sache zu tun? Hatte Chabot Angst, der Journalist, als der er auftrat, würde durch sein Herumschnüffeln etwas entdecken, das nicht an die Öffentlichkeit gelangen sollte? Vielleicht etwas, das mit den Drohbriefen zu tun hatte, die er bekam und so vehement als nichtig abtat? Würde er, um das zu verhindern, tatsächlich einen Mörder oder zumindest einen Entführer anheuern, um den lästigen Cousin seiner Frau zu beseitigen? Seine Frau – vielleicht war es das, vielleicht war Lucile der Dreh- und Angelpunkt. Der Besucher sollte keine Einblicke in Chabots Privatleben bekommen. Aber reichte das, um den Tod eines Menschen in Kauf zu nehmen?

Die Fragen schossen Leblanc wirr durch den Kopf, und er wusste, dass er darauf keine Antwort erhalten würde. Aber der unkontrollierte Gedankenstrom ließ sich nicht aufhalten. Würde Marie sich nicht um ihn sorgen, wenn er sich längere Zeit nicht meldete? Und der Polizeipräfekt? Sie müssten doch nach ihm suchen lassen. Oder? Aber wie sollte ihn jemand finden in diesem sich über Kilometer erstreckenden Tunnelsystem? Und überhaupt müsste die Polizei auf Guernsey erst einmal auf die Idee kommen, dass er hier sein könnte. Würde der Präfekt die Polizei einschalten? Müsste er dann nicht aufdecken, aus welchem Grund er Leblanc auf die Insel geschickt hatte, und damit eingestehen, dass er gegen Gesetze verstoßen hatte?

Wenn sich ein Mensch in einer lebensbedrohlichen Lage befindet, sind seine Gedanken, ist jede Faser seines Körpers von Angst bestimmt, Todesangst. Doch solange er am Leben ist, verlässt ihn auch die Hoffnung nicht, gerettet zu werden. Hin- und hergeworfen zwischen tiefster Mutlosigkeit und aufflammender Zuversicht verharrte Leblanc in der Finsternis. Wenn ihm Übelkeit und Schwäche zusetzten und ihn zwangen, sich hinzulegen, überwog die Verzweiflung. Seine Widerstandskräfte erlahmten, und er glaubte, dem Tod nahe zu sein. Sobald der Schub überwunden war und er sich wieder aufrichten konnte, regten sich seine Lebensgeister, die sich noch nicht geschlagen geben wollten. Was ihn antrieb, war der pure Überlebenswille.

FÜNFZEHN

Marie hatte kaum geschlafen. Sie hatte ihr Gesicht in Jacques' Schlafanzug gepresst und seinen Geruch, der an dem Stoff haftete, eingeatmet. Sie hatte Beschwörungsformeln vor sich hin gemurmelt, die seine Rettung bewirken sollten. Nicht einmal die aufgehende Sonne, die einen weiteren herrlichen Sommertag verhieß, besaß die Kraft, sie zu besänftigen. Auf Zehenspitzen schlich sie zu früher Stunde die Treppe hinunter ins Erdgeschoss, um Lucile nicht zu wecken. Aber die Vorsicht war unnötig. Lucile saß im Wohnzimmer auf der Couch und starrte durch die Terrassentür in den Garten.

»Ich konnte nicht schlafen«, sagte Marie entschuldigend.

»Ich auch nicht«, erwiderte Lucile. »Soll ich uns einen Kaffee kochen?«

»Kaffee wäre nicht schlecht.«

Marie begleitete Lucile in die Küche.

»Heute Nacht habe ich über vieles nachgedacht.« Lucile stellte die Espressomaschine an. »Gestern habe ich noch Henris Söhne angerufen, Robert und William, sie sind bei ihrer Mutter auf Jersey und werden herkommen. Jenny, also seine Ex-Frau, hält sich fern, sie wird nur an der Beerdigung teilnehmen. Apropos Beerdigung, Henris Bruder Raoul, mit dem ich auch gesprochen habe, möchte natürlich, dass er im Familiengrab in Saint-Malo beigesetzt wird. Ich habe nichts dagegen, ich möchte nur nichts damit zu tun haben.«

»Aber als seine Ehefrau bist doch du diejenige, die Entscheidungen trifft«, sagte Marie verwundert. »Als mein Mann starb …«

»Du warst verheiratet und hast deinen Mann verloren? Das wusste ich natürlich nicht«, unterbrach sie Lucile. »Wie auch, wir kennen uns ja erst seit gestern. Ich möchte mehr von dir wissen, erzähl mir alles.«

»Es ist fast fünfundzwanzig Jahre her, dass Gérard bei einem Flugzeugabsturz ums Leben kam. Ich war jung, und wir hatten zwei kleine Kinder. Die Wunde heilt nie ganz, aber sie schmerzt nicht mehr. Ich wollte eigentlich sagen, dass ich mich damals um alles kümmern musste. Du wirst sicher auch einiges erben, du bist eine reiche und unabhängige Frau.«

»Ach, das Geld interessiert mich nicht. Außerdem kommt es darauf an, was Henri in seinem Testament verfügt hat. Von dem Kuchen, der aufgeteilt wird, wollen bestimmt viele ein möglichst großes Stück haben.«

Marie lächelte wissend. Schon mehrfach hatte sie erlebt, dass die anfängliche Ablehnung eines in Aussicht gestellten Geldregens sich sehr bald ins Gegenteil verkehrte, wenn sich die Wogen der ersten Gefühlsaufwallung gelegt hatten. Das konnte ein Schock sein nach dem Tode eines geliebten Menschen oder, wie im Fall von Lucile, die Aussicht auf lang ersehnte Freiheit. Sie würde das ererbte Geld noch zu schätzen wissen.

Gegen halb acht rief Matilda Wilson bei Lucile an und bat sie, aufs Polizeipräsidium zu kommen. »Bitte begleite mich«, hatte Lucile zu Marie gesagt, und eine Stunde später fuhren die beiden in Luciles Auto in St. Peter Port am Hafen entlang. Das aus groben, dunklen Steinen errichtete, quadratisch angelegte Hauptquartier der Polizei befand sich nicht weit entfernt von Chabots Büro. Zur Straßenfront hin war das Gebäude von einer Mauer begrenzt, ein großes eisernes Tor führte in einen Innenhof mit Parkplätzen.

Detective Sergeant Wilson begrüßte die beiden Frauen in einem Büro, das sie sich mit einem Kollegen teilte. »Gut, dass Sie mitgekommen sind«, wandte sie sich an Marie. »Die Nachfrage bei den Hotels und Pensionen hat nichts ergeben, wir haben alle Personen überprüft, die zum besagten Zeitpunkt eingecheckt haben. Ihr Mann war nicht dabei. Die GPS-Ortung war leider auch erfolglos. Wir werden jetzt mit der Suche beginnen. Das Foto, das Sie mir gemailt haben, setzen wir ein bei der Befragung der Bevölkerung. Sie könnten uns darüber hinaus behilflich sein, wenn Sie uns ein Kleidungsstück Ihres Mannes zur Verfügung stellen könnten, zur Geruchserkennung für den Spürhund.«

»Wir können Ihnen Jacques' Schlafanzug bringen, nicht wahr, Lucile.«

»Ja, sicher, wir holen ihn nachher«, bestätigte Lucile.

»Gut, nun zu Mr Chabot.« Matilda Wilson sah Lucile aufmerksam an, als wolle sie aus deren Gesichtsausdruck herauslesen, wie sie die gestrige Nachricht verkraftet hatte und ob ihr neue unangenehme Nachrichten zumutbar waren. »Erste Ergebnisse der gerichtsmedizinischen Untersuchung haben einige kleine Unstimmigkeiten ergeben, die wir klären müssen. Was wir jedoch mit Bestimmtheit sagen können: Ihr Mann hat vor dem Sturz aus dem Fenster weder einen Herzinfarkt noch einen Schlaganfall erlitten, der auf einen Unfall infolge plötzlichen Todes oder Bewusstlosigkeit hätte hindeuten können. Die Todesursache ist eindeutig der Aufprall auf dem Boden. Das wiederum lässt an Suizid denken …«

»Aber es gab doch keinen Abschiedsbrief, oder haben Sie im Laptop meines Mannes einen gefunden? Und ich habe Ihnen doch schon gesagt …«, begann Lucile.

»Warten Sie, ich bin noch nicht fertig. Eine Suizidabsichtserklärung haben wir tatsächlich nirgends gefunden. Die Untersuchungen des Computers und des Handys sind allerdings noch nicht abgeschlossen. Die erwähnten Unstimmigkeiten beziehen sich auf Folgendes: Der Gerichtsmediziner hat bei Ihrem Mann Spuren von fremder Körperflüssigkeit im Genitalbereich gefunden. Die DNA, die er daraus ermittelt hat, ist nicht die Ihres Mannes. Kurz gesagt: Ihr Mann hatte vor seinem Tod Geschlechtsverkehr.«

»Pat«, murmelte Lucile leise.

»Wie bitte?«

»Ach nichts. Was heißt kurz vor seinem Tod? Wann genau starb er denn?«

»Der Tod trat zwischen zwanzig und einundzwanzig Uhr ein. Wann der Geschlechtsverkehr stattgefunden hat, ist nicht ganz genau zu bestimmen, das meint jedenfalls der Gerichtsmediziner. Auch aus getrockneten Körperflüssigkeiten erhält man zuverlässige Ergebnisse bei einer DNA-Analyse. Deshalb ist die Frage, ob der Geschlechtsakt direkt vor Eintritt des Todes stattgefunden hat oder früher zu datieren ist, nicht mit Sicherheit zu beantworten. Ich nehme an, dass Sie als Sexualpartnerin nicht infrage kommen?«

»Nein, komme ich nicht«, antwortete Lucile entschieden.

»Weiterhin hat der Gerichtsmediziner leichte Hämatome an Armen und Beinen festgestellt, nichts Gravierendes, sie könnten ohne Weiteres als Folge eines Anstoßens an einen festen Gegenstand entstanden sein, weisen also nicht auf unmittelbare Gewaltanwendung hin. Das sind Ergebnisse, die man beim besten Willen nicht als eindeutig bezeichnen kann. Beim jetzigen Stand der Dinge können wir die Akte nicht schließen, Fremdeinwirkung ist nicht ganz ausgeschlossen. Wir werden weitere Ermittlungen anstellen.«

Lucile hielt den Moment für gekommen, der Kommissarin die Wahrheit zu sagen, über die Drohbriefe, die ihr Mann erhalten hatte, und über Leblancs wahre Identität und den Grund seiner Anwesenheit auf Guernsey.

Matilda Wilson lauschte Luciles Erklärungen mit großer Aufmerksamkeit, biss sich vor Anspannung auf die Lippen und stellte zwischendurch Fragen nach Inhalt und Verbleib der Drohbriefe, nach möglichen Feinden des Reeders, nach der Familie. Ihr Mann habe wahrscheinlich die Briefe vernichtet, sagte Lucile, nur einen habe sie gefunden, und den habe sie Jacques Leblanc gegeben. Wahrscheinlich habe er ihn noch bei sich.

Die Kommissarin begann die Tragweite des Falls Chabot zu erahnen, es zeichnete sich ab, dass hier die erste große Bewährungsprobe auf sie wartete. Während sie Lucile reden ließ, versuchte sie sich ein Bild von der Geschichte zu machen, zu dem ihr allerdings mehr Puzzleteile fehlten, als vorhanden waren. Sie wandte sich an Marie. »Ihr Mann Jacques Leblanc ist also Kriminalkommissar in Paris?«

»Ja«, sagte Marie. »Aber wir sind gar nicht verheiratet, wir leben nur zusammen.«

»Das spielt keine Rolle«, erwiderte Matilda Wilson.

Marie erinnerte sich an die Worte des Polizeipräfekten, der auf ihre Eröffnung, sie seien kein Ehepaar, ganz anders reagiert und ihr ein Loblied der Ehe gesungen hatte. Und sie erinnerte sich auch daran, dass sie ihm versprochen hatte, über Leblancs Mission zu schweigen. Das war nun nicht mehr möglich, aber, um dem Präfekten Ärger zu ersparen, erklärte sie: »Er war quasi privat hier. Unsere Freundin Lucile«, sie nickte der neben ihr Sitzenden verschwörerisch zu, »hat Jacques um Beistand gebeten. Ihr Mann hat die Drohbriefe nicht ernst genommen, aber sie war höchst beunruhigt.«

Lucile nickte und bestätigte: »Henri hat mir verboten, die Polizei einzuschalten. Er meinte, es handle sich um Spinner, die leere Drohungen ausstoßen.«

»Sie hätten uns trotzdem informieren müssen, vielleicht hätte dadurch der Tod Ihres Mannes verhindert werden können«, mahnte die Polizistin.

»Ja, vielleicht«, gab Lucile kleinlaut zu. Sie wollte vor der Kommissarin nicht ihre gesamte Ehegeschichte ausbreiten, um zu erklären, wieso sie nicht den Mut gehabt hätte, irgendetwas gegen den Willen ihres Mannes zu unternehmen.

Marie fuhr fort: »Es handelt sich sicher um unglückliche Verwicklungen. Ich möchte nur feststellen, dass Leblanc nicht offiziell ermittelte. Er wusste natürlich, dass eine grenzüberschreitende Zusammenarbeit, wie in Europa üblich, mit Guernsey gesetzlich nicht vorgesehen ist. Er handelte ohne offizielles Mandat, es war ein reiner Freundschaftsdienst.« Damit müsste der Polizeipräfekt aus dem Schneider sein, dachte Marie und war stolz auf ihre diplomatische Leistung.

Die Ehrenrettung kam bei Matilda Wilson nicht ganz an. »Wie dieser Eingriff in die Befugnisse der Polizei auf Guernsey zu beurteilen ist, müssen andere entscheiden. Jedenfalls haben diese Alleingänge nun dazu geführt, dass wir eine ungeklärte Todesursache und das Verschwinden eines französischen Kommissars zu bearbeiten haben.«

Dass der jungen Kriminalbeamtin dieser Fall nicht ungelegen kam, um endlich ihre Fähigkeiten als Ermittlerin unter Beweis zu stellen, behielt sie für sich. »Ich muss Sie noch fragen, Mrs Chabot, wo Sie sich gestern Abend ab zwanzig Uhr aufgehalten haben und, auch wenn es für Sie eine unangenehme Vorstellung ist, mit wem Ihr Mann Sex gehabt haben könnte.«

Lucile zögerte, ob sie ihre Entdeckung von Pats E-Mail auf Henris Computer preisgeben sollte, entschied sich aber dagegen. Wenn die Polizei das Gerät untersuchte, würden sie von selbst darauf stoßen. Sie würde diesen Aspekt einfach übergehen. »Ich habe meinen Mann gestern den ganzen Tag nicht gesehen. Er war von einer Familienfeier auf Jersey bei seiner Ex-Frau, wo er auch übernachtet hatte, direkt ins Büro gegangen, soweit ich weiß, hat er den Helikopterservice benutzt. Ich habe meine Freundin Marie vom Flughafen abgeholt, die Maschine sollte um achtzehn Uhr dreißig landen, hatte aber neunzig Minuten Verspätung, sodass wir erst nach zwanzig Uhr bei uns zu Hause waren. Da blieben wir, bis Sie kamen.«

Matilda Wilson beharrte: »Ich muss Sie noch einmal fragen: Hatte Ihr Mann eine Geliebte?«

Lucile antwortete kaum hörbar. »Ich glaube, er hatte mehrere, aber ich wollte es nicht wissen.«

Die Polizistin gab sich damit zufrieden. »Gut, das wär's fürs Erste. Ich bringe Sie jetzt zur Gerichtsmedizin, damit Sie Ihren Mann identifizieren. Und halten Sie sich bitte zur Verfügung, wir werden sicher wieder auf Sie zukommen. Ich schicke einen Beamten zu Ihnen, der den Schlafanzug von Mr Leblanc abholt. Und, Mrs. Chabot, Sie können die Tasche mit den Sachen Ihres Mannes, die wir in seinem Büro gefunden haben, mitnehmen.« Matilda Wilson wies mit der Hand auf eine graue Reisetasche in der Ecke.

»Die gehört Jacques«, rief Marie laut.

»Ja, das stimmt«, bestätigte Lucile. »Von meinem Mann ist die nicht.«

»Was?« Nun war es an der Kommissarin, überrascht zu sein. Die Geschichte wurde immer undurchsichtiger. Was machte die Tasche des französischen Ermittlers im Büro des toten Reeders?

»Mein Mann hat mir am Telefon mitgeteilt, dass Jacques ihn gebeten habe, ihn in unser Haus zu bringen, damit er seine Sachen packen könne, weil er plötzlich wegen einer dringenden Angelegenheit abreisen müsse. Henri habe ihn dort abgesetzt und sei dann mit dem Helikopter nach Jersey geflogen. Jacques habe sich ein Taxi zum Flughafen nehmen wollen. Also, ich kann mir die ganze Sache auch nicht erklären.«

»Wir werden den Helikopterdienst befragen, wann Ihr Mann gestartet ist.«

Die Kommissarin überlegte. Sie durfte jetzt keinen Fehler machen. Endlich konnte sie ihren Vorgesetzten beweisen, dass sie das Zeug zu einer fähigen Ermittlerin besaß. Ihr Ziel, sich in die Metropole London versetzen zu lassen, rückte damit ein Stück näher. »Und der Taxidienst müsste wissen, ob und wann die Bestellung eines Wagens zum Flughafen eingegangen ist. Aber da Mr Leblanc erwiesenermaßen in kein Flugzeug gestiegen ist, wird er vermutlich auch kein Taxi genommen haben. Mrs …« Matilda Wilson sah Marie an.

»Bertaux ist mein Name, Marie Bertaux.«

»Mrs Bertaux, bitte sehen Sie in der Tasche nach, ob irgendetwas von Mr Leblancs Sachen fehlt.«

Marie öffnete die Reisetasche: zwei Hemden, zwei T-Shirts, eine Hose, Badekleidung, Unterwäsche, Socken, der Kulturbeutel, ein Buch, eine Mappe mit Dokumenten und dem Flugticket. »Ganz genau weiß ich nicht, was er eingepackt hat, aber bis auf seine Brieftasche und sein Handy scheint alles da zu sein.«

»Wenn er sein Telefon bei sich hat, hat er womöglich kein Netz. Das wäre in abgelegenen Winkeln der Insel durchaus möglich.« Die Kommissarin dachte laut nach.

»Oder es wurde ihm weggenommen«, gab Marie zu Bedenken.

»Ja, sicher, aber wenn es ihm nicht abgenommen wurde … Hm, das wäre vielleicht eine Möglichkeit … Ich müsste das allerdings beantragen.« Matilda Wilson sprach in Rätseln und gab keine weitere Erklärung ab. Sie erklärte nur: »Den Schlafanzug brauchen wir nicht mehr, für die Spürhunde nehmen wir eins von Mr Leblancs Kleidungsstücken aus der Tasche.«

Dann fiel ihr plötzlich auf, was auch schon Lucile und Marie bemerkt hatten. »Merkwürdig, dass er den Schlafanzug nicht eingepackt hat. Wenn Ihnen noch irgendetwas einfällt«, wandte sie sich wieder an die beiden Frauen, »rufen Sie mich bitte sofort an, zu jeder Zeit.«

Lucile drehte sich, schon im Begriff, die Tür zu öffnen, noch einmal um. »Wer hat eigentlich meinen Mann gefunden? Und wie haben Sie davon erfahren?«

»Ein anonymer Anruf ist bei uns in der Zentrale eingegangen, unterdrückte Telefonnummer. Ein Toter würde im Hof des Bürogebäudes der Chabot-Reederei in der St. Julian's Avenue liegen, mehr sagte der Anrufer nicht.«

Lucile brachte die Identifizierung ihres Mannes allein hinter sich, Marie wartete im Vorraum. Als sie Henri, bedeckt mit einem Tuch, auf dem Obduktionstisch liegen sah, spürte sie zum ersten Mal Mitgefühl mit ihm, eine Empfindung, die er vorher nie in ihr hatte aufkommen lassen. Sie konnte das Kapitel Henri abschließen. Dass es auf diese Weise geschah, tat ihr leid, minderte aber nicht ihre Freude darüber, frei zu sein,

Als die beiden Frauen das Polizeipräsidium verließen, hatten sie den Eindruck, dass die Kommissarin sowohl Leblancs Verschwinden als auch Chabots undurchsichtige Todesursache ernst nahm und entsprechende Schritte einleiten würde. Die Sache sei bei ihr in guten Händen, bestätigten sie sich gegenseitig. Dennoch hatte Maries Sorge eher zu- als abgenommen, gerade weil Matilda Wilson vom Ernst der Lage überzeugt war. Je länger es dauerte, desto geringer war die Chance, dass Jacques lebend gefunden würde. Lucile, deren Kraft ständig wuchs, übernahm nun den Part der Trösterin.

Während Lucile und Marie, wie um ihre gerade offiziell verkündete Freundschaft zu besiegeln, in einem Café am Hafen Espresso tranken und auf ankernde Segelyachten blickten, weil sie, wie Lucile meinte, im Moment sowieso nichts tun könnten, plante Matilda Wilson detailliert die Suche nach dem verschwundenen französischen Kommissar. Als Erstes wollte sie den Lehrer John Mayor befragen, der Jacques Leblanc vermutlich zuletzt gesehen hatte. An der Schule sollte Jack, der einzige Spürhund der Insel, ein Labrador, eingesetzt werden. Die Polizei hatte Jack angeschafft, um, was gelegentlich vorkam, Kinder aufzuspüren, die sich von ihren Eltern entfernt und verirrt hatten. Bisher waren alle Kinder wiedergefunden und wohlbehalten zu ihrer Familie zurückgebracht worden.

Die Kommissarin hatte aber noch eine andere Idee. Vor Kurzem hatte sie von der Möglichkeit gehört, mit einer Drohne, auf die Antennen geschraubt werden, sozusagen mit einem Mobilfunkverstärker, ein Handynetz aufzubauen, um in einem bestimmten Radius für Empfang zu sorgen. Damit würde ein Smartphone, das sich in einem netzfreien Raum befand, wieder einsatzbereit und vor allem zu orten sein. Selbst wenn der Akku leer wäre, würde man über die SIM-Karte, deren Nummer man vom Provider erführe, den Standort eines Handys mittels GPS feststellen können. Diese neue Technologie war entwickelt worden, um die Position von Menschen nach Naturkatastrophen, etwa von Verschütteten, ausfindig zu machen. Matilda Wilson rief also, in Absprache mit ihrem Vorgesetzten Detective Inspector Blunt und nach Hinzuziehung des IT-Spezialisten Detective Sergeant Savage, das Criminal Investigation Department von Scotland Yard in London an und erfuhr, dass eine solche Drohne gerade in Cornwall getestet würde. Nach weiteren Telefonaten bekam sie schließlich die Zusage. Die Testdrohne mitsamt dem Piloten, so wurde ihr versichert, würde unverzüglich mittels Helikopter nach Guernsey gebracht, um dort gewissermaßen zum ersten Mal im Ernstfall erprobt zu werden.

Nachdem Inspector Blunt, der kurz vor der Verrentung stand und wegen seines schwachen Herzens nicht mehr an Einsätzen teilnahm, den Fall Leblanc/Chabot, wie er nun genannt wurde, in Matilda Wilsons kräftige Hände gelegt hatte, berief die frisch gekürte Leiterin der eingerichteten Sonderkommission die zwei weiteren Detective Sergeants, ihre Kollegen Brown und Feneley, und die zehn Detective Constables ein und gab Anweisungen, welche Schritte zu unternehmen wären. Der Suche nach dem verschwundenen Leblanc wurde Vorrang eingeräumt vor den Ermittlungen zum Tode des Reeders Chabot. Für dieses Ziel wurden alle verfügbaren Polizisten der Insel eingesetzt.

SECHZEHN

Dass bereits Maßnahmen zu seiner Rettung eingeleitet waren, davon ahnte Leblanc in seinem unterirdischen Gefängnis nichts. Er fühlte sich schwach, zu schwach, um den Tunnel zu erkunden. Sein Handy musste ihm aus der Jackentasche gefallen sein, er fand es nicht mehr. Egal, er konnte sowieso nichts damit anfangen. Noch immer kreiste das Gift in seinem Körper, und jeder Versuch, sich vorwärtszubewegen, musste wegen Übelkeit und Schmerzen unterbrochen werden.

Trotz Kühle und feuchter Erde gab es nirgends eine Wasserquelle. Wenn er nur etwas zu trinken hätte! Der Durst wurde unerträglich. Er kratzte Moos von der Tunnelwand, lutschte daran und kaute darauf herum, um aus der wasserspeichernden Pflanze die Feuchtigkeit herauszusaugen. Immerhin gab es ihm ein wenig Linderung, zumindest das Gefühl davon. Der Versuch allerdings, das Moos zu schlucken, glückte nicht. Er spuckte, begleitet von einem Würgereiz, die erdige Masse wieder aus. Es war nur eine Frage der Zeit, wann er auch diese Hürde des Ekels überwinden würde.

Wie lange überlebt ein Mensch ohne Wasser? Drei, vier Tage? Was passiert, wenn man verdurstet? Er erinnerte sich, was er auf der Polizeiakademie in Bezug auf dehydrierte Menschen gelernt hatte: Die Todesursache ist eine innere Vergiftung oder ein Kreislaufzusammenbruch, weil die Nieren versagen und Harn nicht mehr abführen. Die körpereigenen Gifte greifen alle Organe an. Die Folge: Multiorganversagen, Herzinfarkt oder Schlaganfall.

Es sollte nur schnell gehen, das wünschte er sich in seinem apathischen Zustand, der zu seltsamen Fantasien führte. Wer wohl zu seiner Beerdigung kommen würde? Wenn es überhaupt eine Beerdigung gab. Wenn man ihn jemals in diesem Tunnel fand. Kaum jemand, oder doch? Marie natürlich, sie würde tun, was in einem solchen Fall zu tun war. Marie – schade, jetzt hatten sie gerade zueinander gefunden. Schade auch, dass der Beginn seines neuen Lebens schon das Ende bedeutete. Gerade hatte er angefangen, Abschied zu nehmen von seinem emotionalen Nomadentum und das Zusammenleben mit Marie zu genießen. Er hätte den Fortgang gern weiter beobachtet, hätte dem veränderten Leblanc gern eine Zukunft gegeben … Seine Mutter würde ihn sicher auf seinem letzten Weg begleiten, zusammen mit Ahmadou, ihrem kamerunischen Ehemann. Vielleicht kämen auch Ahmadous drei weitere Frauen mit ihren Kindern, mit Dayo, den er besonders ins Herz geschlossen hatte, ein so kluger und warmherziger Junge. Eine schöne Zeit hatten sie in Trouville gehabt, als der damals dreizehnjährige Dayo für ein paar Wochen zu Besuch gekommen war. Vor zwei Jahren wollte er noch Kriminalkommissar werden, jetzt sollte es ein Jurastudium in Paris sein. Marie hatte wie selbstverständlich angeboten, dass Dayo bei ihnen wohnen könne.

Sein alter Kumpel, Jazz-Musiker Franck, wäre dabei, und ebenso Lulu, Bistro-Besitzer in Deauville und treuer Beistand in allen Lebenslagen. Fast wunderte er sich, dass doch eine kleine Schar zusammenkam. Ja, schade, dass er selbst das nicht mehr erleben würde. Der Gedanke rührte ihn so, dass er sich der Tränen nicht erwehren konnte. Er hatte sich nie als religiösen Menschen begriffen, aber nun, in dieser Situation, die er wie einen Gang durch die Hölle empfand, überlegte er, ob er in seinem Leben etwas getan hatte, was ihm nun eine schwere Buße abforderte. Hieß es nicht, man solle seine Eltern ehren, oder so ähnlich? Hatte er nicht getan, aber seine Eltern hatten sich auch nicht um ihn gekümmert. Vielleicht zählte das jedoch als Entschuldigung nicht und man müsste den nächsten Anverwandten auch dann Anerkennung zollen, wenn sie nicht für ihr Kind Sorge tragen.

Noch etwas fiel ihm ein, was ihm als Sünde angelastet werden könnte: sexuelle Ausschweifung. Der weibliche Körper hatte ihn schon immer angezogen und in einen Erregungszustand versetzt, den er, kaum hatte sich sein Begehren erfüllt, erneut ersehnte. Als Jugendlicher hatte er die Pariser Bordelle aufgesucht, manchmal nur als Voyeur. Frauen besaßen für ihn etwas Geheimnisvolles, was er zu ergründen hoffte, was ihm aber auch Angst einflößte. Diese Sucht hatte sich mit zunehmendem Alter verflüchtigt, aber er blieb in dieser Hinsicht ein Gefährdeter, das wusste er. Als Letztes könnte man ihn noch der Völlerei bezichtigen oder eher der Tatsache, dass ihm Essen und Trinken – manchmal zu viel des Guten – mehr bedeuteten, als Hunger und Durst zu stillen. Auf Genuss war er aus, ja, das konnte man sagen, er war genusssüchtig. Vielleicht wurde ihm deshalb jetzt auferlegt, Moos zu lutschen. Sein Geist war noch hellsichtig genug, um dieses Herumgrübeln über möglicherweise begangene Sünden als das eines sich in einer Extremsituation Befindlichen einzuordnen, aber ganz gelang es ihm nicht. Er rollte sich auf dem Erdboden zusammen und überließ sich dem Dämmerzustand.

SIEBZEHN

Die gesamte Truppe der Polizei Guernsey, angeführt vom Criminal Investigation Department und geleitet von Detective Sergeant Wilson, arbeitete auf Hochtouren, und schon am Nachmittag lagen erste Ergebnisse auf dem Tisch. Lehrer John Mayor hatte Matilda Wilson ausführlich sein Gespräch mit Leblanc geschildert und die Stelle vor der Schule gezeigt, wo er sich von dem Besucher verabschiedet hatte. Labrador Jack hatte, nachdem ihm ein Hemd zum Erschnüffeln des speziellen Leblanc'schen Geruchs unter die Nase gehalten worden war, die Spur aufgenommen und sich seiner Aufgabe als ordentlicher Spürhund gewachsen gezeigt. Er leitete die Schritte seines Führers die Amherst Road hinunter bis zum Cambridge Park, genau dorthin, wo Leblanc auf einer Bank gesessen und von dem Unbekannten angesprochen worden war. An dieser Stelle gab Jack Laut und legte sich auf den Boden, zum Zeichen, dass er seinen Auftrag erfüllt und die Spurensuche ein Ende gefunden hatte.

In der näheren Umgebung verteilten die Polizisten Handzettel mit dem Foto des Gesuchten an Anwohner und landeten auch mit dieser Aktion einen Treffer, zumindest einen halben. Ein Mann glaubte sich zu erinnern, von Ferne gesehen zu haben, dass jemand, der so aussah wie der Abgebildete, in einen schwarzen Wagen gestiegen war. Nein, die Marke wisse er nicht, es sei ein größeres Auto gewesen. Nein, wer am Steuer saß, habe er nicht gesehen, auch nicht, in welche Richtung der Wagen gefahren sei. Immerhin ergab diese Aussage zusammen mit dem Resultat der Spürhundsuche ein einheitliches Bild.

Detective Sergeant Wilson war nun vollständig davon überzeugt, dass es sich bei dem Verschwinden des französischen Kommissars nicht um einen Unfall oder Rückzug in eine selbstbestimmte Einsamkeit handelte, sondern um ein wie auch immer geartetes Verbrechen, eine Entführung oder gar Mord, und dass es im Zusammenhang mit dem Tod des Reeders Chabot stand. Sollte der verschwundene Kommissar noch am Leben sein, zählte jede Sekunde.

Sie rief Lucile Chabot an. »Kennen Sie jemanden, der ein großes schwarzes Auto besitzt?«, wollte sie wissen. »Leider konnte der Augenzeuge keine weiteren Angaben machen. Leblanc soll dort eingestiegen sein.«

Lucile überlegte einen Moment. »Mein Mann hat jemanden beschäftigt, der sich um sein Segelboot kümmert, Dmitri heißt er. Soweit ich weiß, fährt er einen schwarzen SUV.«

»Wie heißt dieser Dmitri mit Nachnamen?«

»Das kann ich Ihnen nicht sagen. Ich habe ihn nur zwei-, dreimal flüchtig gesehen. Er ist Russe, aber in England aufgewachsen. Fragen Sie den Geschäftsführer meines Mannes, Christoph Rougier, vielleicht kennt er ihn. Aber ich verstehe das nicht. Warum sollte Jacques in Dmitris Auto steigen? Er kannte ihn doch gar nicht.«

»Das«, antwortete die Kommissarin, »ist uns noch ein Rätsel. Wir müssen leider auch mit einer Entführung rechnen. Möglicherweise ist der Verschwundene auf einem Privatboot von der Insel gebracht worden. Jedenfalls tun wir alles, was in unserer Macht steht, um ihn zu finden. Unsere Schiffe sind unterwegs, um die Küste abzusuchen, und wir verteilen weiter Handzettel. Wenn es etwas Neues gibt, benachrichtige ich Sie.«

Die Drohne mit dem Mobilfunkverstärker sollte am Nachmittag eintreffen. Bis dahin richtete Matilda Wilson ihre Aufmerksamkeit auf Chabots Skipper Dmitri. Weder der Geschäftsführer noch Chabots Sekretärin kannten seinen Nachnamen, aber im Hafen, wo die

Yacht ankerte, wussten andere Bootsbetreuer, dass er Tursanow hieß, russischer Herkunft war und aus Plymouth stammte. Dem Polizeiregister war zu entnehmen, dass Tursanow kein unbeschriebenes Blatt war: Drogenhandel, Zuhälterei, Körperverletzung und Verwicklung in einen Bandenkrieg. Das Foto in seinem Dossier, schon einige Jahre alt, zeigte ein kantiges, grobknochiges Gesicht mit großer Nase und eng stehenden Augen und einem geschorenen Schädel. Einen Wohnsitz auf Guernsey besaß er nicht, vermutlich bewegte er sich zwischen Großbritannien und den Kanalinseln als Tourist hin und her, möglicherweise sogar mit verschiedenen Pässen. Detective Sergeant Wilson hielt es für wahrscheinlich, dass dieser Dmitri sich, wie auch immer, von der Insel abgesetzt hatte. Sie gab eine Fahndung heraus an die englische und französische Polizei. Chabots Segelyacht hatte ihm offenbar nicht als Fluchtfahrzeug gedient, denn sie ankerte noch am Liegeplatz.

Einige Zeit später wurden die ausschwärmenden Polizisten fündig: Der SUV wurde in der Nähe einer Bucht bei Roc Salt im Norden der Insel auf einem Parkplatz gesichtet, was den Schluss nahelegte, dass der Russe in der Bucht ein Boot liegen gehabt hatte. Noch einmal wurde Labrador Jack zum Einsatz gebracht, und seine Nase kam zu dem Ergebnis, dass der, dessen Duftspur sie aufgenommen hatte, sich in diesem Wagen befunden hatte. Das Fahrzeug wurde zur weiteren Untersuchung ins Präsidium gebracht. Die Nordspitze der Insel wurde abgesucht, die Landschaft bot wenig Möglichkeiten, einen Entführten zu verstecken: schroffe Felsen, auf der Ost- und Westseite je eine Bucht mit Sandstrand, ein Golfplatz. Matilda Wilson hatte sich persönlich zum Fundort des SUV nach Roc Salt begeben, nachdem sie den Halter des Wagens ermittelt hatte. Interessanterweise war das nicht der Russe Tursanow, sondern Henri Chabot. Offenbar hatte der Reeder das Auto seinem möglichen Handlanger zur Verfügung gestellt.

Im Beach Restaurant ging die Mittagessenszeit gerade zu Ende.

Die Küche genoss inselweit Ansehen, was die Zubereitung von Fisch und Meeresfrüchten betraf. Auf den Tellern der Gäste lagen Speisereste: Austernschalen, ausgeweidete Hummer, Krebspanzer. Detective Wilson zeigte den Handzettel mit dem Foto Leblancs herum.

»Haben Sie diesen Mann vorgestern gesehen?«, fragte sie Gäste und Angestellte, erntete aber nur Kopfschütteln.

Als sie dann aber den Ausdruck aus dem Polizeiregister mit dem Konterfei des Russen herumgehen ließ, erinnerten sich zwei der Beschäftigten an den großen, breitschultrigen Mann und an ein auffälliges Tattoo auf dessen Unterarm, einen Adler mit zwei Köpfen und einer Krone. Ob er allerdings vor zwei Tagen da gewesen sei, konnten sie nicht sagen. Auf jeden Fall stand damit fest, dass der Russe Dmitri Tursanow den französischen Kommissar in sein Auto verfrachtet – oder war der freiwillig eingestiegen? – und dann – tot oder lebendig? – irgendwohin – in ein Versteck auf der Insel oder auf sein Boot? – gebracht hatte.

Fieberhaft wartete man auf das Eintreffen der Drohne. Weil es Schwierigkeiten mit dem Verstauen des Prototyps samt Zubehör gegeben hatte, landete der Helikopter aus Cornwall mit dem Fluggerät und seinem Piloten erst gegen Abend auf einer Wiese nahe dem Polizeipräsidium.

Als alle Gerätschaften ausgeladen waren, erklärte der Drohnenspezialist den versammelten Detectives die Funktionsweise dieses neu entwickelten Systems: »Durch ein Kabel wird die Drohne mit einem mobilen Router verbunden, der auch gleichzeitig Strom liefert, damit das Gerät dauerhaft in der Luft bleiben kann. Bis zu fünfzig Meter hoch kann sie steigen, und gesteuert wird sie mit diesem Kästchen hier«, er zeigte auf einen schwarzen Apparat mit kleinen Hebeln. »Wir haben bisher positiv getestet, dass die Drohne in einem Radius von etwa sechzig Kilometern Handyempfang und Internet herstellen kann. Was wir noch nicht wissen – was zum Beispiel für die Rettung von Verschütteten von Belang wäre –, ist, bis in welche Tiefe sich der Empfang erstreckt. Für den Einsatz brauchen wir einen Stromgenerator, an den der Router angeschlossen wird. Haben Sie einen zur Hand?«

»Haben wir so etwas?« Matilda Wilson blickte in die Runde ihrer Detectives.

Einer meldete sich. »Ja, einen benzinbetriebenen. Ich hole ihn.«

»Gut«, sagte Matilda Wilson, »wenn ich richtig verstanden habe, beginnen wir mit der Handyortung sofort beim Losfliegen der Drohne. Wenn das Mobiltelefon des Kommissars wieder empfangsbereit ist, können wir seinen Standort bestimmen.«

»Genau«, bestätigte der Kollege aus Cornwall. »Mit GPS lässt sich die Position des Gesuchten auf wenige Meter genau festlegen.«

»Also, dann los. Guernsey hat eine Fläche von achtundsiebzig Quadratkilometern, nach Ihren Testflügen müsste die Dohne die Insel in etwa abdecken. Das heißt, wir können hier im Präsidium unsere Einsatzzentrale einrichten.«

Alle Vorkehrungen waren getroffen, die Augen aller blickten gespannt auf das schwarz-weiße Flugobjekt, das sich mit seinen vier Rotoren in die Höhe bewegen sollte. Doch der Pilot sah besorgt zum Himmel hinauf. Dunkle Wolkengebirge türmten sich auf, und erste Windböen, Vorreiter eines Gewitters, fegten über den Boden und wirbelten Staub auf.

»Bei Sturm oder Gewitter können wir die Drohne nicht fliegen lassen«, erklärte er. »Die Absturzgefahr ist zu groß. Wir müssen warten, bis es ruhiger ist.«

Also wurden die Geräte ins Gebäude verfrachtet, und die gesamte Mannschaft musste sich in Geduld üben, wohl wissend, dass jede Minute bei der Suche nach dem verschwundenen Kommissar zählte. IT-Spezialist Detective Sergeant Savage hielt sich bereit, um mit der GPS-Überwachung zu beginnen, sobald das Wetter es ermöglichte, dass die Drohne ihre Arbeit aufnahm.

ACHTZEHN

Am Nachmittag waren Henri Chabots Söhne, der jüngere Will und der Erstgeborene Robert, Letzterer in Begleitung seiner Frau Pat, auf Guernsey eingetroffen. Lucile hatte ihnen angeboten, bei ihr zu wohnen, aber sie zogen es vor, im Old Government House in St. Peter Port, einem Fünf-Sterne-Haus, Zimmer zu beziehen.

Lucile traf sich mit ihnen im Tearoom des Hotels. Sie hatte die beiden drei Jahre nicht gesehen, und als Erstes fiel ihr die Ähnlichkeit Roberts mit seinem Vater auf, die in den letzten Jahren offenbar zugenommen hatte: groß, schlank, markantes Gesicht, und diese grünen Augen, die bei Henri zu funkeln begannen, wenn er Jagd auf etwas machte. Seine Ausstrahlung blieb allerdings hinter der seines Vaters zurück. Noch fehlte ihm das Raubtierhafte, der Wille zum Biss, aber er schien auf dem besten Weg, sich das nötige Rüstzeug für seinen Weg an die Spitze anzueignen.

Robert fühlte sich tatsächlich auf dem Sprung. Zwar konnte er auf eine erfolgreiche Karriere als Investmentbanker zurückblicken, aber so eine Reederei, das war doch eine andere Nummer. Ja, er wollte mitmischen im Spiel der ganz Großen, in die Fußstapfen seines Vaters treten, aber nur, um über ihn hinauszuwachsen. Expandieren sollte die Reederei, die paar Kreuzfahrtschiffe, die sein Vater angeschafft hatte, waren erst der Anfang. Er würde ins Milliardengeschäft der Kreuzfahrtgiganten einsteigen, damit war Geld zu machen. Schon seit Längerem hatte Robert diese Pläne im Kopf. Sein Vater hätte ihn zu Lebzeiten niemals als Partner in die Reederei hineingenommen. Dumm von ihm. Jetzt würde er allein nach seinen Vorstellungen entscheiden, jetzt war seine Chance gekommen.

Als Luciles Blick auf Pat fiel, mit der sie zuvor nur einmal zusammengetroffen war, und zwar bei der Hochzeitsfeier vor drei Jahren, wusste sie sofort, dass sich Henri von ihr angezogen gefühlt haben musste. Sie war schön, außergewöhnlich schön, der Vater Inder, die Mutter Engländerin. Wenn sie auftauchte, zog sie alle Blicke auf sich. Lucile fand, dass sie etwas Kühles an sich hatte. Schwarze, sehr kurz geschnittene Haare, ein perfekter Körper, schmale Hüften, lange Beine, schlank, drahtig, muskulös – sie musste viel Zeit im Fitnessstudio verbringen –, bräunlich schimmernde Haut, ein sinnlicher Mund, eine androgyne Erscheinung mit starker erotischer Ausstrahlung. Als Pat die Sonnenbrille abnahm, ließen sich tiefe Schatten unter den großen, braunen Augen ausmachen. Sie ist die eigentliche Witwe, dachte Lucile. Pat wich ihrem Blick aus, sie starrte an ihr vorbei und schwieg.

Pat hatte beschlossen, Haltung zu wahren und nur so weit Trauer zu zeigen, wie es sich für eine Schwiegertochter geziemte. Kein Wort über ihre Beziehung mit Henri würde über ihre Lippen kommen, schon deshalb, um ihre Ehe nicht zu gefährden. Wenigstens hatte sie, wenn schon nicht das Original, dann in Robert doch immerhin eine Kopie, zugegeben eine fehlerhafte Kopie. Nie würde Robert an die Virilität seines Vaters heranreichen, aber in der jetzigen Situation durfte sie nicht riskieren, ihn zu verlieren. Pats dunkle Augenringe, von Lucile als Zeichen der Trauer gedeutet, hatten, zusammen mit weiteren, noch nicht sichtbaren Veränderungen ihres Körpers, eine andere Ursache. Sie war schwanger, und mit sehr großer Wahrscheinlichkeit nicht von ihrem Ehemann. Nun würde sie niemals erfahren, ob sich Henri, wie er versprochen hatte, zu ihr und dem Kind bekannt hätte. Schon seit geraumer Zeit sprach er davon, seine unbefriedigende Ehe zu beenden, sich von dieser unattraktiven, ständig leidenden Lucile zu trennen. Aber ob er den Mut gehabt hätte, sich gegen Robert zu stellen und damit den endgültigen Bruch mit seinem Sohn zu riskieren, konnte sie nicht einschätzen. Jetzt musste sie ihre Strategie ändern und Robert glauben machen, dass es sein Kind war. Zum Glück konnte sie sich auf eine Gelegenheit berufen, als sie vor ein paar Wochen gemeinsam aufs Land gefahren waren. Roberts sowieso nicht übermäßig stark ausgeprägte Libido wurde noch von seiner fordernden Arbeit eingeschränkt. Pat musste ihn überzeugen, dass es bei diesem einen Mal passiert war. Niemals durfte Robert von ihrer Beziehung mit Henri erfahren. Niemals, sonst würde er sie sofort verlassen, und sie säße da als alleinerziehende Mutter.

Der jüngere Will hielt sich zunächst im Hintergrund, eine Rolle, die er in der Familie zu spielen gewohnt war. Im Kampf zweier Platzhirsche war ihm nur die Position des Deckung suchenden Jungtiers geblieben. Dazu hatte die Natur ihn gegenüber seinem Bruder benachteiligt. Er neigte zur Korpulenz, seine braunen Haare begannen schütter zu werden und hingen als dürrer Fransenkranz um Gesicht und Nacken herum. Er hatte sich angewöhnt, die Schultern einzuziehen und damit einen Eindruck von Schüchternheit und Verzagtheit hervorzurufen. Seine ständigen Geldsorgen und Schulden hatten Spuren an seiner äußeren Erscheinung hinterlassen. Will wirkte ungepflegt und vernachlässigt. Doch die Aussicht auf eine sehr bald eintretende Veränderung seiner Lage, die das Ende seiner Probleme bedeutete, bewirkte, dass sich sein Mund zu einem verschämten Grinsen verzog.

Instinktiv erfasste Lucile vieles von dem Unausgesprochenen in den ersten Minuten der Begegnung. Spannungen lagen in der Luft, denen sie am liebsten ausgewichen wäre. Aber sie musste das durchstehen, bis alles geregelt war.

Die vier durch Chabots Tod Vereinten waren fast allein im Tearoom, die meisten Gäste zog es bei den hohen Temperaturen auf die Terrasse oder an den Pool. Allerdings schien die Sonne nicht mehr, der Himmel hatte sich bezogen, eine schwüle Hitze breitete sich aus. Sie ließen sich an einem Tisch nieder und orderten Tee und Kaffee.

»Möchten Sie den Afternoon Tea mit Sandwiches und Gebäck? Ein Glas Champagner vielleicht?«, hatte der Kellner gefragt. Aber die Gäste wollten nicht. Für Champagnerlaune war dies sicher nicht der richtige Zeitpunkt. Es blieb bei Tee und Kaffee.

Robert übernahm sofort die Initiative und würde sich, daran ließ er keinen Zweifel, auch künftig die Regie nicht aus der Hand nehmen lassen.

»Wir sollten jetzt ganz sachlich darüber beraten, welche Schritte nach Vaters Tod zu unternehmen sind. Ich denke, wir können auf Sentimentalitäten verzichten. Solange wir nicht wissen, was er in seinem Testament verfügt hat, ist das oberste Gebot, dass die Reederei weiterläuft. Ich werde mich darum kümmern, zumal davon auszugehen ist, dass ich der Einzige in dieser Runde bin, der dazu in der Lage ist. Vater wird das mit Sicherheit entsprechend verfügt haben.«

»Willst du nicht wissen, was die Polizei über Henris Tod herausgefunden hat?«, fragte Lucile.

»Verehrte Stiefmutter«, setzte Robert in einem übertrieben hochnäsigen Ton an. Aus seiner ablehnenden Haltung Lucile gegenüber hatte er noch nie einen Hehl gemacht. »Ob Suizid oder Unfall, das ändert am Ergebnis gar nichts. Selbstmord macht sich natürlich in der Öffentlichkeit nicht so gut, da denkt jeder gleich an irgendein dunkles Geheimnis, das vertuscht werden soll. Ich sehe schon die Schlagzeile: ›Hatte der große Reeder Chabot Dreck am Stecken?‹ Es wäre gut, wenn wir das verhindern könnten, auch in unserem eigenen Interesse. Vater hat doch keine krummen Geschäfte gemacht, oder ist dir irgendetwas bekannt? War er in Schwierigkeiten? Selbst wenn, dann muss das diskret aus der Welt geschafft werden.«

»Ich weiß von nichts. Er hat sicher keine illegalen Aktionen unternommen, wenn man davon ausgeht, dass Steueroasen und Briefkastenfirmen legal sind.«

»Oho, die Stiefmutter schwingt die Moralkeule. Die Ehefrau eines der reichsten Männer Frankreichs stellt sich auf die Seite der Armen und Geknechteten? Höre ich da Kritik, oder habe ich dich missverstanden?« Robert hob den Arm, als wollte er einen Gegenstand wegschleudern.

Lucile überhörte die Provokation. Sie beschloss, die Bombe direkt und ohne Ankündigung platzen zu lassen. »Henri hat vor seinem Tod Sex gehabt, und nicht mit mir.« Dabei sah sie Pat durchdringend an.

Tatsächlich blickte Roberts Frau fast erschrocken auf, sagte aber nichts.

Robert übernahm wieder das Wort. »Ich denke, eure Eheprobleme gehen uns nichts an. Wenn Vater seine Bedürfnisse mit anderen Frauen als mit dir befriedigt hat, wird das wohl seine Gründe haben.« Abschätzig ließ er seine Augen über ihren mageren Körper gleiten.

»Die Polizei sprach von Hämatomen«, fuhr Lucile unbeirrt fort. »Einen Unfall haben sie jedenfalls ausgeschlossen. Es gebe Unstimmigkeiten, sie würden die Umstände, die zu Henris Tod geführt haben, näher untersuchen, zumal ein Suizid kaum infrage kommt. Er hat keinen Abschiedsbrief hinterlassen. Und wir kennen alle Henri. Nichts lag ihm ferner als Selbstmord. Und woher stammen die Hämatome?«

In Pats Erinnerung wurde die Nacht am Strand lebendig, wie sie Henri auf den noch warmen Sand gedrückt und sich auf ihn gesetzt hatte. Er liebte es, wenn sie ihn ein wenig grob anfasste. Er liebte alles, was sie mit seinem Körper anstellte. Der Gedanke daran ließ Tränen in ihr aufsteigen. Sie schluckte, unterdrückte den Impuls zu weinen.

Luciles genauer Beobachtung blieb das nicht verborgen. Ebenso wenig, dass Robert und Will, beide, eine gewisse Erleichterung an den Tag legten, als hätten sie den Tod ihres Vaters erwartet oder herbeigesehnt. Oder herbeigeführt? Vielleicht hatten die drei gemeinsam Henri aus dem Fenster gestoßen? Na ja, Pat vielleicht nicht, es dürfte nicht in ihrem Interesse gelegen haben, ihren Geliebten zu beseitigen. Oder doch? Vielleicht war Pat gestern noch in Henris Büro gewesen, und sie hatten sich gestritten, es war zu Tätlichkeiten gekommen …. Halt, jetzt ging ihre Fantasie mit ihr durch. Wieso dachte sie sich solche Szenarien aus? Robert unterbrach ihre ausschweifenden Spekulationen.

»Wir sollten uns auf die anstehenden Aufgaben konzentrieren«, sagte er. »Was auch immer die Polizei meint. Ich nehme an, du, Lucile stellst keine Ansprüche auf eine Leitungsfunktion im Unternehmen, dazu wärest du gar nicht in der Lage. Will, du wohl ebenso wenig.«

»Genau«, meldete sich der stille Will zum ersten Mal zu Wort. »Ich möchte ausgezahlt werden, das Geld steht mir zu. Wann wird denn das Testament eröffnet?«

Die unverhohlene Geldgier reizte Lucile, obwohl sie sich Zurückhaltung auferlegt hatte, zu einer scharfen Entgegnung. »Entschuldige mal, dein Vater liegt noch in der Gerichtsmedizin, ist noch nicht einmal unter der Erde, und dir fällt nichts anderes ein als dein Erbe. Ein bisschen mehr Respekt hätte er schon verdient.«

»Hört auf mit dem Geplänkel«, mischte sich Robert wieder ein. »Wir warten auf dic Testamentseröffnung, das dürfte ja nicht mehr lange dauern. Wir brauchen eine Sterbeurkunde, und ich rufe Vaters Rechtsanwalt an. Bis dahin übernehme ich die Leitung der Reederei. Basta.«

»Klar, du nimmst dir, was du willst. Aber dieses Mal komme ich nicht zu kurz, das sage ich dir«, murmelte Will, verstummte aber sofort, als Robert ihn streng von der Seite ansah.

Lucile war die ganze Situation zuwider. Die Söhne, die nichts anderes im Kopf hatten als ihr Erbe. Pat, die schweigende Geliebte. Robert, der von der Affäre seiner Frau mit seinem Vater nichts wusste. Oder doch? War er gar nicht so ahnungslos, wie er tat? Sie wandte sich an Robert: »Gibt es noch etwas zu besprechen? Oder kann ich gehen?«

»Ich denke, im Moment können wir nichts weiter tun. Die Geschäfte müssen weitergehen, das ist die Hauptsache. Ich werde mich gleich in Vaters Büro begeben und mit den Angestellten sprechen.«

Lucile erhob sich, nickte zum Abschied kurz in die Runde und verschwand auf den Flur, wo sie erst einmal tief ein- und ausatmete. Dann öffnete sie die Tür zur Toilette, drehte am Waschbecken den Hahn auf und ließ sich kaltes Wasser über die Hände laufen. Als sie den Waschraum gerade wieder verlassen wollte, hörte sie die Stimmen von Robert und Will direkt vor der Tür.

»Du Idiot«, zischte Robert, »wir waren uns doch einig. Wieso musst du vor seiner Frau solche Bemerkungen fallen lassen? Mit deiner Geldgier bringst du uns noch in Verdacht. Wir können froh sein, dass sich die Sache von selbst gelöst hat. Halt dich künftig zurück.«

»Ist ja gut«, murmelte Will. »Ich will nur endlich das haben, was mir der Alte immer verweigert hat.«

Lucile wartete, bis sie nichts mehr hörte, dann verließ sie die Räumlichkeiten.

Als sie zu Hause ankam, brach ein Gewitter los. Marie stand am Wohnzimmerfenster und betrachtete den dunklen Himmel mit den zuckenden, grellen Blitzen. Als Lucile sie dort erblickte, spürte sie eine Welle tiefer Zuneigung, ein Gefühl, das kein Mann je in ihr ausgelöst hatte. Schon nach kurzer Zeit war ihr Marie so vertraut, als würden sie sich seit Jahren kennen. Wie schön sie war und stark und mutig. Lucile hatte das Bedürfnis, Marie zu berühren. Sie lief zu der am Fenster Stehenden und schlang die Arme um sie. Als Marie sich umdrehte, sah Lucile, dass die Freundin geweint hatte.

»Ist etwas passiert?«, fragte sie erschrocken.

»Die Polizistin hat angerufen. Sie versuchen, Jacques' Handy zu orten, aber sie können erst damit beginnen, wenn das Gewitter vorbei ist. Sie meinte, wenn er noch auf der Insel ist, würden sie ihn finden. Sie hat aber auch gesagt, dass er – im Fall einer Entführung – vielleicht mit einem Privatboot weggebracht wurde. Oder …« Marie gelang es nicht, die Vermutung, dass Jacques nicht mehr leben könnte, auszusprechen.

»Ach«, sagte Lucile, schlang die Arme fester um die Weinende und streichelte ihr Gesicht, »du darfst die Hoffnung nicht verlieren. Warten wir ab, was die Handysuche ergibt. Die Polizei tut bestimmt alles, was sie kann.«

Marie nickte. »Wie war es bei dir?«

»Meine Begegnung mit Henris Familie war ein einziger Albtraum …« Und dann fing Lucile an, von dem Treffen im Hotel zu erzählen, um Marie abzulenken, und die ließ es willig geschehen.

NEUNZEHN

Die ganze Nacht hindurch war es stürmisch gewesen, sodass die Drohne erst am nächsten Morgen, als der Wind sich gelegt hatte, zum Einsatz kommen konnte. Detective Sergeant Savage nahm die GPS-Ortung auf, um im Fall, dass das Handy des Gesuchten Signale aussandte, sofort den Standort bestimmen zu können. Matilda Wilson hatte alle verfügbaren Polizisten in Bereitschaft versetzt und beobachtete das Fluggerät, das sich libellengleich in die Luft erhob. Zwei Stunden lang passierte nichts. Dann erschien auf dem Bildschirm des IT-Spezialisten ein kaum wahrnehmbares Signal.

»Ich glaube, ich habe etwas«, rief er Matilda Wilson, die immer noch auf dem Hof des Präsidiums neben dem Drohnen-Piloten stand, aus dem Fenster zu. »Es ist sehr schwach, ich versuche, es zu lokalisieren.«

Im Laufschritt eilte die Kommissarin ins Büro. »Wo?«, fragte sie außer Atem.

»Im Westen der Insel, in Beaucamps de Bas. Aber da ist nichts, freies Feld, Bewuchs mit weißer Guernseylilie, sehen Sie selbst. Ich zoome mal das Satellitenbild ran.«

»Das ist Felsgestein«, sagte Matilda Wilson.

»Deshalb die Guernseylilie, sie mag felsigen Untergrund.« Detective Sergeant Savage stammte von der Insel. Neben der Ornithologie gehörte Botanik zu seinen Hobbys, mit Vogel- und Pflanzenbestimmung verbrachte er seine Freizeit.

Aber Matilda Wilson stand im Moment nicht der Sinn nach

botanischen Erklärungen. »Und was ist das?« Sie zeigte auf zwei dunkle Flecken.

»Sieht aus wie Höhleneingänge.«

»Gibt es in der Gegend da Nazi-Tunnel?« Die Kommissarin wusste zwar, dass es eine Menge solcher Tunnel auf Guernsey gab, kannte aber die genaue Topografie nicht.

»Das ist durchaus wahrscheinlich. Vierzehn Tunnel haben die Deutschen hier ausheben lassen, einige davon wurden nicht fertiggestellt, weil das Gestein dem Abbau nicht standhielt. Der größte Tunnelkomplex befindet sich beim Militärmuseum, er beträgt sieben Quadratkilometer. Daneben gibt es mehrere kleinere, die aber eigentlich alle versperrt sind.«

»Das ist es! Der französische Kommissar wird in einem Tunnel gefangen gehalten!«, rief Matilda Wilson aus. »Wir beginnen sofort mit der Suche.« Sie mobilisierte alle zur Verfügung stehenden Kräfte und forderte auch einen Rettungswagen mit Notarzt an. Ein ganzer Konvoi, ausgerüstet mit Lampen, Hacken, Spaten rückte aus, mit dabei Spürhund Jack, dem das Leblanc'sche Hemd noch einmal unter die Nase gehalten wurde.

Die Polizeiwagen hielten am Rand der Straße Les Beaucamps. Auf der westlichen Seite befand sich eine kleine Siedlung, östlich davon erstreckten sich Felder und ein Wäldchen. Das Gelände war nicht weitläufig, die ausschwärmenden Polizisten brauchten nicht lange zu suchen. Der Tunneleingang war mit Beton eingefasst und einem Gitter abgesperrt, verschlossen mit einem einfachen Hängeschloss, das der Bolzenschneider in Sekundenschnelle durchtrennte. Durch die Öffnung passte ein erwachsener Mensch nur in gebückter Haltung. Der Führer mit dem Spürhund ging voran, Matilda Wilson und drei weitere Polizisten folgten in gewissem Abstand.

Der Weg war anfangs steinig, mit abgesprengten Felsbrocken, später wurde der Boden zunehmend erdig und feucht. Es schien sich, worauf Detective Sergeant Savage schon hingewiesen hatte, um einen unvollendeten Tunnel zu handeln, denn die Wände waren nicht bearbeitet, und mehrere Seitenzweige führten in Sackgassen.

Kein Licht von außen drang in den Gang. Mit Taschenlampen leuchtete der Suchtrupp in jede Nische. Über knapp zwei Kilometer erstreckte sich das unterirdische System, es kam Matilda Wilson unendlich lang vor. Jeder Schritt vergrößerte die Befürchtung, das Unternehmen könnte scheitern. Wenn ihre Hypothese nicht stimmte, wenn sich Leblanc nicht in diesem Tunnel aufhielt … dann hätten sie kaum noch eine Chance, ihn lebendig zu finden. Ihr Herz schlug heftiger mit jedem Meter, den sie zurücklegte. Auch ihre drei Kollegen schienen die Anspannung zu spüren. Wortlos arbeiteten sie sich durch das finstere Labyrinth.

Es war wie eine Erlösung, als Jack Laut gab. »Hier!«, schrie der Hundeführer. »Hierher!«

Als sie das Gebell hörte, stürmte Matilda Wilson vorwärts zu der Stelle am Ende des Hauptgangs, wo sich neben dem hellen Fell des Labradors ein dunkles Bündel abzeichnete. Jacques Leblanc lag in zusammengekrümmter Haltung bewegungslos auf dem Boden.

»Brown, holen Sie den Arzt, schnell, beeilen Sie sich«, rief Matilda Wilson dem Detective Constable zu. Im Eiltempo lief der zum Höhleneingang zurück, wo der Rettungsdienst wartete.

Die Kommissarin kniete sich neben den Reglosen und fühlte seinen Puls.

»Er lebt«, sagte sie erleichtert.

Leblanc lebte. Nach der Injektion der Betäubungssubstanz und nach fast drei Tagen ohne Wasser war sein Körper dehydriert und sein Blutdruck so sehr gesunken, dass er sich vor Schwindel nicht auf den Beinen halten konnte. Wie aus großer Ferne nahm er den Schein der Lampe wahr, die sich auf ihn richtete, und glaubte, dem Tode nah zu sein. Das Licht am Ende des Tunnels. Matilda Wilson sprach den nahezu Bewusstlosen an, während sie auf den Notarzt warteten.

»Kommissar Leblanc, hallo, hören Sie mich?«

Mehr als ein gurgelnder Laut war nicht zu vernehmen.

»Ich bin Matilda Wilson von der Polizei Guernsey. Sie sind gerettet, wir holen Sie hier raus. Gleich kommt ein Arzt, und dann bringen wir Sie ins Krankenhaus.«

Kurz darauf erreichte der Rettungsdienst den Fundort. Ohne Zeit zu verlieren, setzte der Arzt dem Dehydrierten eine Infusion mit einer Elektrolytlösung. »Genauer werden wir Sie im Krankenhaus untersuchen«, sagte er und ließ den Patienten auf eine Trage legen. Zwei Sanitäter trugen ihn durch den engen Gang zum Krankenwagen. Später würde Leblanc jede Erinnerung an seine Rettung fehlen.

Die Spurensicherung forschte in der Höhle nach Gegenständen, die der Täter verloren haben könnte, fand aber außer Leblancs Handy, das ihm aus der Jackentasche gefallen war, nichts. Der Tatort wurde abgeriegelt, das Gitter wieder vor den Eingang gesetzt.

»Ich frage mich«, sagte Matilda Wilson zu ihrem Kollegen Brown, »wie Dmitri Tursanow – ich gehe mal davon aus, dass er der Täter war – den Kommissar in den Tunnel hineingebracht hat. Freiwillig ist der ihm wohl kaum gefolgt. Hat er ihn bewusstlos geschlagen und dann getragen? Allein getragen, einen ausgewachsenen Mann?«

»Er soll ja groß und kräftig sein. Aber vielleicht hatte er einen Helfer«, vermutete Detective Constable Brown. »Oder er hat einen Handwagen, eine Karre benutzt? Er muss die Aktion vorbereitet haben, einen geeigneten Ort gesucht, das Gitter geöffnet und danach das Hängeschloss angebracht haben.«

»Die Fahndung nach dem Russen läuft. Wahrscheinlich kann uns der Kommissar unterstützende Hinweise geben, wenn er wieder ansprechbar ist. Jetzt rufe ich erst mal seine Frau an.«

Sie erreichte Marie sofort.

»Mrs Bertaux, wir haben Ihren Mann gefunden, er ist in einem schlechten gesundheitlichen Zustand, aber er lebt, und der Arzt meint, dass er es schaffen wird.«

Da ihre Gesprächspartnerin schwieg, hakte sie nach: »Haben Sie gehört, was ich gesagt habe? Wir bringen Ihren Mann gerade ins Krankenhaus.«

»Ja«, sagte Marie schließlich, den Tränen nahe, »ich höre. Danke, vielen Dank. Kann ich ihn sehen?«

»Da müssen Sie die Ärzte in der Klinik fragen. Es ist vielleicht noch etwas zu früh.«

Matilda Wilson wusste, dass sie sich nicht auf dem Sieg der erfolgreichen Suche würde ausruhen können, denn nun stand der Fall Chabot auf der Tagesordnung. Möglicherweise könnte ihr der französische Kommissar dabei behilflich sein, wenn er wieder bei Kräften war.

ZWANZIG

Nach zwei Tagen intensiver Betreuung im Krankenhaus, während derer sein Flüssigkeitsdefizit ausgeglichen und sein Körper mit genügend Mineralstoffen versorgt wurde, war Leblanc bereits wieder in einem akzeptablen Zustand. Sein Körpergewicht hatte sich um einiges reduziert, und in seine grauen Haare hatten sich weiße Strähnen gemischt, aber das Betäubungsmittel hatte keine bleibenden Schäden hinterlassen. Er war gründlich untersucht worden und erholte sich schnell. Nur die provisorische Krone, die ihm der Pariser Zahnarzt auf den Eckzahn gesetzt hatte, um sie später durch eine endgültige zu ersetzen, hatte die ungewohnte Beanspruchung nicht überstanden und war im Moos des Tunnels stecken geblieben. Die Lücke, so glaubte er, verleihe ihm ein greisenhaftes Aussehen, weshalb er den Mund nur noch halb öffnete. So schlimm sei es nicht, versicherten Marie und Lucile, und dass sie ihn, sobald er das Krankenhaus verlassen könne, zu einem Zahnarzt bringen würden. Allein das Wort *Zahnarzt* hätte ihn vor kurzer Zeit noch in Ängste gestürzt. Nach dem, was er gerade erlebt hatte, entlockte ihm die Aussicht auf eine Behandlung nur ein müdes Lächeln.

Marie wich die ganze Zeit nicht von seiner Seite, voller Dankbarkeit, dass sie nicht noch einen Lebenspartner verloren hatte. Die Erlebnisse der letzten Tage, die Angst um Jacques hatten ihr den Flugzeugabsturz ihres Mannes vor fast fünfundzwanzig Jahren wieder deutlich in Erinnerung gerufen. Und für Leblanc war der Aufenthalt im Tunnel eine Wiederholung seines Kindheitstraumas gewesen. Er empfand seine Rettung auch als Chance auf ein weiteres Leben mit Marie.

»Danke, dass du da bist und nicht lockergelassen hast«, flüsterte er.

Die Ärzte, die gelegentlich nach dem Patienten sahen, betrachteten fast mit Rührung die zwei nicht mehr jungen Menschen, die sich, oft schweigend, an den Händen hielten.

Lucile tauchte am Krankenbett auf, wenn sie nicht gerade mit familiären Angelegenheiten beschäftigt war. Nach Henris Tod war einiges zu regeln. Sie stand im ständigen Kontakt mit Chabots Bruder Raoul, der sich um die Überführung und Bestattung des Verstorbenen im Familiengrab in Saint-Malo kümmerte. Sie hatte sich nie um Kontakt zu Raoul bemüht, und Henri hatte eher abwertend über seinen Bruder gesprochen. Jetzt merkte sie, dass der unscheinbare, zurückgezogen lebende Raoul ein feiner, anständiger Mensch war. Anders als Henri bedeutete ihm das Geschäftsleben nichts, Tradition und Familie dagegen alles. Er bot seine Hilfe an, wofür Lucile dankbar war, die Robert und Will allerdings barsch abgelehnt hatten.

Gleich am ersten Tag hatte Matilda Wilson den noch geschwächten Kommissar im Krankenhaus befragt. Er hatte, soweit es ihm möglich war, Auskunft zu seiner Entführung und zu seinen Beobachtungen im Fall Chabot gegeben. Dass es diesen Fall überhaupt gab, dass und wie der Reeder ums Leben gekommen war, hatte Leblanc ja erst nach seiner Rettung erfahren. Er teilte die Einschätzung der englischen Kollegin, dass die Drohbriefe, der Versuch, ihn, Leblanc, aus dem Verkehr zu ziehen, und Chabots tödlicher Sturz aus dem Bürofenster kein Zufall waren. Der Brief, den Lucile aus der Schreibtischschublade ihres Mannes entwendet hatte, müsse noch in seiner Hosentasche sein, hatte Leblanc gemeint, wenn der Russe ihn nicht herausgeholt habe. Tatsächlich fand sich das Papierknäuel, feucht geworden und zusammengeklebt, in der Tasche. Die Spurensicherung würde prüfen, ob die Schrift noch erkennbar sei und daraus Schlüsse gezogen werden könnten.

»Und, Monsieur le Commissaire, Herr Kollege«, hatte Matilda Wilson gesagt, »ich werde versuchen, bei meinem und Ihrem Chef eine Sondergenehmigung für eine punktuelle Zusammenarbeit zwischen einem Nicht-EU- und einem EU-Land zu erreichen. Mr Chabot ist immerhin Franzose, und Sie sind mit Umständen vertraut, die uns auf Guernsey bei der Aufklärung des Falles nützlich sein können. Damit Ihre Tätigkeit als Ermittler endlich einen legalen Charakter bekommt.« Matilda Wilson lächelte. Zwei Grübchen zeigten sich oberhalb der Mundwinkel, was Leblanc an seine frühere Mitarbeiterin Nadine in Deauville erinnerte. Wie es ihr wohl in Le Havre ergangen war? »Unter der Voraussetzung, dass Sie dem zustimmen, natürlich.«

»Und ob«, hatte Leblanc, ohne zu zögern, geantwortet. Die Aussicht auf Arbeit beflügelte seine Genesung.

Am Abend des zweiten Tages hielt es Leblanc nicht länger in der Klinik aus und bat um seine Entlassung. Noch nicht vollständig zu Kräften gekommen, aber voller Ungeduld, sich auf den Fall Chabot stürzen zu können, verließ er, begleitet von Marie und Lucile, das Krankenhaus und wurde in die Chabot-Villa gebracht, über die Lucile, jedenfalls bis zur Testamentseröffnung, allein verfügte. Weil Mary, die Haushälterin, meinte, ein Genesender bedürfe einer speziellen Kost, bereitete sie eine kräftige Hühnersuppe zu. Es mangelte Leblanc nicht an Appetit. Später am Abend erfuhr er, was Lucile der Polizei verschwiegen hatte: die Entdeckung der E-Mail von Pat auf Chabots Computer und die merkwürdige Unterredung zwischen Robert und Will, die sie unfreiwillig belauscht hatte.

Als der Gerettete, glücklich und zufrieden, vor Müdigkeit kaum die Augen offen halten konnte, wurde er von beiden Frauen ins vormals eheliche Schlafzimmer verfrachtet und in die Mitte des Bettes gelegt. Von Marie auf der einen, Lucile auf der anderen Seite flankiert, sank er in einen traumlosen tiefen Schlaf, nicht ohne ein Lächeln auf den Lippen. Früher hatte er sich in seinen erotischen Träumen manchmal eine Ménage-à-trois vorgestellt oder gar gewünscht, aber diese Dreierkonstellation wich erheblich von seinen Fantasien ab. An Händehalten hatte er damals nicht gedacht. Auf der anderen Seite hätte der Grad an Glück und Zufriedenheit, den er jetzt empfand, außerhalb seiner Vorstellungskraft gelegen.

Am nächsten Morgen ließ er sich von Lucile zum Polizeipräsidium bringen. Matilda Wilson empfing ihn mit der Neuigkeit: »Sie dürfen jetzt offiziell mit uns zusammenarbeiten, die Genehmigung ist gerade eingetroffen. Ich setze Sie erst einmal über den Stand der Ermittlungen in Kenntnis, und dann überlegen wir gemeinsam, wie wir fortfahren, in Ordnung?«

»Danke. Ich weiß, es ist nicht selbstverständlich, dass Sie mit mir zusammenarbeiten.«

»Ach«, wehrte Matilda Wilson lächelnd ab, »unterschätzen Sie meinen Ehrgeiz nicht, ich möchte auf dieser Insel nicht versauern. Sie sind eine Chance für mich, und ich hoffe, dass ich mir von Ihren Ermittlungsmethoden etwas abgucken kann. Nach meinen Recherchen gelten Sie in Frankreich als Kommissar für schwierige Fälle. Ich habe übrigens einen Dienstwagen für Sie angefordert, Sie können ihn nachher abholen.«

Das bedeutete eine große Erleichterung für ihn, damit war er nicht mehr auf Luciles Chauffeurdienste angewiesen. Eine weitere Hürde musste genommen werden, die der Sprache. Leblanc konnte sich leidlich auf Englisch verständigen, aber für komplizierte Sachverhalte würde es nicht reichen. Er hatte schon bemerkt, dass Matilda Wilson sich bemühte, in seiner Gegenwart langsam und deutlich zu sprechen. »Meine Sprachkenntnisse sind nicht die besten …«, begann er.

»Ich verstehe einigermaßen Französisch, ich habe es in der Schule gelernt und war ein paarmal in Frankreich. Wir machen es so, dass Sie Französisch sprechen und ich Englisch, mal sehen, was aus der Mischung herauskommt. Nachfragen erlaubt.«

Nachdem Leblanc der Kollegin Luciles Entdeckung eröffnet hatte – mit der Entschuldigung, es sei der ein wenig verwirrten Witwe erst jetzt wieder eingefallen, die aber vor Detective Sergeant Wilsons Augen keine Gnade fand –, wurden die E-Mails auf Chabots Computer noch einmal penibel untersucht. Es ließ sich keine Nachricht entdecken, die Luciles Aussage bestätigte.

»Chabot könnte sie gelöscht haben«, meinte Leblanc, »um jede Spur, jeden Hinweis auf die Geliebte zu beseitigen. Sie ist seine Schwiegertochter. Wenn die Affäre rausgekommen wäre, hätte es vermutlich einen Riesenskandal gegeben.«

»Seine Frau könnte gelogen haben, um diese Pat zu belasten«, wandte Matilda Wilson ein.

»Warum sollte sie das tun? Um die Ehe, das habe ich selbst miterlebt, stand es nicht zum Besten. Chabot hat sie vor den Augen anderer gedemütigt. Lucile war unglücklich und wollte sich von ihm trennen. Es war ihr nicht wichtig, mit wem sich ihr Mann vergnügte.«

»Rache? Das wäre ein Motiv.«

»Lucile hat ein sicheres Alibi. Sie hat Marie, Madame Bertaux, vom Flughafen abgeholt und war die ganze Zeit mit ihr zusammen.«

»Ja, Sie haben recht. Eigentlich habe ich sie als Täterin nicht wirklich in Betracht gezogen. Aber die Ehefrau wird ja immer als Hauptverdächtige in Erwägung gezogen, umso mehr, wenn im Hintergrund Millionen warten. Kann man in jedem Lehrbuch nachlesen.« Matilda Wilson grinste. »Gehen wir also davon aus, dass es so eine Mail gegeben hat und Chabot eine Liebschaft mit seiner Schwiegertochter unterhielt. Aber was hilft uns das, wenn sich die beiden am Abend vorher, und dann noch auf Jersey, getroffen haben?«

»Überlegen wir in eine andere Richtung. Pats Mann, Chabots Sohn, könnte von der Affäre erfahren haben.« Leblanc spann den Faden der Vermutungen weiter. Das tat er bei seinen Ermittlungen gern, sich auch das Unwahrscheinliche ausmalen, das Entfernteste heranholen. »Er hat die beiden beobachtet und im Zorn beschlossen, seinen Vater umzubringen. Am nächsten Abend ist er von Jersey rübergefahren nach Guernsey, hat seinen Vater im Büro aufgesucht, es kam zu einem heftigen Streit ...«

»Wir könnten alle Flüge und Fähren von Jersey nach Guernsey überprüfen.«

»Ja, lassen Sie sich die Passagierlisten geben. Kann er einen Helikopter gechartert haben?«

»Mit dem Helikopterservice haben wir schon gesprochen, als es um Chabot senior ging. Wegen Robert Chabot hake ich nach. Wie gehen wir weiter vor? Mit dem Foto herumlaufen und fragen, ob ihn jemand gesehen hat?«

»Zeugen finden, ja, das können wir auf jeden Fall versuchen.«

»Das wäre aber, wie die Nadel im Heuhaufen suchen, oder?« Matilda Wilson blieb skeptisch.

»Ich bin übrigens ein großer Freund der Methode Zufall. Viele durchwühlen den Heuhaufen ohne Erfolg. Aber dann kommt einer, streckt sich im Heu aus und wundert sich, was ihn da pikst. Er greift an die Stelle, und da ist sie, die Nadel. Das nur, um im Bild zu bleiben.« Leblanc dachte an die Fälle, bei denen ihm der Zufall zu Hilfe gekommen war, und das waren nicht wenige. Seiner Meinung nach konnte dieses Prinzip nur Früchte tragen, wenn man es in Erwägung, also alle Möglichkeiten, auch die unmöglich erscheinenden, in Betracht zog.

Matilda Wilson hatte gelernt, Beweise zusammenzutragen und

Indizien zu sammeln, und daran hielt sie sich akribisch. Spekulationen als Ermittlungsmethode und der Glaube an den Zufall waren ihr fremd. »Sie meinen, man muss warten können? Aber dann wartet man unter Umständen bis zum Sankt-Nimmerleins-Tag.«

»Ich habe nicht gesagt, dass wir die Hände in den Schoß legen sollen. Kennen Sie den Roman *Jacques der Fatalist und sein Herr* von Denis Diderot?«

Die Polizistin schüttelte den Kopf. Fing ihr französischer Kollege jetzt an, über Literatur zu dozieren? Diese Franzosen waren manchmal schon sehr merkwürdig.

»Ein großer Aufklärer, Diderot. In diesem Roman vertritt Jacques, der Diener, die Auffassung, alles, was passiere, stehe oben im Himmel geschrieben. Trotz dieser deterministischen Einstellung ist er tatkräftig und treibt die Handlung voran. Der Herr dagegen vertritt die Willensfreiheit, handelt aber wie ein Getriebener. Der Zufall spielt in dem Roman eine zentrale Rolle, zufällig erscheinende Ereignisse erweisen sich im Nachhinein als notwendige Folgen bestimmter Ursachen. Deshalb erzähle ich Ihnen diese Geschichte. Aus vielen Ermittlungen habe ich die Erfahrung gewonnen: Den Zufall sollte man nicht unterschätzen.«

Matilda Wilson stand die Verwirrung ins Gesicht geschrieben. Sie schien sich zu fragen, ob sie es bei diesem erfolgreichen französischen Ermittler mit einem Verrückten oder einem Genie zu tun hatte, Erfolge hin oder her.

Leblanc bemerkte ihre Verunsicherung. »Ach, vergessen Sie, was ich gesagt habe. Vielleicht erinnern Sie sich an meine Worte, wenn Sie selbst einmal auf den Zufall stoßen. Zurück zu unserem Fall. Was haben wir in der Hand? Sie haben schon mit Robert Chabot gesprochen, nicht wahr? Was wissen wir über ihn, was hat er gesagt?«

»Bis zur Testamentseröffnung hat er die Leitung der Reederei übernommen. Das Büro haben wir wieder freigegeben, nachdem die Spurensicherung dort fertig war. Die Fingerabdrücke, die wir abgleichen konnten, stammen von der Sekretärin und vom Geschäftsführer. Daneben gibt es welche, die nicht zuzuordnen waren. Auf dem Fenstergriff allerdings nur Chabots eigene. Es scheint, als habe er das Fenster selbst geöffnet. Geputzt wird das Büro jeden Morgen in der Frühe. Deshalb können wir davon ausgehen, dass die meisten Fingerabdrücke am Todestag hinterlassen wurden. Der Sohn meinte, er könne sich den Tod seines Vaters nur mit einem Unfall erklären, Selbstmord schließe er aus. Sein Vater sei irgendwie gestolpert, habe den Halt verloren und sei aus dem offenen Fenster gestürzt. Oder er sei beim Öffnen des Fensters ausgerutscht und unglücklich hinausgefallen. Es sei ein Skandal, dass solche ungesicherten Fenster überhaupt erlaubt seien, man müsste die Baubehörde verklagen. Die ganze Familie habe sich auf Jersey, bei Chabots Ex-Frau und Mutter der zwei Söhne, aufgehalten. Sie habe am Tag zuvor Geburtstag gefeiert. Dort sei auch der ehemalige Leiter der Personalabteilung der Reederei aus Saint-Malo, ein Mr Cornet, anwesend gewesen, ein Freund der Ex-Frau. Der Helikopterservice hat bestätigt, dass Chabot senior am Mittwochnachmittag gegen sechzehn Uhr nach Jersey geflogen ist und am nächsten Morgen um neun Uhr wieder abgeholt wurde. Seinen Wagen hatte er am Flugplatz geparkt. Am Donnerstag gegen zehn Uhr dreißig erschien er in seinem Büro, das haben die beiden Angestellten bestätigt.«

Leblanc schwenkte auf eine andere Spur ein. »Und der Russe, der mich entführt hat? Könnte er Chabot umgebracht haben? Er hat sich am nächsten Abend in Chabots Büro eingefunden, Chabot hat ihm nicht die vereinbarte Summe gezahlt. Er ist wütend geworden und hat ihn gepackt …«

Matilda Wilson unterbrach ihn. »Die Fahndung nach Tursanow läuft, bisher ohne Erfolg. Mit Chabots Tod hat er jedoch vermutlich nichts zu tun. Wir nehmen an, dass Tursanow mit seinem Boot gleich nach Ihrer Entführung die Insel verlassen hat. Dass er am folgenden Tag noch einmal zurückgekehrt ist, um Chabot zu erpressen oder gar zu ermorden, halte ich für unwahrscheinlich. Der wollte so schnell wie möglich verschwinden. Chabot wird ihn gut bezahlt haben, er hat in der Vergangenheit schon Aufträge für den Reeder erledigt und außerdem sein Boot gewartet, sagte jedenfalls der Geschäftsführer.«

»Ich begreife bis jetzt nicht, wieso Chabot meine erfundene Identität infrage gestellt hat. Irgendetwas, irgendeine Unstimmigkeit muss ihn auf die Idee gebracht haben, an meinem Auftreten als Luciles Cousin und als Journalist zu zweifeln. Ich weiß nicht, was das sein könnte. Und mir ist auch nicht klar, aus welchen Motiven er mich aus dem Weg haben wollte. Weil ich Einblicke in seine Ehe bekommen habe oder wegen seiner Geschäfte, die vielleicht doch nicht so sauber sind, wie er vorgab? Haben Sie in diese Richtung ermittelt?«

»Da stehen wir leider noch am Anfang. Wir hoffen auf die Hilfe des Geschäftsführers, Mr Rougier.«

»Haben Sie die Angestellten in Chabots Büro befragt? Wie lange waren sie anwesend? Gab es Besucher an dem Tag?«

»Schon geschehen. Die Sekretärin, Miss Hogg, ist um achtzehn Uhr gegangen, Mr Rougier hat das Gebäude kurz danach, gegen achtzehn Uhr dreißig, verlassen. Er hatte noch einen Termin bei seinem Anwalt, einem Mr Lampereur, das haben wir überprüft, danach ist er nach Hause gefahren. Die Sekretärin hat sich im Pub White Hart mit einer Freundin getroffen, auch das stimmt. Wir haben die Freundin, eine Angela Clayton, befragt. Chabot war also nach halb sieben allein im Büro. Der Tod ist auf jeden Fall nach zwanzig Uhr eingetreten. Der Polizeinotruf wurde um kurz nach halb neun von einem anonymen Anrufer informiert. Wir können also die Zeit des Geschehens sehr genau eingrenzen.«

»Ein anonymer Anrufer hat den Todesfall gemeldet? Das ist merkwürdig.«

»Ja, eine männliche Stimme sagte nur, es läge ein Toter im Hof des Bürogebäudes in der St. Julian's Avenue. Mehr nicht. Der Anruf war ganz kurz, eine unterdrückte Nummer.«

»Gab es Besucher an dem Tag, Leute, mit denen Chabot im Büro gesprochen hat?«, fragte Leblanc nach.

»Ja. Dieser Mr Cornet, der ehemalige Leiter der Personalabteilung, der am Abend zuvor bei der Geburtstagsfeier auf Jersey zugegen war, ist gegen Mittag unangemeldet in Chabots Büro aufgetaucht. Die Sekretärin hat versucht, ihn abzuwimmeln, aber er ist einfach durchmarschiert. Der Geschäftsführer kannte ihn natürlich gut aus der Zeit der Zusammenarbeit. Es habe lauten Streit gegeben, den sowohl Miss Hogg als auch Mr Rougier nicht umhin konnten mitanzuhören. Chabot habe mehrfach gebrüllt, Cornet solle ihn in Ruhe lassen, er sei ihm am vorigen Tag bei Jennys Geburtstagsfeier schon unerträglich auf die Nerven gegangen. Er, Chabot, werde den Teufel tun und die Reederei wieder zurück nach Saint-Malo verlegen, er sei Geschäftsmann und könne es sich nicht leisten, auf patriotische oder gewerkschaftliche Ansprüche Rücksicht zu nehmen. Wenn Cornet meine, sich auf eine Freundschaft berufen zu können, die vor allem auf Jennys Initiative beruhe und von seiner Seite aus längst beendet sei, habe er sich getäuscht. Und Cornet habe geschrien, Chabot solle sich in Acht nehmen, er bewege sich hart an der Grenze zur Illegalität, von Moral gar nicht zu reden. Ausbeutung sei das, was er mit der Schiffsbesatzung mache. Und nur, weil er noch mehr Profit machen wolle. Sein Vater würde sich im Grabe umdrehen, bei ihm hätte es das nicht gegeben. Am Ende hat Chabot gedroht, er werde die Polizei rufen und ihn rauswerfen lassen. Daraufhin sei der enttäuschte Personalchef abgezogen, nicht ohne Flüche und Verwünschungen gegen Chabot auszustoßen.«

»Da hat es ja ziemlich geknallt. Chabot scheint Choleriker gewesen zu sein. Auch seine Frau hat er angebrüllt, sogar in meiner Gegenwart. Aber was ist denn mit der Personalabteilung passiert? Die kann ein Unternehmer doch nicht einfach schließen. Hat er sie nach Guernsey transferiert?«, hakte Leblanc nach.

»Nach Aussage von Mr Rougier wurde die Abteilung outgesourct an eine Zeitarbeitsagentur in London, die sowohl die Gehaltsabrechnungen als auch die Einstellungen des Personals inklusive Vertragsgestaltung übernommen hat. Bei der Besetzung der wichtigen Stellen, wie zum Beispiel bei den Kapitänen, hat Chabot nach Vorschlägen der Agentur selbst entschieden.«

»Eine Zeitarbeitsfirma? Begrenzte Arbeitsverträge bei Seeleuten? Ist das legal? Wissen Sie, wie da die Rechtsgrundlage aussieht?«, wollte Leblanc wissen.

Matilda Wilson zog ihre Stirn in Falten und seufzte. »Ich habe ein bisschen recherchiert. Das ist sehr kompliziert und hat schon den Europäischen Gerichtshof beschäftigt. Kurz gesagt: Ja, es gibt diese befristeten Verträge auch bei Seeleuten, die Höchstdauer beträgt ein Jahr. Um Missbrauch zu verhindern, wird von den Arbeitgebern verlangt, sachliche Gründe anzugeben, die eine Befristung mit aufeinanderfolgenden Vereinbarungen rechtfertigen. Das Gericht weist auch darauf hin, dass feste Beschäftigungsverhältnisse einen wichtigen Aspekt des Arbeitnehmerschutzes darstellen.«

»Aha, ich verstehe«, sagte Leblanc. »Die Schiffseigner versuchen, durch mehr Zeitverträge mit schlechteren Arbeitsbedingungen Festanstellungen zu verhindern und dadurch Kosten zu sparen. Das heißt, das Personal wird häufiger ausgewechselt.«

»Sie sagen es, und die Gewerkschaften wehren sich gegen diese Art der Diskriminierung. Ich weiß nicht, ob das ein Zufall ist: Der zweite Besucher bei Chabot war ein Gewerkschaftsvertreter.«

»Ich kann mir vorstellen, was der wollte«, rief Leblanc aus.

»Dieser Mr Cannon, Abgeordneter der ITF, der Internationalen

Transportarbeiter-Föderation, einer Gewerkschaft, die auch für Seeleute zuständig ist, war eigens aus London angereist, er hatte den Termin mit Henri Chabot schon vor einiger Zeit vereinbart. Die ITF kümmert sich um Arbeitsbedingungen, Bezahlung oder Visumspflicht der Seeleute. Schon seit Längerem gab es wohl Beschwerden über die Arbeit an Bord der Kreuzfahrtschiffe, und die Klagen haben sich gehäuft. Vor ein paar Monaten ist dann auf einem Schiff ein tragischer Unfall passiert, was den Unmut der Seeleute geschürt hat. Ein Mitglied der Crew, ein philippinischer Seemann, ist über Bord gegangen und ertrunken. Seine Leiche wurde nicht gefunden. In einer polizeilichen Untersuchung haben zwei Zeugen angegeben, dass der Tote eine Menge Alkohol getrunken hatte.«

»Woher wissen Sie das?«

»Ich hatte Gelegenheit, am nächsten Tag, also als Chabot schon tot war, mit diesem Mr Cannon zu reden.«

»Er hat auf der Insel übernachtet?«

»Ja, im Hotel Yacht Inn. Das hatte er geplant, das Zimmer war frühzeitig gebucht worden. Aber das Interessante ist, dass Chabot ihn trotz des vereinbarten Termins nicht empfangen hat. Er war noch so wütend über das Auftreten von Mr Cornet, dass er der Sekretärin befahl, den Gewerkschaftsvertreter wieder wegzuschicken.«

»… der eigens aus London angereist war und sich wahrscheinlich schwarzgeärgert hat. Möglich, dass er am Abend noch einmal zu Chabot gegangen ist …«

»Nein, er hat ein Alibi für den Abend. Im Yacht Inn spielte im Hinterzimmer eine Gruppe von Leuten Darts. Denen hat er sich angeschlossen und von acht bis zehn Uhr Darts gespielt. Wir haben das überprüft, die Mitspieler haben das Alibi bestätigt. Sie konnten sich an Mr Cannon gut erinnern, weil er dauernd gewonnen hat. Am nächsten Morgen hat er im Büro angerufen und darum gebeten, den ausgefallenen Termin nachzuholen. Da war Chabot schon tot und wir mitten in den Untersuchungen. Ich habe diesen Mr Cannon dann im Hotel aufgesucht. Er sagte mir, er habe Chabot sprechen wollen, weil die gesetzlichen Arbeitszeiten auf den Kreuzfahrtschiffen nicht eingehalten würden, auch wegen der Bezahlung gebe es Unstimmigkeiten. Und er habe darüber hinaus Chabot dazu bewegen wollen, der Witwe des philippinischen Seemanns eine finanzielle Unterstützung zu gewähren. Die Frau sei völlig fassungslos gewesen und habe immer wieder behauptet, ihr Mann sei gläubiger Muslim und trinke nie Alkohol. Die Sache wird wohl nie ganz aufgeklärt werden. Der Geschäftsführer hat mir später noch berichtet, Chabot habe damals alles getan, um den Vorfall nicht an die Öffentlichkeit kommen zu lassen. Mann über Bord, so etwas mache sich nicht gut für eine Reederei.«

»Klar, betrunkene Seeleute oder die Aussicht, ins Meer zu fallen, könnten Kunden abschrecken. Wenn man sich auf einem Kreuzfahrtschiff nicht mehr sicher fühlt …«

»Es könnte sein, dass auch Bestechungsgelder im Spiel waren … Mr Rougier sagte, Chabot habe das auf seine Weise geregelt, er habe keine Informationen über die Angelegenheit erhalten. Und: Die Fingerabdrücke des Gewerkschafters stimmten mit den nicht identifizierten in Chabots Büro nicht überein.«

»Dann ist er aus dem Spiel. Gute Arbeit«, lobte Leblanc und fügte, weil ihm die Äußerung vielleicht als männliche Überheblichkeit ausgelegt werden könnte, hinzu: »Wenn ich das so sagen darf. Zum Zeichen einer guten Partnerschaft möchte ich als der Ältere Ihnen das Du anbieten. Natürlich nur, wenn es Ihnen nicht unangenehm ist. In Zeiten von MeToo muss man sich als verantwortungsbewusster Mann absichern, dass etwas nicht falsch verstanden wird.«

»Schon okay, ja, von mir aus gerne. Ich bin Matilda, meine Freunde nennen mich Tilda.«

»Und ich Jacques. Wenn ich etwas vorschlagen darf: Ich denke, wir sollten in drei Richtungen ermitteln, erstens die Familie genauer unter die Lupe nehmen, heißt Söhne, Schwiegertochter, eventuell die Ex-Frau und den Bruder. Zweitens herausfinden, was nach der Schließung des Hauptsitzes der Reederei mit den Angestellten in Saint-Malo passiert ist. Ob sich jemand in einer so verzweifelten Lage befindet, dass seine Gedanken über längere Zeit nur um Rache kreisen. Kalte Rache kommt vor, wenn auch seltener. Vor allem sollten wir diesen ehemaligen Personalchef vernehmen. Drittens könnten die Drohbriefe eine Spur sein. Gibt es mögliche Konkurrenten auf Guernsey, kleinere Reedereien, die durch den Zuzug von Chabots Großunternehmen Nachteile haben? Vielleicht wäre es auch sinnvoll, noch einmal mit diesem Gewerkschaftsmann aus London zu reden. Die Sache mit dem ertrunkenen philippinischen Seemann könnte eine Rolle spielen. Priorität hat für mich allerdings Chabots Familie.«

Die Anstrengung des konzentrierten Gesprächs trieb dem noch geschwächten Leblanc den Schweiß auf die Stirn, bleich schwankte er auf seinem Stuhl bedenklich hin und her. Matilda Wilson stellte ihm sofort ein Glas Wasser auf den Schreibtisch.

»Sie muten … äh … du mutest dir sehr viel zu, nach dem, was du gerade erlebt hast. Entschuldige, an das Du muss ich mich noch gewöhnen. Ruh dich ein wenig aus, du bist noch nicht wieder ganz fit«, sagte sie besorgt.

Aber da meldete sich Leblancs männliches Ego, das die Schwäche vor der jungen Kollegin nicht eingestehen wollte. Er wehrte energisch ab. »Es geht schon wieder.«

Obwohl jung an Jahren, besaß Matilda Wilson genügend Erfahrung, das Täuschungsmanöver zu durchschauen, und genügend Fingerspitzengefühl, es den Erschöpften nicht spüren zu lassen. Mit der Aussicht auf wichtige Ermittlungen später am Tag schickte sie den ermüdeten Leblanc nach Hause. »Leg dich hin und komm am Nachmittag wieder. Ich habe ab sechzehn Uhr Chabots Söhne und die Schwiegertochter zum Gespräch einbestellt, da solltest du dabei sein. Also, sammle Kraft!«

Etwas verlegen grinste Leblanc und wies auf seinen Eckzahnstumpf. »Gut, ich gehe dann jetzt mal zum Zahnarzt und lasse mir ein neues Provisorium aufsetzen. Danach sehe ich wieder wesentlich präsentabler aus.« Insgeheim sehnte er sich aber nach einer Ruhestätte, um sich eine Weile niederzulegen. »Vor sechzehn Uhr bin ich wieder zur Stelle.«

Er holte auf dem Hof des Präsidiums seinen neuen Dienstwagen ab, einen Škoda Octavia mit einer blau-gelben Kennzeichnung an der Seite und der Aufschrift »Police«, gab die Adresse des Zahnarztes, bei dem Lucile für ihn einen Termin ausgemacht hatte, in das Navigationssystem ein und fädelte sich in den ungewohnten Linksverkehr ein.

EINUNDZWANZIG

Mit einer neuen provisorischen Krone auf seinem Eckzahn und nach einem ausgiebigen Mittagsschlaf fand sich Jacques Leblanc wieder im Polizeipräsidium in St. Peter Port ein. Der Pförtner grüßte ihn wie einen alten Bekannten.

»Gibt es Neuigkeiten?«, fragte er Matilda Wilson ein wenig forsch, wie um seine Unpässlichkeit vom Vormittag vergessen zu machen. Sein Lächeln geriet ohne die hässliche Lücke um einiges strahlender.

Detective Sergeant Wilson hatte tatsächlich einige Neuigkeiten. »Unser Computerspezialist hat Chabots Handy ausgewertet, seine Kontakte, Telefonnummern und vor allem die Personen, mit denen er am Tag seines Todes telefoniert hat. Sein Bürotelefon hatten wir schon überprüft, die eingehenden Anrufe landeten sowieso zuerst bei der Sekretärin, die sie entweder an den Chef oder an Mr Rougier weiterleitete. Chabot hatte mit dem Bürotelefon an besagtem Tag ausschließlich berufliche Telefonate geführt, mit seinem Anwalt in Paris, mit der Zeitarbeitsagentur in London und mit der Firma in Le Havre, die für die Wartung und Inspektion der Fährschiffe zuständig ist. Eigentlich, meinte der Geschäftsführer, sei das seine Aufgabe, dafür zu sorgen, dass die Schiffe inklusive der Elektronik regelmäßig gewartet und Mängel sofort beseitigt würden. Er vergebe die Aufträge und kontrolliere die Inspektionsprotokolle. Warum Chabot selbst sich da eingemischt habe, könne er sich nicht erklären, er werde aber bei der Firma nachfragen.«

»Und die privaten Anrufe?«, fragte Leblanc.

»Genau dafür hat er das Handy benutzt. Sieh dir die Liste an!«

Sie reichte Leblanc ein ausgedrucktes Papier mit Telefonnummern und zugeordneten Namen. »Angerufen wurde er am Tag seines Todes von seiner Ex-Frau Jenny, seinem Sohn Robert, seiner Frau Lucile, der Schwiegertochter und Geliebten Pat. Und er hat die Nummer einer Frau gewählt, die in seinen Kontakten mit dem Namen Darya vermerkt ist.«

Als Leblanc den nicht sehr gebräuchlichen Namen Darya vernahm, erstand sofort eine Szene aus der Vergangenheit vor seinem inneren Auge. Er war Anfang zwanzig und absolvierte die École nationale supérieure de la Police in der Nähe von Lyon. Die zwei Jahre Ausbildung für den höheren Dienst bei der Polizei waren für ihn keine leichte Zeit gewesen. Im Internat in Paris hatte er über unbegrenzte Freiheiten verfügt, oder vielmehr, er hatte sie sich genommen. Natürlich war es Pflicht, am Unterricht teilzunehmen, was streng kontrolliert wurde. Aber nachts stieg er aus dem Fenster im ersten Stock, kletterte über den Sims in die Platane, ließ sich hinunter und schwärmte aus. Nie hatten ihn seine Zimmerkameraden verraten. Herumstreifen an Orten, für die er eigentlich zu jung war, die ihn aber magisch anzogen, gehörte zu seinem Leben. Das Halbweltmilieu, die Bordelle und Lokale, wo sich Kriminelle trafen, übten eine ungeheure Faszination auf ihn aus. Aber er wusste damals schon, dass er auf der anderen Seite stehen wollte. Verbrechen bekämpfen, nicht Verbrechen begehen, das wollte er, und hatte sich entschieden, Kriminalpolizist zu werden.

Sein Wunsch war es zu verstehen, wie Gewalt entsteht und wie ein Mensch kriminell wird. Mit diesem Wissen, so glaubte er, ließen sich Verbrechen leichter aufklären, ja, sogar verhindern. Dieses hehre Projekt, zurückgehend auf die Debatten um den liberalen Strafvollzug in den Siebzigerjahren, bevor organisierte und globalisierte Kriminalität ins Zentrum der Polizeiarbeit rückte, geriet dann während der Ausbildung fast ins Wanken. Disziplin, Unterordnung und Anerkennung der Hierarchie bestimmten den Unterricht an der Polizeiakademie. Nur mit zähem Willen hielt er durch, in der Hoffnung, seine Vorstellungen verwirklichen zu können, wenn er einmal einen Posten mit Entscheidungsbefugnis bekäme.

In seiner wenigen freien Zeit floh er nach Paris, kam bei Freunden oder ehemaligen Schulkameraden unter, die nun studierten und noch größere Freiheiten genossen als zu Schulzeiten. Er nahm seine nächtlichen Streifzüge wieder auf, und eines Nachts, in einer Bar am Montmartre, traf er sie, Darya. Schmal, blass, die glatten schwarzen Haare präzise zu einem Pagenschnitt geschnitten, mit hohen Wangenknochen und umschatteten dunklen Augen, saß sie, vor sich ein aufgeschlagenes Heft, in das sie schrieb, allein an einem Tisch und rauchte Gauloises. Er hatte nie wieder eine Frau getroffen, die so ausgiebig rauchte wie Darya. Damals hatte das Rauchen noch zum öffentlichen Leben gehört, eine Bar ohne Zigarettenschwaden wäre undenkbar gewesen. Filme aus den Sechziger-, Siebzigerjahren zeigten Dauerraucher, Alain Delon, Jean-Paul Belmondo, Michel Piccoli, alle ohne Zigarette nicht denkbar.

Er, Leblanc, stand am Tresen, ließ sich einen Espresso zubereiten und beobachtete die Frau da an dem Ecktisch. Bis sie aufblickte und sagte: »Wollen Sie sich zu mir setzen?« So lernte er Darya kennen, die wie er Anfang zwanzig war und Schriftstellerin werden wollte. Romane wolle sie schreiben, ihr Kopf sei voll von Geschichten, vertraute sie ihm an. Ihr Vater stammte aus einer russischen Familie, die nach der Oktoberrevolution 1917 nach Paris geflohen war und ihr gesamtes Vermögen in der Heimat zurücklassen musste. Darya verfügte nicht über die nötigen Mittel, um ihren Lebensunterhalt zu bestreiten, während sie Romane schrieb. Zum Schreiben brauche man zunächst einmal Zeit und Geld, sagte sie. Deshalb nahm sie Aufträge an, die sie, wie sie meinte, ihrem eigentlichen Wunsch zunächst entfernten, aber auf längere Sicht gesehen doch zielführend wären. Ein Verlagshaus hatte sie mit der Aufgabe betraut, über jedes Pariser Arrondissement ein Buch zu schreiben, über seine Besonderheiten, Sehenswürdigkeiten, Lokale, über seine Geschichte und über Geschichten der Bewohner. Um Stoff für ihre Bücher zu bekommen, durchstreifte sie Tag und Nacht die Viertel.

Weder bei ihm noch bei Darya stellte sich Verliebtheit ein, was sie nicht daran hinderte, sich auch körperlich nahezukommen. Es genügte ihnen, zusammen zu sein, wenn es sich ergab. Die übrige Zeit verbrachten sie, ohne sich nacheinander zu sehnen. Ein tiefes gegenseitiges Verständnis, das beide nicht hätten erklären können, verband sie wie eine unterirdische Wasserader. Als Leblanc nach der Polizeiakademie wieder in Paris war, hätte er Darya häufiger treffen können. Aber das strebten beide nicht an. So blieb es bei den gelegentlichen nächtlichen Ausflügen, bis Darya eines Tages aus seinem Leben verschwand und er nicht nachforschte, wo sie geblieben war.

Diese Geschichte hatte er lange vergessen, und jetzt, bei der Nennung des Namens, fiel sie ihm wieder ein. Seltsam, dachte er noch, welche Wege Erinnerung nimmt. Etwas verschwindet aus dem Gedächtnis für Jahrzehnte, und plötzlich – man hört einen Namen oder nimmt einen Geruch oder Geschmack wahr – ist es wieder da, so lebendig, als sei es nie weg gewesen.

Matilda Wilson hatte gemerkt, dass Leblancs Gedanken nicht bei der Sache waren, und führte seine geistige Abwesenheit auf den noch nicht ganz wiederhergestellten Gesundheitszustand zurück.

»Ist alles in Ordnung?«, fragte sie.

»Äh, ja, Entschuldigung. Wer ist diese Darya?«

»Ich weiß es nicht, es handelt sich um eine französische Handynummer. Willst du es übernehmen, dort anzurufen? Krieg heraus, was die Dame mit Chabot zu tun hatte!«

»Ja, das mache ich später. Steht nicht jetzt erst einmal Chabots Familie auf dem Programm?«

Matilda Wilson sah auf die Uhr. »Ja, die dürften schon draußen warten. Wollen wir sie aufteilen? Du übernimmst die Schwiegertochter und ich die beiden Söhne? Du kannst dich mit ihr ins Büro gegenüber setzen. Danach tragen wir die Ergebnisse zusammen. Und wir nehmen Fingerabdrücke von allen. Wird nicht viel bringen, aber trotzdem.«

Leblanc wusste sofort, als er Pat Chabot vor sich hatte, dass sie verschlossen bleiben würde wie eine Auster. Freiwillig würde sie nichts rausrücken. Er überlegte, wie er vorgehen könnte, um ihr Aussagen zu entlocken, und entschied sich für einen frontalen Angriff.

»Sie haben mit Henri Chabot am Tag seines Todes telefoniert. Warum ging es denn bei dem Gespräch?«

Die Frage überraschte die gut gerüstete Pat. Es gelang ihr dennoch, ihre Gesichtszüge unter Kontrolle zu halten, zumal sie ein starkes Make-up aufgelegt hatte, um Blässe und Augenringe zu kaschieren, aber ihre Augenlider flatterten nervös. »Ach, nichts Besonderes«, brachte sie hervor. »Familienangelegenheiten.«

»Können Sie das näher erläutern? Sie hatten Ihren Schwiegervater doch am Tag zuvor auf Jersey gesehen, wenn ich richtig informiert bin. Haben Sie dort nicht mit ihm sprechen können?«

»Doch, natürlich, aber ich hatte vergessen, ihn zu fragen, ob er sich an Roberts Geschenk – mein Mann hat nächste Woche Geburtstag – beteiligen wolle.«

»Und, wollte er?«, fragte Leblanc, fast amüsiert über die banale Ausflucht.

»Ja, klar«, beeilte sich Pat zu versichern. »Wir werden Robert mit einem neuen Sportwagen überraschen.«

»Madame Chabot, ich glaube, Sie lügen.« Leblanc ging erneut zum Angriff über. »Sie hatten eine Affäre mit Ihrem Schwiegervater, die Sie natürlich vor Ihrem Mann geheim halten wollten. Aber es hat jemand davon erfahren.«

In Pats Kopf überschlugen sich die Gedanken. Bluffte der Kommissar? Hatte Will irgendetwas gemerkt und ausgeplaudert? Aber wie sie Will kannte, hätte der erst mal versucht, für sein Schweigen Geld aus ihr rauszupressen. Hatte Henri etwa mit seiner Frau gesprochen? Aber wann? Er konnte Lucile ja gar nicht gesehen haben, nachdem sie ihm mitgeteilt hatte, dass sie schwanger war. Hatte er mit ihr telefoniert? Sie musste etwas sagen, erst einmal abwehren, sie musste Zeit gewinnen. »Das ist vollkommener Unsinn.«

»Wohl kaum«, erwiderte Leblanc und bluffte nun tatsächlich. »Wir haben eine Mail von Ihnen an Henri Chabot auf seinem Computer gefunden, die mehr als eindeutig ist.«

Pat überlegte lange, ihre Gesichtszüge spiegelten ihre innere Erregung wider. Konnte es tatsächlich sein, dass Henri ihre Mail nicht, wie sie vereinbart hatten, sofort gelöscht hatte? Wie oft hatten sie sich gegenseitig eingeprägt, alles zu vernichten, was einen Hinweis auf ihre Beziehung hätte geben können. So wenig Telefonate wie möglich, Mails und SMS sofort löschen. Sollte Henri, der diese Regel penibel befolgte, es vergessen haben? Die Chancen standen fünfzig zu fünfzig, schätzte Pat und beschloss, weiter alles zu leugnen.

»Das kann nicht sein«, sagte sie knapp, ohne weitere Erklärung.

»O doch.« Leblanc versuchte sich an Luciles Worte zu erinnern und zitierte aus dem Gedächtnis: »›Habe Sehnsucht. Sehen wir uns am Strand? Ich liebe dich, Pat.‹ Das ist doch von Ihnen, nicht? Oder gibt es noch eine andere Frau namens Pat?«

Pat wusste, es war die E-Mail, die sie Henri geschrieben hatte, bevor er nach Jersey aufbrach. Sie wusste aber auch noch genau, was sie geschrieben hatte, nämlich: »Habe Sehnsucht nach dir. Heute Nacht am Strand? Ich liebe dich, Pat.« Sie schloss daraus, dass der Kommissar die Mail irgendwie, irgendwo – darüber konnte sie jetzt nicht nachsinnen – gesehen, aber nichts in der Hand hatte. Sonst hätte er ihr das schwarz auf weiß vor die Nase gehalten. Sie richtete sich wieder auf.

»Ich weiß nicht, wovon Sie sprechen. Wenn es so etwas gibt, hat sich jemand einen schlechten Scherz erlaubt. Sie werden doch meinen Mann mit diesem Unsinn verschonen.« Der letzte Satz war falsch, das merkte Pat sofort.

»Das wird kaum zu vermeiden sein.« Leblanc nutzte ungerührt die offene Flanke, die sein Gegenüber ihm bot. »Wir gehen jeder Spur nach, denn wir sind überzeugt, dass es sich beim Tod Ihres Schwiegervaters nicht um einen Unglücksfall, sondern um Mord handelt.« Er merkte, dass die junge Frau ins Wanken geriet.

»Bitte, kann ich ein Glas Wasser haben?«, fragte Pat.

Leblanc verließ den Raum. Er kannte sich in diesem Präsidium nicht aus, und es dauerte eine Weile, bis er das Gewünschte gefunden hatte.

In der Zwischenzeit hatte Pat Zeit zum Nachdenken. Mord! Bisher hatte sie gedacht, Henri sei verunglückt. Mord! Hatte er Lucile angerufen und ihr gesagt, dass er sich trennen wolle, um mit ihr, Pat, zu leben? War Lucile ins Büro geeilt und hatte ihn aus dem Fenster gestoßen? Aber wie hätte sie das zeitlich schaffen können? Wo war eigentlich Robert an dem Abend gewesen? Als sie wieder bei Jenny eintraf, war er nicht da. Angeblich mit Will auf Segeltour. Hatte Henri reinen Tisch gemacht und seinem Sohn seine Entscheidung mitgeteilt? Spielte ihr Robert seitdem den Ahnungslosen vor, wusste in Wirklichkeit aber Bescheid? Hatte er seinen Vater umgebracht? Unmöglich. Oder?

Als Leblanc ins Zimmer zurückkehrte, fand er die Atmosphäre verändert. Pat wirkte gelassener. Sie trank aus dem Glas, das er ihr reichte, und sagte: »Tun Sie, was Sie wollen. Zerstören Sie meine Ehe. Ich kann Ihnen nichts sagen, weil es nichts zu sagen gibt.«

»Wo waren Sie eigentlich an dem Abend, als Monsieur Chabot zu Tode kam?«

»Das wissen Sie doch. Wir waren alle noch bei Roberts Mutter auf Jersey.«

»Besitzen Sie einen Bootsführerschein oder einen Segelschein?«

»Beides, warum? Immer wenn wir in den Ferien bei Jenny auf Jersey waren, bin ich natürlich gesegelt. Robert hat ja sein Boot dort liegen.«

»Sie könnten, fantasieren wir einmal ein bisschen, sich ein Boot beschafft haben und nach Guernsey rübergefahren sein. Sie haben Ihren Schwiegervater, Ihren Geliebten, aufgesucht. Sie hatten Sex, danach kam es zum Streit … «

Bei Leblancs Worten lächelte Pat. Wenn der Kommissar wüsste, wie weit er von der Wahrheit entfernt war. »Sie sagten es schon, Sie fantasieren.«

»Wie lange sind Sie verheiratet?«

»Robert und ich, wir kennen uns drei Jahre, wir haben gleich geheiratet.«

»Und wann fing die Beziehung mit Ihrem Schwiegervater an?«

»Wie oft soll ich das noch sagen, es gibt keine Beziehung. Kann ich jetzt gehen?« Pat Chabot erhob sich von ihrem Stuhl.

»Einen Moment noch«, insistierte Leblanc. »Was für ein Verhältnis hatte Ihr Mann zu seinem Vater?«

»Ich würde sagen, sie ließen sich in Ruhe. Henri ist … war jemand, der alle Entscheidungen allein traf. Er duldete niemanden an seiner Seite. Robert hat seinen Aufstieg ohne seinen Vater geschafft, und darauf ist er stolz. Henri hat Roberts Eigenständigkeit anerkannt und geschätzt, aber er hat es ihm nie gesagt. Er war kein sentimentaler Mensch. Seine Stärke und sein Selbstbewusstsein erhoben ihn über alle anderen. Henri war außergewöhnlich. Für Will hatte er übrigens nur Verachtung übrig.«

Es war Leblanc nicht entgangen, dass Pat, als sie über ihren Schwiegervater redete, mehr Gefühl zeigte als bei den Äußerungen über ihren Mann. Er war sicher, dass diese Familie einen ganzen Sack voll Sprengstoff barg. Er wusste nur noch nicht, wie er die Lunte legen sollte, um eine Explosion hervorzurufen. Ihre Fingerabdrücke ließ sie sich ohne Protest einscannen, aber als er sagte: »Ich hätte gern noch eine Speichelprobe von Ihnen«, wehrte sie ab.

»Wozu?« Pats Augen weiteten sich, ihr Körper spannte sich an.

Leblanc entging ihre Alarmreaktion nicht. »Bei dem Toten wurden fremde DNA-Spuren gefunden. Wir möchten sie mit Ihrer DNA abgleichen. Falls Sie ablehnen sollten, beantrage ich eine richterliche Verfügung. Es ist nur eine Frage der Zeit.«

»Dann möchte ich diesen Aufschub in Anspruch nehmen. Benachrichtigen Sie mich, wenn die Anordnung vorliegt.« Zeit gewinnen, das war das Einzige, was Pat jetzt denken konnte. Sie fühlte sich in die Ecke gedrängt.

»Sie können jetzt gehen«, sagte er zu der Frau, die schon an der Tür stand, aber zögerte. Ihre Miene drückte Fassungslosigkeit aus, so als hätte sie gerade eben erst vernommen, dass Henri Chabot tot war, als würde sie in diesem Moment ermessen, was es bedeutete, dass er nicht mehr da war. Dann verließ sie den Raum und schlug die Tür energischer zu, als sie beabsichtigt hatte.

Als Leblanc in Matilda Wilsons Büro zurückkehrte, waren die beiden Söhne Chabot schon gegangen.

»Nun«, fragte sie, »hast du etwas aus ihr herausbekommen? Hat sie das Verhältnis zugegeben?«

»Nein«, antwortete Leblanc. »Sie hat es geleugnet. Aber unter der Oberfläche gärt es, das war spürbar. Sie lügt, und ich denke, sie war am Abend, als Chabot starb, bei ihm. Wir fragen Chabots Ex-Frau auf Jersey, ob sie Pats angebliches Alibi bestätigt. Und wir sollten Bootsverleiher anrufen. Sie hat einen Führerschein und könnte sich ein Boot gemietet haben. Sie wird erst reden, wenn wir sie mit Beweismaterial konfrontieren. Übrigens brauchen wir eine richterliche Anordnung für eine Speichelprobe. Sie war freiwillig nicht dazu bereit. Kannst du eine beschaffen?«

»Ja, das ist kein Problem. Pat Chabot ist im Moment eine Hauptverdächtige.«

»Und die Söhne?«, wollte Leblanc wissen.

»Auch eher schweigsam. Wie du habe ich das Gefühl, dass da etwas nicht stimmt. Die beiden lügen oder zumindest verschweigen sie etwas. Was sie sagen, klingt zu … glatt. Es scheint, als hätten sie sich abgesprochen, auch in ihrer Trauer um den Vater, die wenig echt wirkt. Und was ihr Alibi betrifft: An besagtem Abend hätten sie eine Segeltour gemacht und seien erst spät in der Nacht wieder bei ihrer Mutter aufgetaucht, als alle schon schliefen. Sie seien Opfer einer Flaute geworden, und da ihr Boot nicht über einen Motor verfüge, hätte sich der Törn länger hingezogen, als sie beabsichtigt hätten. Robert hielt einen Vortrag darüber, wie navigatorisch anspruchsvoll das Segeln um die Kanalinseln herum sei, Tidenströmungen, gefährliche Stellen und so weiter. Als wollte er von etwas ablenken. Sein Bruder Will hat sich dazu gar nicht geäußert.«

»Wie lange braucht man mit dem Segelboot von Jersey nach Guernsey?«, wollte Leblanc wissen.

»Ich bin keine Seglerin, aber ich schätze zwei Stunden. Kommt sicher auf Gezeiten und Strömung an. Du meinst, die zwei hätten ihrem Vater einen Besuch abgestattet? Was für ein Motiv könnten sie haben, ihn umzubringen?«

»Robert will endlich die Reederei erben und den Riesen, der auf seinen Schultern sitzt, loswerden. Und William rächt sich für die mangelnde Anerkennung.«

»Fingerabdrücke von ihnen hast du?«

»Ja, die Spurensicherung ist schon beim Abgleich.«

»Die von Pat habe ich auch eingescannt. Wenn es keine Übereinstimmung gibt, müssen wir Zeugen suchen, die entweder Pat oder Robert und William gesehen haben. Die Kollegen sollen im Hafen und in der Nähe des Bürogebäudes herumfragen. Hast du Fotos?«

»Ja, Chabot hatte auf seinem Schreibtisch ein Bild der Familie stehen, seine Ex-Frau, die Söhne und Pat. Von seiner jetzigen Frau keine Spur.«

»Vielleicht diente ihm die Familie als Alibi, um seine schöne Geliebte immer im Blick haben zu können. Übrigens«, fuhr Leblanc fort, »ich würde mich gern in Saint-Malo bei den entlassenen Mitarbeitern der Reederei umhören, insbesondere den ehemaligen Personalchef befragen, der wütend in Chabots Büro auftauchte. Wie hieß er noch?«

»Cornet.«

»Ja, und ich werde mit jemandem von der Gewerkschaft CGT einen Termin machen. Die wissen am besten über die Lage auf dem Arbeitsmarkt Bescheid. Ich möchte herausfinden, was bei der Schließung der Reederei passiert ist.«

»Gut, dann fordere ich für morgen den Helikopter an. Du verständigst am besten deine Kollegen in Saint-Malo. Der Pilot braucht eine Landeerlaubnis und du vielleicht Unterstützung.«

»Ich bitte den Polizeipräfekten in Paris, dass er die nötigen Formalitäten erledigt. Bleibst du hier?«

»Ja, ich werde die Familienspur weiterverfolgen.«

Nachdem für den nächsten Tag alles organisiert war – der Helikopter für acht Uhr bestellt, das Präsidium in Saint-Malo informiert, Chabots ehemaliger Personalchef Cornet einbestellt, ein Termin mit dem lokalen Sekretär der Gewerkschaft CGT vereinbart –, rief Leblanc die Nummer an, die auf Chabots Handy jener Darya zugeordnet war. Es meldete sich eine Frauenstimme.

»Heißen Sie Darya? Hier ist Jacques Leblanc von der Pariser Kriminalpolizei. Ich hätte einige Fragen, was den Reeder Henri Chabot betrifft.«

Schweigen. »Hallo, sind Sie noch da?«

»Ja«, ließ sich die Stimme in langsamem, schleppendem Tonfall vernehmen. »Jacques, du? Wie lange ist das her?«

»Darya? Ich glaube es nicht! Du bist es tatsächlich? Ich habe sofort an dich gedacht, als ich den Namen hörte, aber ich dachte, das kann nicht sein. Wir haben uns das letzte Mal vor über dreißig Jahren getroffen.«

»Ja, dreißig Jahre, eine lange Zeit.« Der Tonfall wurde noch schleppender, jede Silbe zog sich in die Länge. Dann, nach einer Pause, änderte sich die Sprachmelodie, die Stimme klang lebendiger. »Du bist bei der Kriminalpolizei? Dann hast du erreicht, was du wolltest. Du rufst wegen Henri Chabot an? Er ist tot, ich weiß.«

»Wo bist du, Darya?«

»Im Moment in Saint-Malo, aber ich wohne nach wie vor in Paris. Ich schreibe eine Biografie über Henri Chabot, nein, eigentlich über die ganze Familie Chabot, eine der bedeutendsten Dynastien der Bretagne.«

»In Saint-Malo?« Leblanc konnte es kaum fassen. »Ich bin morgen dort. Können wir uns sehen?«

»Hältst du das für eine gute Idee? Nach dreißig Jahren. Wir werden uns kaum erkennen. Soll man die Vergangenheit nicht besser ruhen lassen?«

Im ersten Moment hatte Leblanc reine Freude empfunden bei der Vorstellung, eine Freundin, eine Geliebte, aus früheren Tagen wiederzusehen, aber Daryas Zögern löste auch bei ihm Bedenken aus. Würden sie sich nicht wie Fremde gegenüberstehen, die nichts weiter als eine kurze gemeinsame Vergangenheit verband? Würde nicht jeder den anderen mit dem Bild vergleichen, das er von früher im Kopf hatte? Und enttäuscht sein? Wie auch immer, er musste sie schon wegen der Ermittlungen im Fall Chabot treffen, und dann … abwarten.

Er versuchte, amtlich zu klingen. »Darya, ich muss dir Fragen stellen. Denn Henri Chabot ist keines natürlichen Todes gestorben, es handelt sich um Mord. Und du könntest uns helfen, du hast ihn gekannt. Du bist eine der letzten Personen, die mit ihm telefoniert haben.« Leblanc sagte nicht, dass er sie trotz aller Bedenken gern wiedersehen würde.

»Also gut«, ließ sich wieder die schleppende Stimme vernehmen. »Morgen Nachmittag um siebzehn Uhr im Café de l'Ouest an der Place Chateaubriand, das liegt zentral. Findest du das?«

»Bestimmt.«

Von den meisten Frauen, mit denen er kürzere oder etwas längere Beziehungen unterhalten hatte, hatte er kein Bild mehr im Kopf, oder vielmehr, die Bilder verschwammen ineinander. Eher noch erinnerte er sich an Situationen wie ein Fest oder eine Musikveranstaltung, die er mit einer seiner Freundinnen besucht hatte. Er musste zugeben, dass er vor allem in seiner Jugend unbesonnen davon ausgegangen war, dass die ständig wechselnden Partnerinnen seine Ablehnung dauerhafter Bindungen teilten. Er hatte die meisten Gesichter vergessen. Mit Darya war das anders. Er könnte sie aus dem Gedächtnis genau beschreiben, ihren Gesichtsausdruck, ihre Gesten. Bis heute wusste er nicht, was sie zu etwas Besonderem gemacht hatte. Vielleicht würde er es am nächsten Tag herausfinden.

ZWEIUNDZWANZIG

Während Leblanc sich – voller Dankbarkeit über seinen wiederhergestellten Gesundheitszustand und deshalb mit erhöhtem Eifer – seinen Ermittlungen widmete, hatte sich etwas ereignet, womit niemand gerechnet hatte. Ein genauer Beobachter hätte in den letzten Tagen Vorboten dieser Entwicklung erkennen können, hier eine Zärtlichkeit, dort ein längeres Umarmen. Doch die Protagonistinnen selbst hätten jeden Gedanken daran, wäre er geäußert worden, energisch von sich gewiesen. Aber es war passiert. Marie und Lucile waren sich nähergekommen, als sie für möglich gehalten hätten. Am Morgen waren sie durch das Städtchen geschlendert, das Marie gar nicht so übel fand. Hübsche kleine Läden wechselten sich ab mit Cafés und Restaurants. Lucile hatte darauf bestanden, für Marie einen Badeanzug zu kaufen für den Strandbesuch am Nachmittag. Marie fand, dass sie in dem hellblau-weiß gestreiften Kleidungsstück wie Obelix aussah, und sie hatten bei der Anprobe ausgelassen gelacht.

Lucile hatte sanft über Maries runde Schultern gestrichen und gesagt: »Du bist schön. Wenn ich mich dagegen sehe, mager wie eine Ziege.«

»So ein Unsinn«, hatte Marie geantwortet. »Na ja, ein bisschen mehr Lucile könnte es schon sein. Wollen wir Kuchen essen? Du isst, ich sehe zu. Bei mir sollte es nicht mehr werden.«

Dann hatten sie wieder gelacht und den Laden Hand in Hand verlassen, zwischen ihnen baumelte die Tüte mit dem Obelix-Badeanzug.

Am Nachmittag waren sie den Abhang hinter dem Haus zu der einsamen Bucht hinuntergeklettert. Am Strand war es zu weiteren Berührungen gekommen. Die beiden Frauen gaben sich der warmen Sonne, dem Wind, dem Geruch des Meeres hin – und später wusste keine der beiden mehr, wie es geschah, dass sie sich streichelten und küssten. Danach schwiegen sie befangen, bevor Lucile sagte:

»Ich habe vorher noch nie …«

»Ich auch nicht«, beeilte sich Marie zu sagen. »Aber es ist schön.«

»Ja, finde ich auch, sehr schön. Ich habe mich noch nie in meinem Leben so wohlgefühlt. Der Albtraum der letzten zehn Jahre fällt von mir ab wie ein reifer Apfel vom Baum. Hörst du, Marie, hörst du mein Herz schlagen? Ich lebe wieder. Mein Essverhalten war völlig gestört. Der Körper hat auf die unglückliche Seele reagiert. Aber jetzt werde ich wieder gesund.«

»Bulimie? Deshalb bist du so dünn?«

»Ja, ich habe alles in mich hineingestopft und dann erbrochen. Ich glaube, es hängt damit zusammen, dass ich keinen Ausweg gesehen habe. Ich war wie gelähmt, wie eine Fliege im Netz der Spinne.«

»Kannst du dir die Gründe erklären?«

»Nicht genau. Vielleicht hängt es mit der Scheidung meiner Eltern zusammen. Meine Mutter hat meinen Vater verlassen, und ich habe als Kind und Jugendliche miterlebt, wie er gelitten hat. Ich liebe meinen Vater sehr. Habe ich daraus den Schluss gezogen, dass man einen Menschen nicht im Stich lässt? Habe ich in Henri meinen Vater gesehen? Ich weiß es nicht, aber ich werde eine Therapie machen, um es herauszufinden. Marie …«

»Ja.«

»Ich … habe mich in dich verliebt. Es ist keine Verliebtheit wie bei den Männern, die ich kannte. Es ist anders, irgendwie tiefer.«

»Ich fühle mich auch zu dir hingezogen, ich mochte dich gleich, als ich dich sah. Aber ich will Jacques auf keinen Fall verlieren. Wir haben es gut miteinander, und das war nicht immer so. Harte Arbeit, kann ich dir sagen.« Marie lächelte. »Mir gefällt unser Leben, mal abgesehen von meiner Angst, wenn er in einem Fall ermittelt. Die wird nicht weniger.«

»Du müsstest ihn nicht verlieren. Ich wäre bei dir, wenn er arbeitet. Geteilte Angst ist halbe Angst.« Lucile malte sich eine gemeinsame Zukunft aus. »Ich mag Jacques auch. Wir könnten zusammenleben, wir drei.«

Marie rollte sich auf den Bauch, stützte den Kopf in die Hände und sah Lucile an. »Wir drei? Das würdest du wollen?«

»Ja, und wie! Wir können es versuchen. Ich möchte bei dir, bei euch sein.«

»Es wäre ein Experiment, wie auch immer es ausgeht.«

»Ja, und wir sollten es wagen.« Vor Begeisterung klatschte Lucile in die Hände. »Ich bin reich«, sagte sie lachend, »ich kann uns alle ernähren.«

Die beiden Frauen redeten und redeten und küssten sich und hielten sich fest. Schließlich überlegten sie, wie sie Jacques in ihre Zukunftspläne einweihen sollten.

Von alldem ahnte Leblanc nichts, als er, abgelenkt durch die Erinnerung an Darya, am Abend in die Chabot-Villa zurückkehrte. Er nahm auch die Verlegenheit nicht wahr, mit der die beiden Frauen ihn begrüßten, wohl aber die Bräune, die die Sonne auf ihrer Haut hinterlassen hatte.

»Wart ihr am Strand? Ihr seht aus wie Feriengäste in der Sommerfrische.«

»Hm«, antwortete Marie zerstreut. Sie wollte Jacques so schnell wie möglich in die neue Situation einweihen, um zu vermeiden, dass er sich hintergangen fühlte. Eine Weile schlich sie um ihn herum. Zögerlich und vielleicht nicht gerade diplomatisch setzte sie an: »Jacques, Lucile und ich, wir möchten gern mit dir reden.

Du brauchst nicht beunruhigt zu sein, es wird dir nichts weggenommen, im Gegenteil.«

Der überrumpelte Leblanc verstand kein Wort. Was redete Marie da für ein wirres Zeug? Die beiden Frauen richteten sich vor ihm auf, als müssten sie sich gegenseitig stärken. Marie holte tief Luft und platzte mit der Neuigkeit heraus.

»Wir haben uns verliebt. Es ist einfach passiert.«

Leblanc, im Begreifen solcher Dinge nicht der Schnellste, was seine Mutter schon häufiger an ihm bemängelt hatte, stammelte nur: »Verliebt? Wie? Wo?« Das »Wir« überhörte er völlig. Er sah sein Glück entschwinden. Marie hatte jemanden getroffen und wollte ihn verlassen. Ausgerechnet jetzt. Warum? Er dachte, sie sei glücklich mit ihm. »Du hast einen Mann kennengelernt?«

»Nein, Jacques«, erklärte Marie, »Lucile und ich, wir haben uns verliebt.«

»Ihr? Aber ihr seid doch Frauen!« Etwas Besseres fiel ihm nicht ein.

»Glaubst du, Frauen könnten sich nicht ineinander verlieben?«

»Nein, natürlich nicht. Aber ihr beide …« Ganz langsam drang die Bedeutung der Nachricht in sein Bewusstsein. Er kannte sowohl schwule Männer als auch lesbische Frauen, das war nie ein Problem für ihn gewesen. Aber Marie doch nicht! Marie hatte nie Anzeichen einer gleichgeschlechtlichen Neigung gezeigt. Bei Lucile wusste er das nicht, aber immerhin war sie längere Zeit mit einem Mann verheiratet gewesen. Konnte man so plötzlich Hals über Kopf die Seite wechseln?

»Was heißt das jetzt?«, fragte er verunsichert und ließ sich kraftlos auf einen Stuhl sinken.

»Das wollte ich dir mit meiner Einleitung sagen«, fuhr Marie fort, »war wohl etwas ungeschickt. Ich möchte dich nicht verlassen, ich liebe dich nicht weniger. Lucile kommt einfach zu uns dazu, du magst sie doch auch. Wir haben sogar schon überlegt, wie sich unser gemeinsames Leben gestalten könnte. Lucile verfügt bald über genügend Geld, um eine große Wohnung in Paris zu kaufen, sechs, sieben Zimmer, Place des Vosges, zweihundert Quadratmeter. Wir ziehen zusammen und nehmen noch deinen Stiefbruder Dayo auf, wenn er in Paris studiert. Lucile ist einverstanden. Wir sind dann eine große Familie. Vielleicht bekommt Lucile auch noch ein Kind …«

Leblanc blieb stumm.

»Das mit dem Kind ist noch nicht ausgemacht«, fühlte sich Lucile bemüßigt zu erklären, »nur, wenn ich einen geeigneten Samenspender finde. Ich bin ja schon zweiundvierzig.«

»Samenspender.« Mechanisch wiederholte Leblanc dieses Wort. Das war alles zu viel für ihn.

»Für dich würde sich doch gar nichts Entscheidendes ändern«, begann Marie erneut. »Du kannst deiner Arbeit nachgehen, und Lucile und ich managen die Familie. Ich habe mir so sehr eine große Familie gewünscht. Erinnerst du dich, wie wohl ich mich in Kamerun bei der Großfamilie deiner Mutter gefühlt habe?«

Ja, er erinnerte sich. Er hatte aber nie einen Gedanken daran verschwendet, dass Marie es ernst meinen und einen unrealisierbaren Wunsch in die Tat umsetzen würde. Bisher hatte sich auch noch keine Möglichkeit ergeben. Langsam dämmerte ihm, dass schon wieder eine Veränderung seiner Lebensumstände bevorstand. So oder so. Er hatte sich kaum an den herrschenden Zustand gewöhnt. Wie merkwürdig, dachte er, bis vor drei Jahren wollte ich frei und unabhängig sein, jede Bindung war mir zu eng, Paare fand ich bemitleidenswert. Mit Mitte fünfzig lasse ich mich auf ein Leben zu zweit ein, und zack – wird es mir wieder genommen. Was halte ich davon? Was wäre die Folge? Marie wäre weniger auf mich konzentriert, ich hätte mehr Freiraum – und trotzdem eine Art Familie. Zwei Frauen, zwei Kinder – aber nicht meine. Das ist fast so wie bei Maman in Kamerun, sie ist die vierte Ehefrau und fest eingebunden in den Familienclan. Vielleicht ist das gar nicht schlecht, und die Vorteile überwiegen. Marie möchte ich auf keinen Fall verlieren, und wenn sie in so einer Konstellation glücklich ist … Ich verstehe nicht, wie das passieren kann. Mir würde es unter keinen Umständen einfallen, mich in einen Mann zu verlieben. Wieso können Frauen das? Er schüttelte ratlos den Kopf.

Marie deutete Leblancs stummes Kopfschütteln als Ablehnung und versuchte, ihn zu beruhigen. »Jacques, du musst jetzt nichts entscheiden. Denk darüber nach. Noch einmal: Es wird dir nichts weggenommen, nicht das winzigste Stückchen von mir, nicht einmal mein kleiner Finger.« Mit dem strich sie Leblanc sanft über die Wange. Luciles Finger nahm auf der anderen Wangenseite die Streichelarbeit auf, und Leblanc schloss die Augen und gab sich den Berührungen hin. Doch, so ein Leben zu dritt könnte durchaus Vorteile haben.

DREIUNDZWANZIG

Am nächsten Morgen erwartete der Helikopterpilot Leblanc auf dem Landeplatz hinter dem Polizeipräsidium. Eine gute Stunde dauerte der Flug bei guter Sicht über den Ärmelkanal. Die kleine Kanalinsel Sark tauchte im Westen auf, die größere, Jersey, ein Stück weiter südlich, lag wie ein großes dunkles Tier in den blauen Fluten. Leblanc nahm die Inseln in der Ferne wahr, aber seine Gedanken kreisten um den letzten Abend, um Maries Eröffnung, dass sie künftig mindestens zu dritt leben würden. Daran, seinen Stiefbruder Dayo aus Kamerun aufzunehmen, hatte er auch schon gedacht. Aber wenn Lucile noch ein Kind bekäme? Schrien Babys nicht nächtelang? Ob er das ertragen würde? Auch wenn Marie und Lucile versichert hatten, dass sie sich beide um das Kind kümmern würden. Ganz überzeugte ihn die Vorstellung nicht.

Schließlich erschien die Silhouette der Stadt Saint-Malo wie eine graue Festung am Ufer. Der Pilot landete auf dem Gelände der Polizeiakademie, auf dem sich auch das Commissariat Central befand. Die Rotoren kamen zum Stillstand, Leblanc stieg aus und wurde mit zackigem Gruß von einem Polizisten in Uniform begrüßt.

»Major de police Richard Gravot«, stellte der sich vor und fügte, als er Leblanc in Zivilkleidung erblickte, auf seine Uniform weisend erklärend hinzu: »Wir bilden hier Rekruten aus und haben Vorbildfunktion, Sie verstehen.«

Leblanc verstand und war einmal mehr froh über seinen Status als Sonderermittler. Er selbst hatte es mit der Kleiderordnung nie sehr genau genommen, außer zu offiziellen Anlässen, aber er hatte gehört, dass diese Laxheit auch bei Kommissaren nicht mehr gern gesehen wurde.

»Ich bin von Ihrem Anliegen informiert worden«, erklärte der Major weiter. »Befragung eines potenziellen Zeugen und Erkundigungen bei der Gewerkschaft. Ich stelle Ihnen ein Büro für die Befragung und einen Mann mit Wagen zur Verfügung. Falls Sie sonst noch etwas brauchen …«

»Vielen Dank«, antwortete Leblanc, »das ist sehr hilfreich. Kannten Sie eigentlich den Reeder Chabot? Sie wissen sicherlich, dass ich Ermittlungen zu seinem Tod anstelle.«

Der vorbildhafte Richard Gravot schüttelte den Kopf. »Nur aus der Zeitung. Chabot war ein angesehener Mann in Saint-Malo, Traditionsreederei, alteingesessene Familie. Die Presse hat natürlich ausführlich über seinen Wegzug nach Guernsey berichtet. Es gab böses Blut, nachdem er die Verwaltung der Reederei hier geschlossen hat, Demonstrationen, Proteste, für uns aber kein Grund einzugreifen. Und falls es sich um Wirtschaftskriminalität handeln sollte, dafür sind wir nicht zuständig. Sein Tod war Thema in allen Zeitungen, sogar im regionalen Fernsehen. Es hieß aber, es habe sich um einen Unglücksfall gehandelt.«

»Am Anfang sah es so aus, aber inzwischen sind wir überzeugt, dass es Mord war.«

Der uniformierte Kollege brachte Leblanc in ein Büro, in dem bereits der einbestellte ehemalige Personalchef Alexandre Cornet wartete, ein knapp sechzigjähriger Mann mit schütterem grauem Haar und fahler Gesichtshaut, starker Raucher. Rauchen war allerdings in den Räumen des Präsidiums nicht erlaubt, weshalb der Wartende unruhig mit den Fingern auf der Tischplatte herumtrommelte. Vom Zigarettenkonsum war seine Stimme dunkel und brüchig geworden.

»Sie sind der Kommissar, der mich sprechen will?«, sagte Alexandre Cornet und erhob sich.

»Ja. Bonjour, Monsieur Cornet, Leblanc ist mein Name. Ich möchte zuerst von Ihnen hören, wie es war, als Monsieur Chabot die Reederei hier aufgab und nach Guernsey verlegte.«

»Wie es war, fragen Sie? Es war eine einzige Tragödie und eine Niedertracht. Die Reederei Chabot war seit Jahrhunderten in Saint-Malo ansässig und eine der ersten, die den Fährbetrieb auf dem Ärmelkanal aufgenommen hat. Die lange Tradition, alles, was seine Vorfahren aufgebaut und mit moralischem Pflichtgefühl weiterentwickelt haben, hat Henri über den Haufen geworfen. So etwas wie Verantwortung für Mitarbeiter scheint es heutzutage nicht mehr zu geben. Ja, es war ein Drama, alle Beschäftigten wurden vor vollendete Tatsachen gestellt, Personalabteilung, Management und Verkaufsabteilung wurden aufgelöst. Hundertfünfzig Personen auf einen Schlag arbeitslos. Klar, Chabot hat uns angeboten, mit nach Guernsey zu gehen. Es steht euch frei, hat er gesagt, ihr könnt bei mir bleiben, ha, lächerlich. Der wusste genau, dass keiner das Angebot annehmen würde. Auf Guernsey hätten wir uns von unserem Verdienst nicht einmal eine Wohnung leisten können. Klammheimlich hat Henri das in die Wege geleitet, keiner von uns hat etwas geahnt. Und meine Frau und ich kennen ihn noch aus der Zeit, als er mit Jenny verheiratet war, mit ihr sind wir auch immer noch befreundet.«

Verbitterung und Ärger sprachen aus Cornets Worten. Stundenlang hätte er ohne Punkt und Komma weitergeredet, aber Leblanc unterbrach seinen Wortschwall.

»Ich kann Ihre Verärgerung verstehen. Kann es sein, dass Sie sich mit anderen Betroffenen zusammengetan haben und – sei es, um ihn zu bewegen zurückzukommen, sei es, um Ihrer Wut Ausdruck zu verleihen – ihm sehr unfreundliche Briefe geschickt haben? Dass Sie angedroht haben, ihm würde etwas passieren, wenn er mit der Reederei auf Guernsey bliebe?«

Cornet riss die Augen auf und starrte Leblanc an. »Ich habe

Henri nur einen Brief geschrieben, kurz nachdem er weggezogen war. Ich habe an sein Gewissen appelliert, aber ich habe ihm nicht gedroht.«

»Was ich meine, ist eine Reihe von Drohbriefen, anonymer Absender, mit aufgeklebten Zeitungslettern, auf Guernsey aufgegeben oder in den Briefkasten der Chabots geworfen.«

»Davon weiß ich nichts.« Cornet schüttelte den Kopf.

»Sie können sich auch niemanden vorstellen, der so etwas täte?«

»Ich kann mir viele vorstellen, die Grund dazu hätten, ich meine, rein moralisch gesehen, aber ich weiß nicht, wer das wirklich tun würde. Es würde ja sowieso nichts nützen, außerdem ist es gegen das Gesetz. Das Gesetz schützt nur die Reichen und Mächtigen. Die kleinen Leute gucken in die Röhre, so war es doch immer.«

»Na, na«, griff Leblanc mahnend ein. Als offizieller Vertreter von Gesetz und Ordnung meinte er, Cornets Outlaw-Haltung etwas dämpfen zu müssen, auch wenn er fand, dass sein Gesprächspartner nicht völlig unrecht hatte. »Seien Sie froh, dass wir in einer Demokratie leben, Sie profitieren auch von unserer Gesetzgebung.«

»Ja«, lenkte Cornet ein, »natürlich, aber wenn es um wirtschaftliche Interessen geht, ziehen die Arbeiter und Angestellten immer den Kürzeren.«

»Also, noch einmal zu den Drohbriefen. Hat Chabot mit Ihnen darüber gesprochen?«

»Nein, weder darüber noch über etwas anderes, er hat überhaupt nicht mehr mit mir gesprochen, hat jeden Kontakt abgebrochen. Deshalb hatte Jenny mich und meine Frau zu ihrer Geburtstagsfeier eingeladen. Weil sie hoffte, Henri und ich würden eine Gelegenheit finden, wieder aufeinander zuzugehen. Meine Frau konnte mich nicht begleiten, weil sie bei unserer Tochter in Lille war. Jenny fand übrigens Henris Entscheidung auch nicht gut, aber sie mischte sich nicht ein. Es gehe sie nichts mehr an, sagte sie.«

»Und«, fragte Leblanc, »gab es eine Gelegenheit?«

Das schiefe Lächeln, zu dem sich Cornets Mund verzog, ließ den Misserfolg der Bemühung erahnen. »Ich hätte es wissen müssen. Henri machte Jenny Vorwürfe, dass sie mich überhaupt eingeladen hatte, und zu mir sagte er knapp, er sehe keinen Gesprächsbedarf. Das war es dann. Immer wenn ich irgendetwas über Saint-Malo, über frühere Mitarbeiter der Reederei erzählte, fuhr er mir über den Mund. Das sei nicht von Interesse.«

»Beschreiben Sie mir, wie diese missglückte Geburtstagsfeier ablief«, hakte Leblanc nach. »Es war der Tag vor Chabots Tod. Wann sind Sie auf Jersey eingetroffen?«

»Ich kam mit der Fähre am Nachmittag in St. Helier an und nahm ein Taxi nach Rozel, wo Jenny wohnt, das sind so ungefähr zehn Kilometer Richtung Nordosten. Jenny besitzt ein sehr hübsches Haus an der Bucht von Rozel. Sie stammt ja von Jersey und ist erst nach der Heirat nach Saint-Malo gezogen. Als Henri und sie sich scheiden ließen, hat sie dieses Haus gekauft. Jenny nahm Robert und Will mit, die beiden waren damals mitten in der Pubertät. Robert ist dann nach London gegangen und Will später nach Paris. Aber das interessiert Sie wahrscheinlich gar nicht.«

»Doch, doch, sprechen Sie ruhig weiter«, beeilte sich Leblanc zu versichern, »die Familie interessiert mich sehr, vor allem, was an jenem Tag zwischen Chabot und seinen Kindern geredet wurde.«

»Was geredet wurde, kann ich Ihnen nicht sagen, denn Henri hatte sich mit Robert und Will zum Gespräch zurückgezogen. Es schien nicht harmonisch verlaufen zu sein. Als die drei wiederauftauchten, lag Spannung in der Luft. Henri wirkte verärgert, Robert, und vor allem Will, enttäuscht. Jenny hat mir nur gesagt, dass Will irgendeine neue Arbeit anfangen wollte und dafür Startkapital brauchte. Wahrscheinlich hat er seinen Vater darum gebeten, und der hat abgelehnt. Was Will betrifft, da war Henri gnadenlos, er hat für den Rest des Abends kein Wort mehr mit seinem Sohn gesprochen. Er hat ihn ignoriert, als wäre er Luft. Wenn Robert versucht hat zu vermitteln, hat er ihn angefahren, er solle einen Versager nicht noch unterstützen. Jenny litt unter den Streitereien. Die Stimmung war bei allen entsprechend gedämpft. Jenny tat mir leid, ich wandte mich dann nur noch an sie, schließlich war ich auch ihretwegen gekommen.«

»Aber Sie hatten Wut im Bauch, oder?«

In Ermangelung einer Zigarette bewegten sich Cornets Finger unruhig auf und ab. Sein Körper brauchte dringend einen Nikotinschub. »Ja, ich war wütend. Seit der Schließung der Personalabteilung der Reederei bin ich arbeitslos. Einen neuen Job zu finden, das kann ich vergessen, niemand stellt einen Neunundfünfzigjährigen ein. Ich sitze zu Hause und drehe Däumchen. Meine Erfahrung, mein Wissen werden nicht mehr verlangt. Aber das ist nur die eine Seite. Ich bin auch wütend über die Regierungen, die all das ermöglichen, und über die Konzerne und Firmen, die ausschließlich auf Profit aus sind. Ja, meine Wut flammte an dem Abend wieder richtig auf.«

Leblanc unterbrach ihn. »Und mit dieser Wut sind Sie am nächsten Tag nach Guernsey gefahren und wollten Chabot ordentlich die Meinung sagen. Aber er hat sie wieder gedemütigt und aus seinem Büro geworfen, wie die beiden Mitarbeiter bezeugt haben. Das war zu viel. Am Abend, nach Büroschluss, haben Sie ihn erneut aufgesucht, es kam zu einem Handgemenge, und Chabot stürzte aus dem Fenster.«

»Nein.« Der ehemalige Personalchef schrie auf. »Nein, ja, nein.«

»Wie? Ja oder nein?«, beharrte Leblanc. Ein Geständnis schien nahe.

»Ja, es tut mir leid. Ich weiß nicht, was da über mich gekommen ist. Ich wollte noch einmal zu ihm. Seine Demütigungen konnte ich nicht auf mir sitzen lassen. Ich musste doch meine Ehre wiederherstellen.« Cornet fuhr sich mit beiden Händen durch die grauen Haare, dann hielt er sie vor sein Gesicht und senkte den

Kopf. »Ich schäme mich jetzt für meine Unbeherrschtheit, dass ich nicht lockerlassen, die Sache nicht abhaken und meinen Frieden machen konnte. Es war so: Ja, ich bin nach Guernsey gefahren, um, wie Sie sagen, Henri meine Meinung zu sagen. Ich war ein Idiot, ich hätte es wissen müssen. Es lief genauso ab wie immer, obwohl ich fest entschlossen war, ihm ruhig und bedächtig meinen Standpunkt darzustellen und ihm, trotz aller Enttäuschung, meine Hand zu reichen. Den Ablauf haben Ihnen sicher Henris Angestellte geschildert. Ich war über mich selbst fassungslos, konnte nicht begreifen, warum ich immer der Dumme und Henri immer der Überlegene ist. Danach bin ich ziellos durch die Stadt gelaufen und in verschiedenen Pubs eingekehrt. Ich habe einiges intus gehabt und die letzte Fähre nach Saint-Malo verpasst. Deshalb musste ich auf der Insel übernachten. Im St. George's Guesthouse an der Esplanade habe ich ein günstiges Zimmer gefunden. Und dann bin ich in meinem Alkoholrausch noch einmal zum Bürogebäude gegangen. Ich wusste nicht einmal, ob ich Henri dort antreffen würde. Ich wusste auch nicht, was ich dort wollte. Die Eingangstür unten war offen. Ich fuhr mit dem Fahrstuhl in den vierten Stock. Auch die Tür zu den Büroräumen war nicht verschlossen. Von Rougier und der Sekretärin keine Spur.«

»Wann war das?«, wollte Leblanc wissen.

»Ich schätze, um kurz vor acht. Als ich das letzte Mal auf die Uhr sah, war es halb acht, das war in dem Pub am Hafen. Ich stand im Flur vor Henris Tür und hörte Stimmen, seine Stimme und eine Frauenstimme. Was sie redeten, konnte ich nicht verstehen, aber sie schienen zu streiten, Henri wurde laut. Ich hörte einen Satz wie ›Das lasse ich mir nicht bieten‹. Die Frau sprach sehr leise. Schlagartig wurde ich nüchtern. Ich fühlte mich wie ein unbefugter Eindringling. In diesem Moment der Scham wurde mir bewusst, dass ich dort nichts zu suchen hatte. Ich schwor mir, nie wieder den Kontakt zu Henri zu suchen und mich endlich in meine Situation zu fügen. Irgendwie haben mir der Aufenthalt bei Jenny und dieses merkwürdige Erlebnis vor der Bürotür die Augen über mich selbst geöffnet. Wie konnte ich mich so weit erniedrigen und unterwerfen? Auf einmal war ich dankbar, dass mich die Stimmen davon abgehalten haben, ins Büro einzudringen und ein weiteres Mal vor Henri zu treten. Wer weiß, was ich getan hätte. Das ist die Wahrheit, und ich würde gern eine Zigarette rauchen.«

»Sie können gleich gehen. Wir prüfen Ihre Aussage selbstverständlich nach. Nur noch ein paar Fragen. Haben Sie jemanden im Gebäude oder davor gesehen? Konnten Sie die Frau in Chabots Büro identifizieren?«

»Nein, Henris Liebschaften sind mir unbekannt. Ja, merkwürdig, nicht wahr? Ich habe wie selbstverständlich angenommen, dass es ein Beziehungsstreit war, und ebenso selbstverständlich, dass es sich bei der Besucherin nicht um seine Frau handelte. Auf der Straße vor dem Büro waren irgendwelche Leute, ich habe nicht darauf geachtet, im Gebäude habe ich niemanden gesehen.«

»Haben Sie denn nun Ihren Frieden gefunden?«, fragte Leblanc.

»Ja. Dieses tragische Ende hätte ich Henri nicht gewünscht. Und mit meiner Situation muss ich irgendwie zurechtkommen. Aber mein Zorn über die politischen Verhältnisse ist nicht verraucht.«

»Das war es dann.« Leblanc beendete das Gespräch und reichte Monsieur Cornet eine Visitenkarte. »Wenn Ihnen noch etwas einfällt, rufen Sie mich an.«

Der Angesprochene nahm die Visitenkarte, zog gleichzeitig eine Zigarette aus dem Päckchen in seiner Jackentasche und steckte sie sich in den Mund. »Keine Sorge, ich zünde sie erst draußen an.« Und schon war Monsieur Cornet, einem grauen Schatten gleich, verschwunden.

Cornets Aussagen erschienen Leblanc schlüssig und glaubwürdig. Pat, dachte er, es deutet alles auf Pat hin. Chabot wird wohl kaum eine weitere Geliebte gehabt haben, der Mann war neunundsechzig. Wir müssen beweisen, dass Pat an dem Abend bei Chabot war. Der Eintritt des Todes lag zwischen acht und halb neun Uhr. Wenn Cornet gegen acht einen Streit in Chabots Büro vernommen hat, dann kommt eigentlich nur Pat als Täterin in Betracht. Worüber haben sie gestritten? Könnte sie ihn erpresst haben? Wollte sie Geld von ihm? Beim Thema Geld schien Chabot gereizt zu reagieren. Aber das passte alles nicht recht zusammen. War es doch ein Suizid? Hat Pat ihm etwas mitgeteilt, was sein Leben so sehr infrage stellte, dass er ihm selbst ein Ende setzte? Und die Drohbriefe? Spielten die überhaupt eine Rolle?

Leblanc ließ sich noch einmal bei Major de police Richard Gravot blicken, um ihm mitzuteilen, dass er den Wagen nicht benötige, sondern zu Fuß zur Gewerkschaft CGT gehen würde, die nur ein paar Straßen entfernt lag. Den Helikopterpiloten würde er anrufen, wenn er seine Arbeit erledigt hätte. Von seinem Treffen mit Darya sagte er nichts.

VIERUNDZWANZIG

Die Luft in Saint-Malo erschien ihm rauer und kühler als auf Guernsey. Man sollte doch meinen, auf einer Insel sei es windiger und frischer, dachte er und unterschätzte, in Unkenntnis der meeresthermischen Gegebenheiten, den Golfstrom, der die Kanalinseln mit mildem Klima bedachte. Er ging die Rue Jouanjan hinunter und überquerte eine Grünanlage. Die enge Straße war gesäumt von Neubauten, dazwischen ein, zwei der für die Bretagne typischen Natursteinhäuser, keine Cafés, keine Restaurants. Nicht sehr einladend, befand Leblanc.

Er bog rechts und noch einmal links ab und traf am Beginn der Avenue Jean Jaurès auf ein Natursteinhaus, das schon bessere Tage gesehen hatte. Über dem oberen Fenster prangte eine Inschrift, rote Lettern auf goldenem Grund: »Maison du Peuple«, links und rechts daneben das Motto der drei Musketiere »Einer für alle« und »Alle für einen«, das die Gewerkschaftsbewegung zur Losung ihrer Sozialpolitik erkoren hatte und bis heute hochhielt. Über der Eingangstür, in Stein gehauen: »Union des Syndicats« – Gewerkschaftsvereinigung. Die Jahreszahl 1920 erklärte die Anleihen an den Jugendstil in der Ornamentik. Immerhin eine Sprechanlage. Leblanc drückte den Klingelknopf der CGT, nannte seinen Namen, und die mit schmiedeeisernen Ranken versehene Eingangstür öffnete sich.

Ein Mann mittleren Alters kam die Treppe herab, angegraute Haare, Vollbart, Cordhose, Hemd ohne Jacke. Komisch, dachte Leblanc, er sieht genau aus, wie man sich einen ordentlichen Gewerkschafter vorstellt. Manche Dinge ändern sich wohl nie.

»Guillaume Delorme, herzlich willkommen bei uns.« Der Mann streckte Leblanc die Hand entgegen und lächelte verbindlich, als wolle er ein potenzielles neues Gewerkschaftsmitglied begrüßen. Er ließ es sich nicht nehmen, dem Kommissar das architektonische Kleinod, in dem sie sich befanden, näher zu erläutern.

»Seit 2011 steht unser Gebäude unter Denkmalschutz. Es ist eins der letzten erhaltenen Maisons du Peuple in der Bretagne, ein Monument der Arbeiterbewegung und des sozialen Lebens in Saint-Malo. Wir haben gerade ein wenig renoviert. Hier unten befinden sich die Versammlungsräume, oben die Büros, und hinten gibt es einen großen Festsaal.«

Ob die Gewerkschaft noch viel Grund zum Feiern hatte?, fragte sich Leblanc.

»Erbaut wurde es 1920«, fuhr der Gewerkschafter fort, »bis zum Zweiten Weltkrieg gab es eine aktive und engagierte Arbeiterklasse. Immerhin war Saint-Malo neben Fécamp in der Normandie und Bordeaux der wichtigste Hafen für den Kabeljaufang in Neufundland. Wussten Sie das?«

Inzwischen hatte Guillaume Delorme seinen Gast in sein Büro in der ersten Etage geführt, ein Raum vollgestopft mit Aktenordnern und Zeitungen, an den Wänden Fotos von Seeleuten aus früherer Zeit und Demonstrationszügen, auf denen Transparente mit Aufschriften wie »Hoch die internationale Solidarität« getragen wurden.

»Äh, nicht so richtig, das heißt«, korrigierte sich Leblanc, »ich weiß natürlich, dass Saint-Malo eine bedeutende Hafenstadt war. Und da sind wir beim Thema. Ich bin hier, um den Tod des Reeders Henri Chabot aufzuklären. Seine Vorfahren waren mit ihren Schiffen ja wohl auch am Fischfang beteiligt.«

»Ja, die Reederei Chabot war sogar die älteste und größte in Saint-Malo. Bevor der Boom mit dem Kabeljaufang losging, beherrschten im 17. Jahrhundert Korsaren die Weltmeere, und Saint-Malo war damals die Handelsstadt der Korsaren, was ihr einen enormen Reichtum einbrachte. Auch aus der Familie Chabot sind Korsaren hervorgegangen. Sie wissen sicher, dass diese Piraten ihre Beutezüge im Dienste des Königs durchführten und mit einem Kaperbrief ausgestattet waren, der sie offiziell legitimierte, feindliche Schiffe aufzubringen oder deren Besatzungen zwecks Lösegeldforderungen zu verschleppen. Der König erhielt immer einen Anteil an der Beute. Die Schiffe fuhren bis in die Karibik und kaperten Gewürzschiffe. Die Korsaren waren auch am Sklavenhandel beteiligt, sie tauschten in Westafrika ihre Ladung gegen Sklaven ein und verkauften sie mit riesigen Gewinnen an die Plantagen in Brasilien. Viele Korsaren brachten es zu großem Wohlstand, wurden Reeder und geachtete Mitglieder der ehrenwerten Gesellschaft. Die Familie Chabot allerdings bedurfte dieser Aufwertung nicht, sie gehörte als Abkömmling der bretonischen Herzöge immer schon zu den privilegierten Landbesitzern.«

Als der bärtige Gewerkschafter seinen historischen Vortrag unterbrach, um Leblanc einen Kaffee anzubieten, versuchte der, das Gespräch auf den gerade verstorbenen Abkömmling der Familie Chabot zu lenken.

»Wie war denn Henri Chabot als Arbeitgeber, als die Reederei noch in Saint-Malo ansässig war?«

»Da gab es zunächst keine Klagen, als der junge Chabot in den Betrieb einstieg und ihn schließlich ganz von seinem Vater übernahm. Die Veränderungen begannen schleichend. Ganz allmählich tauschte Chabot junior die Service-Crew auf den Fährschiffen aus, weniger Franzosen, mehr Asiaten oder Afrikaner, und zu anderen Bedingungen, aber das ist ja nicht verboten. Die Verträge waren in Ordnung. Auch als er eine Tochterfirma auf Zypern gründete, blieb hier in Saint-Malo erst einmal alles beim Alten. Diese Offshore- oder Briefkastenfirmen dienen nur dazu, Steuern zu sparen – oder, wenn Sie so wollen, zu hinterziehen. Alles legal, selbstverständlich.

Aber die Arbeitsplätze hier vor Ort – Personalabteilung, Management, Verkauf und Marketing – hat das nicht berührt. Vor zwei Jahren dann der Schock: Chabot setzte sich mit dem Hauptsitz der Reederei nach Guernsey ab. Auf einen Schlag wurden alle Angestellten arbeitslos, eine Katastrophe.«

»Konnten Sie als Gewerkschaft nichts dagegen unternehmen?«, fragte Leblanc.

Guillaume Delorme schnaubte leise. »Natürlich versuchen wir alles, was in unserer Macht steht, um Arbeitsplätze zu erhalten. Bei der Schließung der Chabot-Reederei handelte es sich um eine betriebsbedingte Kündigung. Wissen Sie, wie innerbetriebliche Gründe definiert werden?«

Leblanc konnte kaum verneinen, da sprach der Gewerkschafter schon weiter.

»Ich lese Ihnen den Paragrafen vor: Betriebsdingte Kündigungen sind rechtens, ›wenn sich der Arbeitgeber aufgrund einer durch wirtschaftliche oder technische Entwicklungen oder fiskalische Überlegungen veranlassten unternehmerischen Entscheidung zu einer organisatorischen Maßnahme entschließt, bei deren betrieblicher Umsetzung das Bedürfnis für die Weiterbeschäftigung eines oder mehrerer Arbeitnehmer entfällt‹.«

»Fiskalische Überlegungen, ich verstehe, Übersiedlung in eine Steueroase zum Beispiel«, fiel ihm Leblanc ins Wort.

»Genau. Wir haben damals bei jedem unserer Mitglieder geprüft, ob die Gesetze eingehalten wurden. Durch das Angebot, mit der Reederei nach Guernsey zu ziehen und den Arbeitsplatz zu behalten, hat sich Chabot unangreifbar gemacht. Natürlich wusste er, dass keiner es annehmen würde. In einem solchen Fall sind wir machtlos. Wir müssen uns auf die Möglichkeiten beschränken, wo wir eingreifen können: Tarifverhandlungen, Prüfung von Verträgen, Einhaltung der Arbeitsbedingungen, Arbeitszeiten und so weiter. Bei politischen und sozialen Fragen gelingt es uns immer noch, Demonstrationen zu organisieren und Massen auf die Straße zu bringen.«

Ob der Gewerkschafter sich selbst Mut machen wollte, fragte sich Leblanc. Er hatte gelesen, dass der Organisationsgrad der Beschäftigten in Gewerkschaften von zwanzig Prozent in den Siebzigerjahren auf aktuell etwa acht Prozent gesunken war, und die meisten davon stammten aus dem öffentlichen Dienst. Von Mobilisierung der Massen konnte kaum die Rede sein, obwohl Arbeiter und Angestellte in Frankreich im Vergleich zu anderen europäischen Ländern verhältnismäßig leicht auf die Straße zu bringen waren.

Ohne Leblancs Gedanken zu erraten, fuhr Delorme etwas ernüchtert fort: »Aber wenn ein Unternehmer den Laden dichtmacht, sind uns die Hände gebunden. Wir haben in Saint-Malo eine Arbeitslosenquote von acht Prozent, die sogar leicht gesunken ist, aber nur aufgrund der steigenden Zahl von Stellen im Tourismus- und Hotelgewerbe, die fast alle auf Zeitarbeitsverträgen beruhen. Das verfälscht in gewisser Weise die Statistik, denn die Zeitarbeit wird genauso eingerechnet wie die festen Arbeitsverträge. Es bestehen rund zwanzig Zeitarbeitsfirmen in Saint-Malo, Tendenz steigend. Wenn Sie mich fragen, ist das das Elend unserer Zeit. Von den Mitarbeitern der Chabot-Reederei haben am ehesten die aus der Marketingabteilung einen neuen Job gefunden. Werbung und Verkauf, das steht heute an erster Stelle.«

»Kennen Sie eigentlich Alexandre Cornet?«, hakte Leblanc ein.

Die Antwort kam prompt. »Natürlich kenne ich Alexandre Cornet. Als er noch Leiter der Personalabteilung bei Chabot war, hatte er für uns nur Spott übrig, war ganz dicke mit dem Chef und seiner Familie. Knall auf Fall hat es auch ihn getroffen, da war Ende mit der Freundschaft. Dann ist er zu uns gekommen, hat sich ungeheuer radikalisiert. Da hieß es dann auf einmal: ›Wir müssen etwas tun gegen den wild wuchernden Kapitalismus, gegen Sozialabbau‹ und so weiter. Er hat keinen neuen Arbeitsplatz gefunden, allerdings wollte er auch nicht aus Saint-Malo wegziehen. Ich kenne einige solcher Fälle. Tragen die Nase hoch, und wenn es brennt, glauben sie, wir müssten sofort etwas für sie tun.«

Leblanc hielt den Moment für geeignet, die entscheidende Frage zu stellen. »Können Sie sich vorstellen, dass ein ehemaliger Mitarbeiter der Reederei Drohbriefe an Chabot geschickt hat? So mit dem Inhalt, wenn er seinen Sitz nicht wieder nach Saint-Malo zurückverlege, wäre sein Leben bedroht. Trauen Sie jemandem einen Mord zu?«

»Es war wirklich Mord? Bisher habe ich gedacht, Chabot sei durch einen Unfall ums Leben gekommen.« Der Gewerkschafter riss ungläubig die Augen auf.

»Es deutet alles darauf hin, die Ermittlungen laufen noch.«

»Und Sie glauben, dass es jemand aus Saint-Malo war? Denken Sie an Alexandre Cornet? Sehen Sie, man weiß nie, was in einem Menschen vorgeht, selbst wenn man ihn gut kennt. Ich habe nicht wenige Männer gesehen, die nach dem Verlust ihres Arbeitsplatzes nicht mehr auf die Beine gekommen sind, Alkoholiker wurden, abgerutscht sind in die Verwahrlosung. Frau weg, Wohnung weg, die Kinder kümmern sich nicht um den Vater, das Arbeitslosengeld reicht nicht, um am sozialen Leben teilzunehmen. Sie verlieren ihre Würde und schämen sich. Scham kann einen Menschen um den Verstand bringen. Aber ein Mord? Nein, ich glaube nicht. Auch die sozial am Rand der Gesellschaft Stehenden haben noch so etwas wie eine moralische Schranke, die sie davon abhält, Verbrechen zu begehen. Und was Cornet betrifft, seine Frau hat zu ihm gehalten, er engagiert sich bei uns, hält die Gewerkschaftsarbeit für wichtig, nein, Cornet, auch wenn seine Wut nicht verraucht ist, Cornet ist kein Lonely Cowboy, der in der Gegend herumballert. Und von den anderen Entlassenen, zumindest denen, die ich kenne, kann ich mir nichts dergleichen vorstellen. Außerdem – nach zwei Jahren? Das ist doch absurd. Rachegedanken lodern sofort auf, wenn einem ein Unrecht angetan wurde, doch nicht nach zwei Jahren.«

»Da haben Sie wohl recht«, stimmte Leblanc zu. »Trotzdem hat Chabot kurz vor seinem Tod Drohbriefe bekommen, die sich eindeutig auf seine Übersiedlung nach Guernsey beziehen. Irgendjemand muss sie verfasst haben.«

Guillaume Delorme schüttelte den Kopf. »Ich kann Ihnen da wirklich nicht helfen.« Dann lächelte er. »Auch wenn wir als Gewerkschaft uns manchmal kämpferisch geben und zum Streik aufrufen – Drohungen sind keine Lösung, das weiß jeder von uns. Und keiner wird die Reederei wieder nach Saint-Malo zurückholen können. Verloren ist verloren.« Das Lächeln erstarb wieder und wich dem üblichen ernsten Gesichtsausdruck des Gewerkschafters, der davon zeugte, dass es nicht viel Grund zum Lachen gab.

Leblanc ließ sich auf seinem Stadtplan den Weg zur Place Chateaubriand zeigen, dankte dem Gewerkschafter für die geopferte Zeit und verließ das Maison du Peuple mit neuen Erkenntnissen über unternehmerische Freiheit, war aber im Fall Chabot keinen Schritt weiter.

FÜNFUNDZWANZIG

Um siebzehn Uhr war Leblanc mit Darya verabredet. Jetzt war es kurz nach halb vier, er hatte genug Zeit, zu Fuß zu gehen. Er bog in die Avenue Louis Martin ein, in der Geschäfte mit Seefahrerbedarf, Bootshändler und eine Bootslagerhalle davon zeugten, dass Saint-Malo eine Hafenstadt war, auch wenn sich heute das Metier mehr auf Touristenboote und Yachten verlegt hatte. Nur einige Namen wie »Neufundlandkai« oder »Chaussée des Corsaires« zeugten von der gloriosen Vergangenheit Saint-Malos als bedeutendes Fischfang- und Handelszentrum. An Abstellflächen für Container vorbei führte sein Weg bis zu einer Brücke, auf deren linker Seite in einem kleinen Hafen Yachten und Segelboote ankerten. Kurz darauf befand sich der Spaziergänger vor der Stadtmauer und den Festungstürmen, die das historische Stadtzentrum umschlossen.

Er war vorher noch nie in Saint-Malo gewesen, obwohl die Stadt neben dem Mont Saint-Michel als ein Touristenhighlight in Frankreich galt. Leblanc verharrte einige Zeit vor der mittelalterlichen Stadtmauer, die im Lauf der Geschichte immer mehr zu einer Festung umgebaut worden war. Als er durch die Porte Saint-Vincent die Stadt intra muros betrat, die zu früherer Zeit eine Insel gewesen war, fühlte er sich in eine andere Welt versetzt. Trotz der vielen bunten Cafés und Restaurants, trotz der immer gleichen Ladenketten und trotz des Tourismuskitschs in Form von bedruckten T-Shirts oder Korsaren-Hüten war angesichts der herrschaftlichen Gebäude, die zweifellos sorgfältig restauriert worden waren, noch etwas zu ahnen vom Reichtum früherer Zeiten.

Weil er nicht zu früh in dem Café erscheinen wollte, schlenderte er die enge Rue Saint-Vincent hinunter und überließ sich dem Gewirr der Gassen, an deren Ende man immer wieder auf die Stadtmauer stieß. Hier ein kleiner Balkon, dort ein Türmchen, überwiegend grauer Stein. Mit einiger Fantasie konnte man sich vorstellen, dass in der menschenleeren Stadt bei Nacht und Nebel ein Freibeuter mit Mantel und Degen und dem dreigezackten Hut um die Ecke bog.

Langsam näherte sich Leblanc der Place Chateaubriand, sein Herzschlag beschleunigte sich ein wenig. Schon von Weitem sah er die rote Markise mit der Aufschrift »Café de l'Ouest«. Unter Sonnenschirmen warteten rote Stühle an weiß gedeckten Tischen auf Gäste. Würde er Darya erkennen? Und sie ihn? Draußen saß niemand, mit dem er das Bild, das er von der jungen Darya vor dreißig Jahren im Kopf hatte, in Verbindung bringen konnte. Er betrat das Innere des Cafés und entdeckte sie sofort. Allein an einem Tisch, die ehemals schwarzen Haare ergraut, immer noch einen Pagenschnitt, immer noch schlank, aber ohne Zigarette. Sie blickte auf, als er an ihren Tisch trat, lächelte nicht, aber ihre Augen verrieten, dass sie ihn erkannte. Beim Näherkommen registrierte er tiefe Falten um den Mund und an den Augenwinkeln.

»Darya«, sagte Leblanc nur. Nichts weiter. Und setzte sich neben sie.

Dann schwiegen sie, als fänden sie keine Worte für dieses schicksalhafte Wiedersehen. Aber es war ein übereinstimmendes, kein trennendes Schweigen. Leblanc legte seine Hand auf ihre und hielt sie eine Weile fest. Sie ließ es geschehen. Erst dann begann er zu sprechen.

»Du rauchst nicht mehr?«

Sie schwieg und schien dabei zu überlegen, was sie von sich preisgeben wollte, um dann ohne Umschweife zu sagen: »Magenkrebs, vor fünf Jahren hat man mir einen großen Teil des Magens entfernt. Der Krebs hat es geschafft, dass ich mit dem Rauchen aufgehört habe. Das war schlimmer als jede Operation. Aber die Ärzte haben mir gesagt, dass ich im anderen Fall nicht mehr lange zu leben hätte, erhöhtes Sterberisiko von achtzig Prozent. Und irgendwie hängt man am Leben. Keine Sorge«, fügte sie hinzu, als sie Leblancs besorgten Gesichtsausdruck sah, »ich bin gesund, die Untersuchungen haben keine Anzeichen für einen Rückfall ergeben, bis jetzt jedenfalls.«

Er nickte nur. Und wollte dann gleich alles auf einmal wissen. »Hast du geheiratet? Hast du Kinder? Was machst du beruflich? Bist du Schriftstellerin geworden, wie du es dir gewünscht hast?«

Jetzt lächelte sie doch. »Halt, nicht so schnell, da komme ich nicht mit. Also, ja, ich habe geheiratet, bin aber geschieden. Ich hatte einen Sohn, er ist mit neun Jahren bei einem Verkehrsunfall verunglückt. Sascha war dabei, die Avenue Hoche zu überqueren. Er hat die rote Ampel nicht beachtet, der Fahrer des Wagens, der ihn erwischte, fuhr mit überhöhter Geschwindigkeit. Sascha ist auf dem Transport ins Krankenhaus gestorben.«

Leblanc merkte, dass es Darya immer noch schwerfiel, darüber zu reden. »Ach, Darya«, sagte er, und dann, um sie abzulenken, »und deine Ehe? Warum bist du geschieden?«

»Ich habe einen Russen geheiratet, Sergej. Es war so für ihn leichter, in Frankreich zu bleiben. Am Anfang ging es gut, er hat sehr viel Geld verdient. Wir konnten uns eine große Wohnung leisten, und ich hatte zum ersten Mal in meinem Leben keine finanziellen Sorgen. Es war meine produktivste Zeit, ich habe zwei Romane geschrieben. Der eine ist sogar prämiert worden. Sascha wurde geboren, und ich war glücklich. Dann bekam ich heraus, wie Sergej sein Geld verdiente. Er gehörte einer Art Mafia an, die Waffen in den Irak lieferte, vielleicht auch noch in andere Krisengebiete. Ich stellte ihn zur Rede, sagte ihm, dass ich das nicht mit meinen moralischen Grundsätzen vereinbaren könne. Er solle damit aufhören oder ich würde ihn verlassen. Er hörte nicht auf, vielleicht wurde er bedroht oder erpresst, vielleicht war es unmöglich, aus solchen mafiosen Strukturen auszusteigen, das weiß ich nicht. Jedenfalls bin ich mit Sascha ausgezogen und habe mir eine kleine Wohnung im 19. Arrondissement gesucht, zwei winzige Zimmer, Küche, Bad. Auch Geld habe ich von Sergej nicht mehr angenommen. Es ging einfach nicht, ich konnte die Vorstellung nicht verdrängen, dass an dem Geld Blut klebte. Ich sah tote und verletzte Iraker und Syrer auf unserem weißen Wohnzimmerteppich liegen, ihr Blut färbte ihn rot. Diese Vorstellung verschwand nicht mehr aus meinem Kopf.«

Darya schwieg einen Moment und fuhr dann fort: »Finanziell wurde es eng, und ich musste wieder Aufträge annehmen, wie damals, weißt du noch, als ich über die Pariser Arrondissements geschrieben habe. Übersetzungen aus dem Russischen und Bücher über Hunde in Paris oder Texte für einen Bildband über Schuhe hielten mich über Wasser. Dann starb Sascha, und ich fiel in ein tiefes Loch, wurde depressiv, aß kaum noch etwas und verließ die Wohnung nicht mehr. Eine Freundin sorgte dafür, dass ich mich in eine psychiatrische Klinik begab. Tabletten stellten mich ruhig, andere hellten meinen Gemütszustand auf, wieder andere brachten den gnädigen Schlaf. Es brauchte lange, bis ich mich aus dem Tal wieder hervorgearbeitet hatte. Dann kam der Krebs, und seitdem ich auch den noch besiegt habe, habe ich das Gefühl, einen eisernen Panzer um mich herum zu haben. Mir kann nichts mehr passieren, ich habe schon alles hinter mir. Heute ist da noch ein Rest Trauer, aber keine Verbitterung. Das ist ein gutes Gefühl.«

Leblanc hatte Daryas Erzählfluss nicht unterbrochen. Gebannt blickte er sie an, darauf wartend, dass sie fortfahren würde. Das tat sie nicht, sagte stattdessen:

»Erzähl von dir! Wie ist dein Leben verlaufen?«

»Ach«, meinte Leblanc achselzuckend, »da gibt es nicht viel zu erzählen. Dass ich auf der Polizeiakademie war, weißt du ja. Ich bin dann Kriminalkommissar geworden, habe Glück gehabt und eine Stelle in Paris bekommen. Ich war nicht so der familiäre Typ – Bindungsangst, wie du weißt – und habe ein sehr freies Leben geführt, keine Ehe, keine Kinder, keine dauerhafte Beziehung. Vor fünf Jahren habe ich mich nach Deauville versetzen lassen und ein Kommissariat geleitet, das allerdings vor zwei Jahren geschlossen wurde. Dort habe ich eine Frau wiedergetroffen, mit der ich einmal zusammen war, Marie, und jetzt leben wir gemeinsam in Paris. Ich habe einen Status als Sonderermittler, eigentlich hätten sie mich schon pensionieren können. Vor Kurzem erhielt ich diesen Auftrag auf Guernsey. Zuerst ging es nur um Drohungen, die Chabot erhielt, dann wurde ich entführt, narkotisiert und in einen Tunnel gebracht, wo ich fast gestorben wäre, wenn Marie sich nicht mit aller Kraft für meine Rettung eingesetzt hätte. Sie ist sofort nach Guernsey geeilt.«

Darya hatte während des Zuhörens in ihr Teeglas gesehen, jetzt hob sie den Kopf und sagte: »Wie schön, dass du jemanden hast, der sich um dich sorgt.«

Leblanc nickte. »Ich wusste bisher nicht, wie wichtig das ist.«

»Ist es nicht merkwürdig«, fuhr Darya fort, »wie man dreißig Jahre Leben in wenigen Sätzen zusammenfassen kann? Dabei ist doch viel passiert, wir haben uns verändert, vielleicht wenig, vielleicht ganz und gar. Vielleicht ist von der Person, die wir vor dreißig Jahren waren, gar nichts mehr übrig geblieben. Aber wir sitzen zusammen, als hätten wir uns gestern erst vor dem Café am Montmartre getrennt, hätten gesagt ›Dann bis bald‹ und geglaubt, wir würden uns in ein, zwei Wochen wiedersehen.«

»Ja«, stimmte Leblanc zu, »merkwürdig. Aber ich freue mich wirklich, dass der Zufall uns zusammengeführt hat. Und das verdanken wir Henri Chabot. Du hast ihn gekannt?«

Darya lächelte nachsichtig. »Herr Kriminalkommissar, folgt jetzt ein Verhör?«

»Verhör schon gar nicht, wenn offiziell, dann eine Befragung. Ich bin aber auch neugierig. Was hattest du mit dem Reeder zu tun?«

»Gut, ich erzähle dir alles. Jetzt, da Henri Chabot tot ist, darf ich wohl mein Schweigen brechen. Ein Verlag in Paris hat mich beauftragt, die Biografie der Familiendynastie Chabot zu schreiben. Abkömmlinge der bretonischen Herzöge, Land- und Schlossbesitzer, Korsaren, Reeder – kurz, der Verlag meinte, in der Familiengeschichte läge genug Zündstoff für einen Bestseller, und ich solle unbedingt die letzte Generation von Chabot-Nachkommen miteinbeziehen, um einen aktuellen Bezug zu haben. Ich wandte mich zunächst an Raoul Chabot, der im Schloss, dem angestammten Wohnsitz der Chabots, lebt und sich mit Stammbäumen und Ahnenforschung beschäftigt. Er hat mir sofort alle Dokumente zur Verfügung gestellt und meine Fragen beantwortet. Auch der andere Bruder, Henri, der Reeder, war, als ich zum ersten Mal anrief, begeistert von der Idee einer Biografie. Es ist merkwürdig, alle Familienmitglieder haben unhinterfragt angenommen, dass solch ein Buch eine Lobeshymne auf die Dynastie singt und sie in bestem Licht darstellt. Ich habe dem nicht widersprochen. Ich traf Henri Chabot einmal in St. Peter Port auf Guernsey, wo er inzwischen lebte. Er sprach über die Reederei, den Fährbetrieb, über die Veränderungen, nachdem er das Unternehmen von seinem Vater übernommen hatte, seine neu erworbenen Kreuzfahrtschiffe. Auch Probleme verschwieg er nicht, Konkurrenzdruck, Zwang zum Ökonomisieren und so weiter. Er war sehr zuvorkommend und charmant, ich könne jederzeit wiederkommen, wenn ich Fragen hätte.«

Darya unterbrach ihre Rede, um ihre Tasse zum Mund zu führen und am Tee zu nippen. »Tee, meine neue Droge, nachdem das Nikotin weggefallen ist. Aber diese Teebeutel in den Cafés schmecken nach nichts. Zu Hause trinke ich starken russischen Rauchtee.« Dann fuhr sie mit ihrem Bericht fort.

»Als ich danach wieder im Schloss war und mir die Stammbäume genauer ansah, fiel mir auf, dass die Linien von Henri Chabots Nachkommen nicht nur seine zwei Söhne Robert, geboren 1975, und William, geboren 1978, aus der Ehe mit Jennifer verzeichneten, sondern einen weiteren Sohn, Anthony. Der Name der Mutter stand nicht dabei. Das Geburtsjahr ließ mich stutzig werden: 1968, da war Henri Chabot achtzehn Jahre alt.«

»Ein uneheliches Kind«, rief Leblanc.

»Ja, genau. Ich fragte Raoul, was es mit diesem Kind auf sich habe, und er sagte, Henri hätte damals das englische Au-pair-Mädchen, das sich im Hause Chabot aufgehalten habe und eigentlich zur Verbesserung seiner, Raouls, Englischkenntnisse engagiert war, geschwängert. Henri sei damals, siebzehnjährig, auf einem Collège in Paris gewesen, habe aber die Wochenenden zu Hause in der Bretagne verbracht. Da musste es passiert sein. Der alte Chabot, Henris Vater, habe Gift und Galle gespuckt, als er von Elaines Schwangerschaft erfuhr. Er habe gebrüllt, ob er seinem Sohn nicht genug Geld für Bordellbesuche gäbe. Aber es war nichts mehr zu machen. Elaine, Anfang zwanzig zu der Zeit, wurde mit Schimpf und Schande aus dem Haus gejagt, zurückgeschickt nach Guernsey. Vielleicht habe sie das Kind als eine Art Lebensversicherung angesehen, meinte Raoul. Vater Chabot jedenfalls habe den *Vorfall* mit Geld, mit viel Geld aus der Welt geräumt. Er erkaufte sich Elaines Schweigen, und die ganze Familie sei dazu verdonnert worden, nie ein Wort über diese Affäre zu verlieren. Dieses Kind gab es nicht. Er, Raoul, habe sich aber, um der Wahrheit Genüge zu tun, bemüßigt gesehen, die Existenz des Bastards wenigstens in die Annalen einzutragen.«

Leblanc rechnete nach. »Demnach wäre das Kind heute fünfzig Jahre alt. Ob der Junge jemals erfahren hat, wer sein Vater ist? Wenn die Mutter Chabot irgendwo als Erzeuger angegeben hat, hätte der Sohn sogar einen Anspruch auf das Erbe. Na, da werden sich Robert und William ja freuen, wenn sie einen Nebenbuhler haben.«

»Raoul konnte sich an den Nachnamen der Mutter nicht mehr erinnern, er wusste nur noch, dass sie Elaine hieß. Außerdem kann sie geheiratet und einen anderen Namen angenommen haben.«

»Das würde man durch Nachforschungen leicht herausbekommen.«

»Ja, du hast sicher Zugang zu amtlichen Stellen. Mein Bericht ist aber noch nicht zu Ende. Ich bin noch einmal nach Guernsey gefahren, um Henri Chabot zu treffen, das war ungefähr vor drei Wochen. Irgendwie war ich neugierig, welche Haltung er selbst zu diesem unehelichen Sohn hatte, ich hatte gar nicht die Absicht, das im Buch zu erwähnen. Also fragte ich ihn danach. Mit einer Plötzlichkeit, die ich nie für möglich gehalten hätte, wie ein Tornado, der aus dem Nichts entsteht, verwandelte sich dieser Mensch in eine Furie. Er tobte und schrie, er lief durch sein Büro wie ein angeschossenes Wild. Dann wurde er still, fixierte mich mit zusammengekniffenen Augen, einem Blick, kalt wie das Eis der Arktis, und sagte: ›Wenn Sie ein Wort über diese Sache verlieren, werden Sie Ihres Lebens nicht mehr froh werden, dafür sorge ich.‹ Dann warf er mich raus. Ich wusste gar nicht, wie mir geschah, konnte nicht einmal entgegnen, dass ich nichts dergleichen veröffentlichen wollte, stand kopfschüttelnd auf der Straße. Seinen Zornesausbruch konnte ich mir tatsächlich nur damit erklären, dass er einen Anspruch des illegitimen Sprösslings aufs Erbe fürchtete. Das Faktum, ein uneheliches Kind zu haben, ist ja heute kein Skandal mehr. Kein Mensch würde sich darüber echauffieren. Oder er hat in diesem Zusammenhang etwas anderes zu verbergen.«

»Seitdem hast du ihn nicht mehr gesehen?«, wollte Leblanc wissen.

»Gesehen nicht, aber er hat mich angerufen. Nicht dass er sich für seine überzogene Reaktion entschuldigt hätte, aber er schien sich nicht mehr sicher zu sein, ob die Drohung, die er ausgestoßen hatte, eine angemessene Lösung bot. Er wollte das Problem auf andere Weise lösen und hat mir Geld angeboten, nicht wenig, fünfzigtausend Euro, wenn ich die Sache komplett vergessen würde.«

Ein feines, ironisches Lächeln erschien auf Daryas Gesicht. Sie schien die Spannung auszukosten.

Leblanc platzte sofort in ihr Schweigen hinein: »Und, hast du angenommen?«

Sie ließ sich Zeit mit der Antwort. »Ich habe es erwogen, aber nur deshalb, weil mein Entschluss, nichts darüber zu schreiben, schon vorher feststand. Ich hätte mir also nicht vorwerfen müssen, käuflich zu sein. Sein Geld hätte so oder so nichts geändert, und ich hätte es wirklich gut gebrauchen können. Trotzdem habe ich abgelehnt. Ich hatte Angst, dass mich so eine Zuwendung unfrei macht, mir meinen Seelenfrieden nimmt, sodass ich ständig überlegen würde, ob ich das, was ich schreibe, auch ohne das Geld genauso geschrieben hätte.«

»Wann war denn das, wann hast du diesen Anruf erhalten?«

»Das war vielleicht eine Woche nach meinem Besuch bei ihm, also vor zwei Wochen. Dann rief er mich noch einmal an, mein Telefon war allerdings ausgeschaltet, und er hat keine Nachricht hinterlassen. Am übernächsten Tag habe ich in der Zeitung von seinem Tod erfahren, ein Unglücksfall, hieß es da. Es hat mich irgendwie berührt und schockiert. Ein unergründlicher Mann, dieser Henri Chabot. Er wäre eine ideale Romanfigur, schillernd und doppelbödig. Ich werde aber erst einmal diese Familienbiografie beenden.«

»Kannst du dir vorstellen, was er wollte?«

»Nein, absolut nicht. Er machte auf mich nicht den Eindruck, als sei er durch meine Ablehnung eingeschüchtert. Ich habe wirklich keine Ahnung.«

Leblanc spürte die Anziehungskraft, die Darya schon früher

auf ihn ausgeübt hatte. Er konnte nicht genau erklären, was es war, vielleicht ihre Art zu denken, zu reden, ohne jedes Tabu. Ja, sie schien sich selbst und ihre Umgebung vorurteilslos und illusionslos zu betrachten, und das gab ihr eine große Freiheit. Waren sie sich ähnlich? Er hatte nie Geschwister gehabt. Ob es zwischen Bruder und Schwester diese Art von unbedingtem Verständnis gab? Wohl nicht notwendigerweise, er hatte genügend Familien kennengelernt, in denen die Geschwister verfeindet waren. Er unterließ es, die Gefühle, die er für Darya empfand, erklären zu wollen. Aber eines wusste er genau: Er wollte sich jetzt nicht von ihr trennen. Diesen Abend, diese Nacht wollte er bei ihr sein, wollte sie reden hören, sie im Arm halten.

SECHSUNDZWANZIG

Leblanc hatte Raoul Chabot angerufen und sich mit ihm für den nächsten Vormittag verabredet. Eine Maßnahme, die keiner Notwendigkeit geschuldet war, sondern, wie er sich selbst eingestand, als Vorwand diente, seinen Aufenthalt in Saint-Malo zu verlängern. Er hatte mit Matilda Wilson telefoniert und ihr diesen Schritt plausibel erklärt, er hatte mit dem Helikopterpiloten den Rückflug für den kommenden Mittag verabredet und Marie über die Planänderung informiert. Eine Auszeit hatte er sich geschaffen. Ein intensives Gefühl plötzlicher Freiheit überkam ihn. Er verfügte über die Macht, das Fortschreiten des Weltgeschehens für einige Stunden anzuhalten. Gestundete Zeit, die nur ihm gehören sollte.

Als er Darya vorschlug, den Abend zusammen zu verbringen, hatte sie nur genickt, als hätte sie es gewusst, als sei ihr bestätigendes Nicken eine reine Formalität, die erledigt werden musste.

Sie verließen das Café, schlenderten am Schloss der Herzogin Anne vorbei und liefen zum Strand, der sich bei Ebbe bis zu den Felsen erstreckte, die eine vorgelagerte Festung trugen, einstmals zur Abschreckung feindlicher Schiffe errichtet.

Darya redete, über ihre Großeltern, die als Kinder die Russische Revolution miterlebt hatten, bevor deren Eltern nach Paris geflohen waren, wie viele Russen zu der Zeit. Sie hatten alles in Moskau zurücklassen müssen, ihr Palais, die Möbel, die Kunstschätze, ihr Geld, alles war von den Bolschewiken konfisziert worden. Die Familie ihrer Großmutter hatte Schwierigkeiten, sich in Frankreich zurechtzufinden, während der des Großvaters ein Neuanfang gelang. Bis zu ihrem Tod hatten beide an der russischen Sprache festgehalten, die sie als Kinder gesprochen hatten. Ihre Familiengeschichte hatte Darya zum Thema ihrer Romane gemacht. Sie habe viel recherchieren müssen, räumte sie ein. Allein die überlieferten Erinnerungen hätten nicht genügend Stoff für einen Roman ergeben.

Als sie Hunger verspürten, kehrten sie zurück in die Stadt, aßen im Absinth, weil ihnen der Name des Restaurants gefiel, Crevetten und Jakobsmuscheln und tranken Wein, liefen später kreuz und quer durch die Stadt und redeten. Dann wurde es kühler, zu kühl, um sich draußen aufzuhalten. Leblanc begleitete Darya zu ihrem Hotel, fragte nach einem Zimmer und bekam eines. Sie lagen angekleidet auf dem breiten Bett, Darya hatte ihren Kopf auf Leblancs Brust gebettet, er hielt sie im Arm, beide hellwach und sich dem Außergewöhnlichen der Situation bewusst. Gegen Morgen, als der Tag dämmerte, schliefen sie erschöpft ein.

Ein paar Stunden später trennten sie sich ohne ein »Wir sehen uns« oder »Ruf mich an«. Es gab keine Zukunft, nur diesen Abend und diese Nacht, beiden unvergesslich. Sie würden in ihre verschiedenen Leben zurückkehren und es dem Zufall überlassen, sie wieder zusammenzuführen.

Am Vormittag traf sich Leblanc mit Raoul Chabot in einem Café. Er ähnelte seinem Bruder in keiner Hinsicht. Klein, dicklich, die welligen schwarzen Haare kaum ergraut, lebhaft mit den Händen gestikulierend, strahlte der Jüngere der Brüder ehrgeizlose Zufriedenheit aus. Seine Augen erinnerten Leblanc an die von Echsen, die, Schläfrigkeit vortäuschend, unter halb geschlossenen Lidern ihre Umgebung wachsam zu beobachten schienen.

Von Raoul Chabot erfuhr er keine Neuigkeiten, die den Tod des Bruders hätten erhellen können, wohl aber etwas über das Verhältnis der beiden Brüder, das von Beginn an von sehr unterschiedlichen Vorstellungen geprägt gewesen sei, wie Raoul sich vorsichtig ausdrückte. Sie hätten in verschiedenen Welten gelebt. Er sei auf Tradition bedacht und halte die Familienehre hoch. Henri habe sich nie für ihn, seine Frau, seine fünf Kinder und mittlerweile sieben Enkel interessiert, nicht einmal für das Schloss, den Familienstammsitz, um das er, Raoul, sich mit aller Kraft kümmere. »Können Sie sich vorstellen«, sagte er, »was der Unterhalt eines solchen Anwesens kostet?« Gewinne aus Immobilien und Verpachtungen von Ländereien würden komplett in das Gebäude fließen und zum Erhalt der Familie beitragen. Er habe den Geschäftssinn seines Bruders immer bewundert, aber Henri sei auch über Leichen gegangen. Kaum hatte er den Satz ausgesprochen, erkannte er das Unbedachte der Äußerung und korrigierte sie. Er meine nur, Henri sei hart geworden, aber wahrscheinlich müsse man das heute, wenn man ein Unternehmen erfolgreich führen wolle.

Auf den unehelichen Sohn Henris angesprochen, reagierte Raoul zunächst reserviert. Er wolle sich dazu nicht äußern. Erst als Leblanc ihm eindringlich zu verstehen gab, dass ein Mord aufzuklären sei, was auch ihm, dem Bruder, am Herzen liegen müsse, gab er die Informationen preis, die Leblanc bereits von Darya erfahren hatte. Elaine habe damals, fügte er hinzu, obwohl ihr jeder Kontakt verboten wurde, eine Karte mit der Geburtsanzeige ihres Sohnes geschickt, dem sie den Namen Anthony gegeben hatte. Sein Vater habe vor den Augen der ganzen Familie demonstrativ die Karte zerrissen und geschrien, für ihn sei die Sache erledigt, es gebe kein Kind, basta. »Soweit ich weiß, hat sich Henri nie bemüht, etwas über das Leben seines illegalen Sohnes herauszufinden.«

Leblanc fragte der Form halber nach, wo Raoul sich an dem Abend befunden habe, als sein Bruder ums Leben kam.

Zu Hause im Schloss, klar, mit seiner Frau, zweien seiner Kinder und mindestens drei Angestellten. »Wann kann ich meinen Bruder bestatten lassen?«, fragte er. »Ich habe bereits ein Unternehmen mit der Überführung beauftragt. Henris zweite Frau Lucile hat nichts dagegen, wenn ich die Beisetzung übernehme.«

»Ich denke, in den nächsten Tagen. Ich rufe Sie an, wenn die Gerichtsmedizin den Leichnam Ihres Bruders freigibt.« Damit beendete Leblanc das Gespräch, von dem er sich keine weiteren Erkenntnisse erwartete.

Während des Rückflugs nach Guernsey dachte Leblanc an Darya. Der Abend erschien ihm jetzt wie ein Traum, der mit sehr intensiven, anhaltenden Gefühlen verbunden ist. Das Erlebnis würde keine Auswirkungen auf sein Leben haben, nicht nötig, Marie davon zu erzählen. Vielmehr sollte er Maries Vorschlag, mit Lucile zusammenzuziehen, überdenken. Ob das gut ginge, zu dritt? Ob er eifersüchtig wäre? Auf einen anderen Mann ja, wahrscheinlich. Auf eine Frau, die dazu noch auch ihm zugetan war? Schwer vorherzusagen. Nach Prüfung seiner Gefühlslage kam er zu dem Ergebnis, dass er das Risiko eingehen würde. Er war das Alleinsein leid. Ja, es war schön, wie Darya gesagt hatte, dass es jemanden gab, der sich um ihn sorgte. Und wenn es zwei waren, umso besser. Was konnte ihnen schon passieren, außer dass das Experiment scheiterte. Dann würden sie neu überlegen.

Der Pilot landete auf dem Feld hinter dem Polizeipräsidium. Leblanc, ein wenig zerknittert und müde von der fast schlaflosen Nacht, begab sich sofort zur Berichterstattung ins Büro von Matilda Wilson. Detective Sergeant Wilson, frisch und tatendurstig, registrierte das abgekämpfte Aussehen ihres französischen Kollegen und schrieb es der ungeplanten Verlängerung seines Aufenthalts in Saint-Malo zu. Da stand einer vor ihr, der sich nicht scheute, auch unangenehme Nebenwirkungen in Kauf zu nehmen, wenn es der Arbeit diente. Matilda Wilson empfand Bewunderung für ein solches Engagement.

»Du siehst aus, als könntest du einen Kaffee gebrauchen. Ich hole dir einen.«

Leblanc nickte und nahm das Getränk aus ihrer Hand entgegen. Um ihr zu beweisen, dass sich die Reise gelohnt hatte, ließ er sofort die Bombe platzen, und sie zeigte sich beeindruckt.

»Meine Güte, bei diesem Mann weiß man nicht, was noch alles ans Tageslicht kommt, wenn man tiefer bohrt.«

»Wir müssen diesen unehelichen Sohn ausfindig machen«, drängte Leblanc. »Wenn er noch auf Guernsey lebt, kommt er als Täter durchaus in Betracht. Er könnte Kontakt zu seinem Vater aufgenommen, ihn bedrängt oder erpresst haben.«

»Ich werde die amtliche Recherche sofort in die Wege leiten.« Dann, nach einer gezielt eingesetzten Pause: »Ich habe auch eine kleine Sensation zu bieten.« Detective Sergeant Wilsons grüne Augen blitzten. »Chabots Söhne waren am Abend seines Todes auf Guernsey, mit ihrem Segelboot, wir haben einen Zeugen, der sie gesehen hat. Vorgestern stand in unserer *Guernsey Press* ein Artikel über Robert Chabot, der nun die Reederei leitet, zusammen mit einem Foto. Einer unserer Detectives, Detective Constable Brown, spielt Bowling, ziemlich gut sogar, er nimmt an Turnieren teil. Er bowlt in einer Mannschaft mit jemandem, der bei der Hafenaufsicht arbeitet. Gestern im Bowling-Center lag zufällig die *Guernsey Press* herum, und der Mann bemerkte, dass er Robert Chabot schon einmal gesehen habe, auf seinem Boot im Hafen. Brown hat natürlich sofort nachgefragt, und siehe da, es war an dem besagten Abend. Das Boot sei erst am frühen Morgen bei einsetzender Flut wieder losgesegelt.«

Leblanc pfiff durch die Zähne. »Hast du die Chabot-Brüder schon dazu befragt?«

»Ja, gestern Nachmittag. Sie haben es zugegeben. Leugnen war zwecklos angesichts unseres Zeugen. Ich hatte fast den Eindruck, sie haben damit gerechnet, dass ihr Aufenthalt auf Guernsey am Todestag ihres Vaters irgendwann auffliegen würde und sich für diesen Fall eine entsprechende Geschichte überlegt. Sie stimmten in allem vollkommen überein – für mich hörte sich das nach Absprache an. Auf die Frage, warum sie uns diese wichtige Information nicht schon früher mitgeteilt hätten, antworteten sie, sie hätten die Sache verschwiegen, weil sie die Polizeiarbeit nicht hätten behindern wollen, sie hätten ja mit dem Tod des Vaters gar nichts zu tun und deshalb nicht unter Verdacht geraten wollen. Sie hätten eine Tour mit dem Segelboot gemacht. Der Entschluss, nach Guernsey zu segeln, um noch einmal in Ruhe mit ihrem Vater zu sprechen, sei ihnen spontan unterwegs gekommen. Am Tag zuvor, am Geburtstag ihrer Mutter, sei ein Gespräch nicht recht möglich gewesen. Sie hätten vermutet, dass sich ihr Vater wie üblich bis spätabends im Büro aufhielt. Um halb neun seien sie dort angekommen und durch die Eingangstür die Treppenstufen zum Fahrstuhl hochgegangen, um in den vierten Stock zu fahren. Als sie auf den Fahrstuhl warteten, sei ihr Blick durch die Glasfront in den Hof gefallen, und da hätten sie ihren Vater liegen sehen mit verdrehten Gliedmaßen in einer Blutlache um den Kopf herum. Sie hätten Angst bekommen, Panik geradezu, der erste Impuls sei Flucht gewesen, nur weg von diesem schrecklichen Anblick.

»Der Vater tot! Das Entsetzen haben sie so plastisch ausgemalt, als hätten sie es geübt«, sagte Matilda Wilson mit hochgezogenen Augenbrauen, um Zweifel an der Glaubwürdigkeit der Brüder anzumelden, und fuhr dann mit der Wiedergabe der Aussagen fort. Robert habe den Polizeinotruf angerufen, allerdings, ohne seinen Namen zu nennen. Sie wollten in die Sache nicht hineingezogen werden.

»Und, glaubst du ihnen?«, wollte Leblanc wissen.

»Der Zeitpunkt des Anrufs stimmt. Aber wer weiß, ob die beiden nicht vorher oben bei ihrem Vater waren und ihn eigenhändig in den Hof befördert haben?«

Als Leblanc dann noch die Aussage des ehemaligen Personalchefs Cornet referierte, gegen acht sei eine Frau in Chabots Büro gewesen, er, Cornet, habe einen Streit mitangehört, schüttelte Matilda Wilson ratlos den Kopf.

»Was für ein Durcheinander, ein einziges Kommen und Gehen, die Besucher haben sich die Klinke in die Hand gegeben. Wer kommt denn nun als Mörder in Betracht?«

»Cornet erscheint mir glaubwürdig. Robert und William würde ich noch nicht aus dem Kreis der Verdächtigen entlassen. Aber ich setze mehr auf Pat Chabot. Cornet konnte die Stimme zwar nicht zuordnen, aber wer sollte es sonst gewesen sein? Wir müssen nachweisen, dass Pat zur besagten Zeit auf Guernsey war.«

»Aber wie? Ein Boot hat sie nicht gemietet, das haben wir überprüft. Auch bei den Passagierlisten der Fähren kein Treffer. Sollen wir noch einmal mit dem Foto versuchen, Zeugen zu finden? Die Nadel im Heuhaufen, oder?«

Leblanc grinste. »Noch nicht überzeugt von meinem Prinzip Zufall?«

Matilda Wilson lachte. »Sagen wir, halb überzeugt. Du setzt also auf Pat als Täterin?«

»Hm, es sind noch andere Karten im Spiel. Aber Pat steht auf der Liste ziemlich weit oben. Rekapitulieren wir: Wann sind die Angestellten gegangen?«

»Der letzte, Geschäftsführer Rougier, verließ das Büro um achtzehn Uhr dreißig.«

»Also, ab achtzehn Uhr dreißig war Chabot allein. Kurz vor acht schlich sich Cornet ins Büro und hörte die besagten Geräusche. Da lebte Chabot noch, und eine Frau – sagen wir Pat – war bei ihm. Cornet blieb höchstens zehn Minuten im Flur stehen, dann verließ er das Gebäude. Gegen halb neun wollen die Söhne ihn tot im Hof gefunden haben. Was ist in diesen dreißig Minuten passiert? Spielen wir die Möglichkeiten durch. Erstens, Pat hat Chabot nach einem Streit aus dem Fenster befördert. Zweitens …«

»… die Chabot-Söhne waren früher vor Ort als angegeben. Robert hat seine Frau mit seinem Vater in flagranti erwischt …«

»Oder drittens, es gab eine weitere Person, die in genau dieser Zeit Chabot aufgesucht hat. Pat war schon gegangen, Robert und William noch nicht da. Eine weitere Variante: Die Frau im Büro war gar nicht Pat, Chabot hatte noch eine Geliebte.«

Entmutigung stand Matilda Wilson ins Gesicht geschrieben. »Damit stehen wir doch wieder am Anfang, oder?«

»Nein, nein, wir wissen viel mehr …«

»Nur nicht, wer der Mörder war.«

»Geduld«, mahnte Leblanc die junge Kollegin, »die Aufklärung einer Tat setzt sich aus vielen kleinen Mosaiksteinchen zusammen. Ein genaues Bild vom Opfer führt uns letztlich zum Täter. Ich gebe zu, dass wir es in diesem Fall mit besonders vielen Steinchen zu tun haben. Das liegt an den uneindeutigen Umständen der Tat. Viele Spuren, die wir bei anderen Todesarten verfolgen könnten, ballistische und andere kriminaltechnische Untersuchungen, Herkunft der Waffe und so weiter, fallen hier praktisch weg. Wir verfügen nicht über Indizien. Dennoch, die Schlinge um den Hals des Mörders zieht sich langsam zu.«

Da fiel Matilda Wilson ein, was sie vergessen hatte zu erwähnen. »Der Brief an Chabot, der Drohbrief, den du in deiner Hosentasche hattest – ein Kollege hat eingescannt, was noch davon übrig war, und zusammen mit Londoner Experten der Spurensicherung, die wir um Hilfe gebeten hatten, die Buchstaben rekonstruiert. Sie stammen mit ziemlicher Sicherheit aus der *Guernsey Press*.«

»Das heißt, wir können davon ausgehen, dass der Verfasser der Briefe sich auf Guernsey befindet. Woanders wird die Zeitung wohl kaum gelesen. Er hat sich nicht die Mühe gemacht, diese Tatsache zu verschleiern, sonst hätte er zur *Times* oder zu *Le Monde* oder irgendeinem anderen Blatt gegriffen, das hier erhältlich ist. Dass einer der ehemaligen Angestellten aus Saint-Malo sich die *Guern-*

sey Press besorgt, um den Verdacht abzulenken, kann ich mir nicht vorstellen. Damit können wir die Leute aus Saint-Malo vergessen, würde ich sagen.«

»Und nun?«, fragte Matilda Wilson besorgt. Falten auf der Stirn und eine düstere Miene deuteten an, dass sie ihre Hoffnung schwinden sah, sich mit diesem Fall in der Karriereleiter nach oben zu katapultieren. Ihrem Ziel, zurück nach England versetzt zu werden, war sie kein Stück näher gekommen. Denn eine Aufklärung dieses verworrenen Falls war nicht in Sicht. Ein solches Durcheinander hatte sie noch nicht erlebt. Kein roter Faden, keine Beweise, nichts, nur Wahrscheinlichkeiten und Unwahrscheinlichkeiten. Ob das bei den Franzosen immer so war? Ihr französischer Kollege machte nicht den Eindruck, als ob ihm dieses Kuddelmuddel fremd sei. Gab es so etwas wie einen nationalen Charakter bei Strafermittlungen? Die Engländer immer geradeaus, schnell und schnörkellos, die Franzosen raffiniert mit unerwarteten Wendungen, die Deutschen knallhart und radikal? Quatsch, schalt sich Matilda Wilson, völliger Quatsch, aber sie musste über ihre Vermutungen lachen.

»Was ist? Was belustigt dich so?«

»Ich habe gerade überlegt, ob Verbrechen in Frankreich immer so kompliziert sind – und so kompliziert aufzuklären.«

Nun lachte auch Leblanc. »Darüber habe ich noch nicht nachgedacht. Eine interessante Idee. Wir sollten jetzt erst einmal den unehelichen Sohn ausfindig machen. Vielleicht hat er die Drohbriefe geschickt. Wenn er auf Guernsey lebt, würde das naheliegen. Und Zeugen für Pats Anwesenheit suchen. Wie ich sie einschätze, wird sie erst reden, wenn wir sie in die Enge getrieben haben. Lass die Polizisten alle Cafés, Restaurants und Läden in Hafennähe abklappern. Ich würde gern mit den beiden Angestellten aus Chabots Büro sprechen, der Sekretärin und dem Geschäftsführer. Ich weiß, du hast sie schon befragt, aber trotzdem. Außerdem war ich nur einmal kurz in Chabots Büro und möchte mich dort noch mal umsehen. Ich fahre jetzt kurz nach Hause, und am Nachmittag … Kommst du mit?«

»Nein, geh nur allein. Ich habe hier mit der Organisation der Einsätze genug zu tun. Außerdem werde ich über deine interessanten Ermittlungsmethoden nachdenken.«

Leblanc lächelte milde. War das ein Kompliment oder Ironie? Ja, er konnte Erfahrungen weitergeben, seine Methoden hatten Erfolg. Noch. Auf der anderen Seite der Waagschale lag sein Alter, und das wog schwer. Das Verbrechen änderte sich, so wie sich die Welt veränderte. Jetzt schon beschäftigte sich die Kriminalpolizei mit Internetkriminalität, mit Hackern, Viren und Trojanern, mit gefakten Nachrichten und Manipulationen. Das würde die Zukunft sein, aber nicht seine.

»Ach, noch etwas«, rief ihm Matilda Wilson nach, »die richterliche Anordnung für die Speichelprobe ist da. Ich werde Pat Chabot im Hotel aufsuchen. Nach dem Abgleich wissen wir mehr. Ehrlich gesagt, ich wünsche mir fast, dass es ihre DNA ist. Wenn wir es mit einer weiteren Person zu tun haben, wird die Sache noch unübersichtlicher.«

SIEBENUNDZWANZIG

Als Leblanc die Chabot'sche Villa betrat, hörte er Gelächter aus dem Wohnzimmer. Lucile und Marie lagen mit seltsam verrenkten Gliedern auf dem Teppich, ein Bein ausgestreckt, das andere im rechten Winkel darübergelegt. Die unnatürliche Position schien sie zu belustigen.

»Und jetzt machen wir noch den Hund«, rief Lucile, hievte sich aus der liegenden Stellung hoch, stützte sich auf beide Hände, stellte die Füße auf und schob den Körper so weit wie möglich nach hinten.

Leblanc blieb an der Tür stehen.

Marie knickte ein, als sie es ihr nachmachen wollte. Und lachte schon wieder. Dann bemerkte sie Leblanc. »O, Jacques, du bist da.«

»Was treibt ihr da?«

»Lucile versucht gerade, mir Yoga beizubringen, ich fürchte nur, ich bin völlig unbegabt.«

»Nur eine Frage der Übung. Ich habe in den letzten Jahren auch nicht mehr viel getan.« Lucile erhob sich. »Hast du Hunger, Jacques? Mary hat heute indisch gekocht, ein Curry mit Hähnchen und Gemüse.«

Leblanc hatte Hunger, und die Befangenheit, die ihn auf dem Weg zur Villa beschlichen hatte, weil er nicht wusste, wie sie sich nach Maries Bekenntnis begegnen würden, löste sich in Luft auf. Es war, als hätten sie nie etwas anderes getan, als zu dritt zusammenzuleben. Marie und Lucile hatten schon gegessen, leisteten ihm aber bei Tisch Gesellschaft. Er erfuhr, dass am übernächsten Tag die Testamentseröffnung stattfinden sollte, und zwar in Saint-Malo, wo das Nachlassgericht seinen Sitz hatte. Raoul Chabot hatte dem Standesamt das Ableben seines Bruders mitgeteilt. Der Anwalt aus Paris würde sich mit Henri Chabots Testament dort einfinden. Also würden sie alle, Robert, William, Pat und sie, Lucile, nach Saint-Malo fliegen. Robert hatte einen Helikopter gechartert.

»Vielleicht wirkt es ein bisschen merkwürdig oder pietätlos, dass ich so viel lache und so glücklich bin, aber …«

Leblanc unterbrach Lucile, die gerade zu einer Rechtfertigung ansetzen wollte. »Du musst nichts erklären. Umso besser, wenn es dir gut geht. Es gibt keinen Zwang zur Trauer. Was man empfindet, hängt davon ab, welches Verhältnis man zu dem Toten hatte.«

Marie wusste, dass Leblanc nie über laufende Ermittlungen sprach. Wenn sie ihn fragte, ob er vorankäme in seinem Fall, brummte er meistens nur so etwas wie »Stagniert etwas« oder »Eine Lösung deutet sich an«, aber Einzelheiten gab er nicht preis. Sie pirschte sich deshalb vorsichtig an, denn sie und Lucile hatten etwas entdeckt, von dem Lucile meinte, es könnte wichtig sein. Sie als Betroffene wollte aber nicht das Gefühl haben, jemanden zu denunzieren. Deshalb nahm Marie die Aufgabe in die Hand. »Spielen eigentlich Henri Chabots Söhne und die Schwiegertochter noch eine Rolle bei deinen Ermittlungen?«

Wie erwartet, machte er dicht. »Warum willst du das wissen?«

Marie nickte Lucile bestätigend zu, ein guter Zeitpunkt, Jacques ihre Entdeckung mitzuteilen. »Lucile und ich haben gestern, als du in Saint-Malo warst, einen Spaziergang durch St. Peter Port gemacht, ein bisschen eingekauft, für dich haben wir zwei Hemden mitgebracht.«

»Hm, danke.«

»Und dann waren wir auch im Rainbow Baby Shop.«

»Baby Shop?« Kopfschütteln, Unverständnis. Marie hätte auch sagen können in einer Zoohandlung oder einem Geschäft für Musikinstrumente.

»Ja, nur mal gucken. Es gibt so niedliche Sachen für Kinder. Bei mir ist es ja schon fast dreißig Jahre her, dass ich Charles und Elisabeth einkleiden musste.«

Jetzt erst drang die Bedeutung des Wortes »Baby Shop« zu Leblanc durch. »Bist du schwanger, Lucile? Wie kann das sein … so schnell?«

»Nein, bin ich nicht. Aber so ein Geschäft steigert die Lust, es zu werden«, sagte Lucile.

Marie fuhr fort: »Wir wollten uns nur einen Eindruck verschaffen.«

»Ach so.« Leblanc war noch mit seinem Curry beschäftigt.

»In dem Laden hingen Fotos an der Wand vom zehnjährigen Geschäftsjubiläum, das der Rainbow Shop letzte Woche gefeiert hat, mit Presse und Musik und so. Und Lucile hat …«

»Ja, ich habe auf einem Foto Pat erkannt. Sie muss an dem Tag in genau dem Laden gewesen sein.«

»Und das war am Donnerstag, dem Tag, an dem ich auf Guernsey ankam und Henri Chabot aus dem Fenster stürzte. Wir haben das Datum nachgeprüft.«

Leblanc ließ den Löffel sinken. »Was?«

Lucile fühlte sich bemüßigt, noch einmal zu betonen, dass sie niemanden in Verdacht bringen wolle. Aber vielleicht sei es wichtig und doch irgendwie merkwürdig, dass Pat von Jersey rübergekommen sei, nachdem sie Henri gerade am Tag zuvor bei Jenny getroffen habe.

Der Rest des Currys blieb ungegessen. Leblanc sprang auf, holte sein Handy, das auf dem Wohnzimmertisch lag, und rief Matilda Wilson an. Zwischendurch rief er in die Küche: »Wo ist dieser Shop?«

»In der High Street«, schallte es zurück.

Lucile und Marie sahen sich an, ein wenig überrascht über die außerordentliche Wirkung, die ihre Entdeckung ausgelöst hatte. Sie hörten Leblancs Stimme: »Wir treffen uns da.« Dann war er weg.

Matilda Wilson war schon vor Ort, als Leblanc im Rainbow Baby Shop ankam. Alles sehr bunt, kleine Lampions, Stofftiere, winzige Kleidungsstücke in Rosa, Hellblau und Weiß, Höschen, Hemdchen, Schühchen.

Dass Babys so klein waren, dass sie da hineinpassten! Leblanc hatte mit dieser Branche bisher nichts zu tun gehabt und wunderte sich über die ausgestellten Dinge, die Babys zu brauchen schienen. Matilda hielt ihm schon das betreffende Foto entgegen. Sie wirkte siegessicher.

»Das ist eindeutig Pat und eindeutig der Todestag von Henri Chabot. Auf dem Foto ist sogar die Uhrzeit vermerkt: siebzehn Uhr achtundvierzig. Damit haben wir sie.«

Leblanc dämpfte die aufkommende Euphorie. »Damit wissen wir, dass sie auf Guernsey war, aber nicht, ob sie ihren Geliebten im Büro aufgesucht hat.«

»Doch.« Matilda Wilson kostete ihren Triumph aus. »Es gibt Fingerabdrücke im Büro, die von ihr stammen. Die Spurensicherung hat das abgeglichen.«

»Eine gute Nachricht, damit treiben wir sie in die Enge. Dass sie im Büro war, beweist natürlich auch nicht, dass sie Chabot aus dem Fenster befördert hat.«

»Die Frauenstimme im Büro, die Uhrzeit … Das passt doch alles zusammen.«

»Ja, wir konfrontieren sie mit den Indizien, vielleicht gesteht sie. Was könnte ihr Motiv sein? Hmm … Frage: Was macht eine Frau in einem Babyshop, wenn sie kein Baby hat?«

»Sie bekommt eins! Ja, klar, sie ist schwanger, die Frage ist nur: von wem?«

»Genau das ist der Punkt, und damit können wir sie verunsichern. Ist ihr Mann der Vater des Kindes oder ihr Schwiegervater? Notfalls drohen wir, ihren Mann von der Liaison mit Roberts Vater in Kenntnis zu setzen. Das wird sie unter allen Bedingungen verhindern wollen. Wir müssen auf ein Geständnis setzen. Kennst du die Reid-Methode?«

Matilda schüttelte den Kopf, ihr roter Pferdeschwanz schwang hin und her. »Nie gehört.«

»Heute sagt man eher Verhaltensanalyse. Die Reid-Methode stammt aus den USA, ein Kriminalkommissar aus Chicago hat sie entwickelt und sich sogar patentieren lassen. Bei einer Vernehmung werden Körpersprache und Verhaltensmuster beobachtet und notiert, während man dem Verdächtigen Fragen stellt, die zwischen harmlosen, banalen und für die Tat wichtigen variieren. Dazu gehört auch, dass man eine erdrückende Beweislast vorgibt. Man drängt den Beschuldigten so lange in die Ecke, bis er ein Geständnis ablegt. Wie man sich vorstellen kann, gibt es Kritik an dieser Methode, zu viele erzwungene Geständnisse, die hinterher widerrufen wurden. Außerdem gab es Fälle, bei denen die Grenze überschritten wurde. Deshalb wendet man sie nur noch in abgewandelter Form an. Was unsere Vernehmung angeht, wir könnten die Zeugenaussage von Cornet dahingehend verändern, dass er nicht nur etwas gehört, sondern auch gesehen hat. Das beschleunigt möglicherweise ein Geständnis. Wir teilen die Rollen auf, ich mache Druck, du beschwichtigst, Bad Cop, Good Cop, ja?«

»Okay. Also holen wir jetzt Mrs Patricia Chabot ab.«

»Wohnt sie mit ihrem Mann noch in dem Hotel?«

»Im Old Government, ja.«

»Dann los. Übermorgen findet übrigens die Testamentseröffnung in Saint-Malo statt. Robert Chabot hat für die Familie einen Helikopter gechartert.«

»Noch etwas.« Matilda Wilson wollte endlich loswerden, was sie herausgefunden hatte. »Mit dem unehelichen Chabot-Sohn haben wir sofort einen Treffer im Register gelandet, Anthony, Mutter Elaine, Nachname Grey, Vater unbekannt, geboren 1969. Die Mutter ist gestorben, der Sohn lebt auf Guernsey, besitzt ein Haus in

St. Sampson, ein paar Kilometer nördlich von St. Peter Port. Wir können dort hinfahren. Wenn das überhaupt noch nötig ist nach dem Geständnis heute.«

ACHTUNDZWANZIG

Ein paar Tage lang hatte Pat nach einer günstigen Gelegenheit gesucht, ihrem Mann mitzuteilen, dass ihr sehnlichster Wunsch, nämlich der nach einem Kind, in Erfüllung ginge. Robert arbeitete sich in die Geschäfte der Reederei ein und blieb bis spätabends im Büro. Morgens brach er schon früh wieder auf, besessen von Ehrgeiz und Eifer, sich so schnell wie möglich einen Überblick zu verschaffen. Die Mahlzeiten ließ er sich ins Büro bringen. Seine Stelle bei der Bank hatte er schon gekündigt. Einmal noch würde er sich nach London begeben, um das Trading für die Kunden, die er betreut hatte, abzuwickeln und zu übergeben. Und um den Umzug nach Guernsey durchzuführen. Pat fand das alles etwas voreilig, weil Henris Testament noch nicht verlesen war. Aber Robert war sich absolut sicher, dass nur er die Reederei erben und leiten würde.

Bisher hatte sich für Pat noch keine geeignete Situation ergeben, ihren Mann in Ruhe über die Neuigkeiten zu informieren. Aber heute, während des Mittagessens – sie war unangekündigt im Büro erschienen und hatte ihn in ein Restaurant am Hafen geschleppt –, als sie einen Moment für sich hatten, da hatte sie ihm die freudige Botschaft überbracht. Eine strahlende Miene hatte sie aufgesetzt, als könnte sie ihr Glück kaum fassen. Eltern würden sie, das hätten sie sich doch schon so lange gewünscht. Endlich hätte es geklappt. Sie sei überglücklich. »Es muss bei unserem letzten Aufenthalt auf dem Land passiert sein, weißt du noch?«

Er hatte sie stumm angesehen und dann gefragt: »Warum jetzt, nach drei Jahren? Wie ist uns denn das geglückt?«

Seine Reaktion erschien ihr merkwürdig. »Freust du dich nicht?«, hatte Pat gefragt, und ihr Mann hatte erwidert: »Doch, doch.«

Was Pat nicht wusste und was er ihr nie mitgeteilt hatte: Er hatte sein Sperma untersuchen lassen, nachdem sie zwei Jahre kinderlos geblieben waren. Unbewegliche Spermien, wurde ihm attestiert, das könne die Ursache der Unfruchtbarkeit sein. Aus Scham hatte er seiner Frau nichts davon gesagt. Er hatte nicht als der Verursacher ihrer Kinderlosigkeit dastehen wollen. Besser, die Sache im Nebel zu lassen. Pat war hin und wieder auf das Thema zurückgekommen, aber nicht so dringlich, dass er etwas hätte unternehmen müssen, eine Hormontherapie oder Ähnliches. Beide ließen die Kinderfrage unbeantwortet ruhen. Sex hatten sie immer weniger. Er suchte ihn auch nicht anderswo. Sein Begehren war geschrumpft. Es hätte neuer Impulse bedurft, um das Feuer wieder anzufachen. Aber von Pat kamen sie nicht mehr. Sie verhielt sich in letzter Zeit ihm gegenüber zögerlich und abwartend.

Er musste zugeben, dass die Bank ihn forderte. Täglich hatte er Entscheidungen zu treffen, die Existenzen vernichten konnten. Er trug Verantwortung, und nach mehr als zehn Jahren im Investmentbanking machte ihn die Arbeit müde. Immer öfter verspürte er das Bedürfnis, sich auszuruhen. Pat schien von anderen Interessen absorbiert zu sein, vorwiegend von ihrem Fitnessstudio. Jeden Tag absolvierte sie ein Programm, von dem er nicht einmal die Hälfte schaffen würde, weil ihm die Kraft fehlte. Danach Wellness und Massagen. Er fragte sich, warum sie diesen sportiven Eifer an den Tag legte. Und jetzt war sie schwanger? Von ihm wohl kaum. Obwohl, ja, einmal war es an jenem Wochenende zu Sex gekommen. Aber wieso sollte seine Zeugungsfähigkeit zugenommen haben? Wollte sie ihm ein Kuckuckskind unterjubeln? Nicht mit ihm, er würde einen Vaterschaftstest machen lassen.

Er ahnt etwas, dachte Pat. Sonst würde er anders reagieren. Vor zwei Jahren hätte er gejubelt. Robert hätte gern ein Kind gehabt.

Diese Zurückhaltung deutete auf Misstrauen hin. Sie musste herausbekommen, ob er von ihrer Beziehung zu Henri wusste oder ob er generell einen Liebhaber vermutete.

»Ich habe gedacht, die Aussicht auf einen Stammhalter würde dir etwas mehr Enthusiasmus entlocken«, sagte Pat etwas gereizt.

»Wir werden sehen«, antwortete Robert lahm. »Dein Fitnessstudio kannst du wohl erst mal vergessen.«

Als Leblanc und Matilda Wilson im Old Government eintrafen, befand sich Pat Chabot im Wellnessbereich. Wenn schon weniger Sport, dann wenigstens Entspannung, hatte sie sich gesagt, und sich den sanften Händen einer Masseurin hingegeben. Matilda Wilson in ihrer Uniform erschien wie ein Fremdkörper an diesem Ort des Wohlbehagens. Sie pflanzte sich vor der Liege auf, auf der Pat nackt lag, ein Handtuch über die Körperteile gebreitet, die gerade nicht bearbeitet wurden.

»Mrs Chabot, Sie stehen im Verdacht, Ihren Schwiegervater Henri Chabot ermordet zu haben. Ziehen Sie sich etwas an und begleiten Sie uns aufs Polizeipräsidium.«

Die Masseurin hielt in ihren Bewegungen inne, ihre Hände hingen wie die einer Marionette über dem Rücken ihrer Kundin. Sie starrte die Polizistin wie einen Geist an, der der feuchten Luft der Wellnessoase entstiegen war.

»Das ist lächerlich«, sagte Pat kühl, aber ihre Stimme zitterte leicht. »Gut, ich werde Ihrer Einladung Folge leisten. Um diese Anschuldigung richtigzustellen.«

Matilda Wilson begleitete Pat auf ihr Zimmer und wartete, bis sie sich angekleidet hatte. Leblanc blieb in der Lobby. Gemeinsam brachten sie Pat, die während der Fahrt angestrengt nachzudenken schien, aufs Präsidium. Sie wirkte angespannt, atmete tief ein und aus.

Im Büro wurde der Verdächtigen nach Vorlage der richterlichen

Anordnung als Erstes eine Speichelprobe entnommen. Matilda Wilson schickte das Material zur sofortigen Untersuchung in die Gerichtsmedizin.

Leblanc blätterte im Protokoll der letzten Befragung. »Madame Chabot, Sie haben ausgesagt, dass Sie am Todestag von Henri Chabot bei dessen Ex-Frau auf Jersey waren. Richtig?«

»Ja, das stimmt.«

»Aber wohl nicht ganz, denn wir haben Beweise, dass Sie an dem Tag auf Guernsey waren.«

Pat zögerte. Bluffte der Kommissar wieder? Nein, sie würde erst etwas zugeben, wenn er Beweise vorlegen würde. »Wie kommen Sie darauf?«

Matilda Wilson reichte Leblanc das Foto aus dem Babygeschäft, das er vor Pat auf den Tisch legte. »Das hier auf dem Foto, das sind doch Sie, oder? Es wurde im Rainbow Baby Shop aufgenommen, Datum und Uhrzeit sind vermerkt.«

Pat biss sich auf die Unterlippe. Verflixt, sie hatte nicht gemerkt, dass in diesem Laden fotografiert wurde. Leugnen war zwecklos. »Ja, ich gebe es zu. Ich habe an dem Tag einen Ausflug nach Guernsey gemacht, ein spontaner Einfall, ich hatte auf einmal Lust, ein bisschen zu shoppen. Ich nahm von Jersey die Fünfzehn-Uhr-Fähre, machte in St. Peter Port einen Stadtbummel, trank etwas und fuhr mit der letzten Fähre um Viertel nach acht wieder zurück nach Jersey. Und falls Sie jetzt fragen, was ich in diesem Laden wollte, mein Mann und ich erwarten ein Kind. Es ist also logisch, dass ich mich bei einem Babyausstatter umsehe.«

»Aha, und warum haben Sie uns das nicht gleich gesagt?«, griff Matilda Wilson in die Vernehmung ein.

»Erstens hielt ich es für unwichtig. Und zweitens … Ich wollte meinen Mann mit dieser wundervollen Botschaft überraschen und musste erst absolut sicher sein. Es wäre furchtbar gewesen, wenn er es durch andere Umstände erfahren hätte. Und wenn ich dann noch hätte sagen müssen, es sei leider ein Irrtum gewesen – Sie können sich nicht vorstellen, wie mein Mann darunter gelitten hätte. Seit zwei Jahren versuchen wir ein Kind zu bekommen.« Pat fand, dass sie ihre Sache gut machte, sie kam glaubwürdig rüber. Die Polizistin zumindest nickte mitfühlend.

Leblanc setzte zum nächsten Hieb an. »Dann fragen wir uns aber, was Sie bei Ihrem Schwiegervater im Büro gemacht haben. Ein Zeuge hat Sie dort gesehen. Und nicht nur das. Geräusche drangen aus dem Raum, die der Zeuge eindeutig als Streit beschrieben hat.«

»Das ist Unsinn«, rief Pat. »Ihr Zeuge muss sich irren.«

»Tut er nicht, er hat Sie ins Büro gehen sehen, hundertprozentige Identifizierung … Außerdem konnte die Spurensicherung Ihre Fingerabdrücke sicherstellen.«

»Ich meine, das mit dem Streit ist Unsinn.« Pat ruderte zurück. »Ja, ich war kurz bei meinem Schwiegervater. Das muss um halb acht gewesen sein, kurz bevor ich zum Fährterminal ging.«

»Es gefällt mir nicht, dass wir Ihnen alles aus der Nase ziehen müssen, Madame Chabot. Was werden Sie noch alles zugeben?« Leblanc schlug einen schärferen Ton an.

»Was wollten Sie denn bei Henri Chabot?«, fragte Matilda Wilson nachsichtiger.

»Ich habe Ihnen schon gesagt, dass wir ein gemeinsames Geburtstagsgeschenk für meinen Mann Robert geplant haben. Das wollte ich mit Henri ausführlicher besprechen.«

»Nein«, fuhr Leblanc dazwischen. »Sie hatten ein Verhältnis mit Ihrem Schwiegervater. Eine Auswertung von Chabots Computer hat weitere Indizien zutage gefördert. Wir konnten einige Mails rekonstruieren, die er gelöscht hatte.«

Matilda Wilson sah erstaunt auf, aber Leblanc fuhr unbeirrt fort. »Weiß Ihr Mann davon? Das würde ihm nicht gefallen, denke ich. Und das Kind? Es lässt sich durch eine DNA-Analyse leicht feststellen, wer der Vater ist. Ihr Mann könnte das ohne Weiteres veranlassen.«

Die Beschuldigte biss sich auf die Lippe, hielt sich dann beide Hände vor das Gesicht und ließ den Kopf auf den Tisch sinken. Wir haben sie, dachte Leblanc, dachte auch Matilda Wilson. Eine Weile herrschte absolute Stille, nur vom Hof drangen Motorengeräusche von startenden Polizeiautos durchs Fenster.

»Haben Sie Ihren Schwiegervater aus dem Fenster gestoßen?«

Langsam richtete Pat sich wieder auf, blass unter der bräunlichen Haut, die dunklen Augen weit geöffnet. »Nein, das habe ich nicht. Ich sage Ihnen jetzt alles, was Sie wissen wollen. Mein Leben ist sowieso zerstört. Mein Mann wird mich verlassen, verstoßen, wenn er das mit Henri erfährt. Wissen Sie, wie das ist, wenn man arm ist? Ich weiß es, ich stamme aus einer Familie, die am Existenzminimum lebte. Robert hat mich da herausgeholt, und ich habe mir geschworen: nie wieder arm. Wenn Robert mich verlässt, bringe ich mich um – und das Kind gleich mit.« Tränen liefen Pat über das Gesicht. Ihre kühle Fassade bröckelte, ein Ausdruck tiefer Verzweiflung trat in ihre Züge.

»Sagen Sie so etwas nicht.« Matilda Wilson reichte der Weinenden ein Papiertaschentuch.

Leblanc spielte weiter den Bad Cop, streng fragte er: »Warum haben Sie sich denn überhaupt mit Henri Chabot eingelassen, wenn Sie so sehr an Robert hängen?«

Pat wischte sich die Tränen ab. »Die Beziehung mit Henri begann vor einem Jahr. Ich hatte schon lange vorher gemerkt, dass da zwischen uns etwas war, dass wir uns zueinander hingezogen fühlten. Anfangs wehrte ich seine Annäherungen ab, weil ich genau die Konsequenzen fürchtete, die jetzt eintreffen werden. Dann war Henri eines Tages in London. Wir hatten vor, zu dritt essen zu gehen, aber Robert erkrankte an einer Grippe und blieb in unserem Haus auf dem Land. Ich fuhr allein nach London und traf mich mit Henri. Da fing es an. Wir hatten unsere Leidenschaft füreinander lange gezügelt, nun war sie nicht mehr aufzuhalten. In der Nacht nahm ich Henri mit in unsere Wohnung. Von da an trafen wir uns, so oft es ging, immer heimlich. Mal flog ich nach Guernsey rüber, meistens kam Henri nach London.«

»Ihr Mann hat nichts gemerkt?«, wollte Leblanc wissen.

»Garantiert nicht, wir waren mehr als vorsichtig, kaum Telefonate, Mails wurden gelöscht, alle Spuren beseitigt.«

»Und Chabots Frau hegte auch keinen Verdacht?«, hakte Matilda Wilson nach.

»Lucile ist ein unglückliches Schaf. Diese Ehe war für ihn und für sie eine Katastrophe. Die Tochter des ehemaligen Kulturministers, eine Frau aus Pariser Intellektuellenkreisen – das hatte Henri gereizt. Warum sie ihn geheiratet hat, ist mir rätselhaft. Nein, ich glaube, Lucile hat nichts gemerkt. Er hat übrigens mehrfach darüber geredet, sich von ihr zu trennen. Nicht meinetwegen, oder vielleicht ein bisschen meinetwegen. Aber wir haben nie ein gemeinsames Leben in Erwägung gezogen. Bis …«

»Ja?«

»Bis ich ihm gesagt habe, dass ich ein Kind von ihm erwarte. Es ist eindeutig von ihm, nicht von meinem Mann.«

»Und das haben Sie ihm gesagt, kurz bevor er zu Tode kam?«

»Ja. Am Tag davor, bei Jenny, hatten wir keine Gelegenheit zum Reden. Wir trafen uns kurz in der Nacht, als die anderen schliefen, liefen zum Strand und liebten uns. Ich rief ihn am nächsten Tag an, ich müsse dringend mit ihm sprechen, persönlich, und er schlug vor, ich solle nach Guernsey rüberkommen.«

»Merkwürdig«, schaltete sich Matilda Wilson ein, »wir haben beim Ticketoffice nachgeforscht, auf Ihren Namen wurde keine Fahrkarte gebucht.«

Ein trauriges Lächeln erschien auf Pats Gesicht. »Die Fähren gehören Henri. Ein Anruf von ihm genügt, ein Ticket ist nicht erforderlich. Ich sagte meinem Mann und Jenny beim Mittagessen, ich würde eine Wanderung machen und erst spät zurück sein. Um

Viertel nach vier traf ich in St. Peter Port ein. Bis halb sechs saß ich im Terrace Garden Cafe am Hafen, dann schlenderte ich langsam durch die High Street zu Henris Büro. Wir hatten verabredet, dass ich erst dort eintreffe, wenn die Angestellten fort sind. Unterwegs betrat ich diesen Laden für Babyausstattung. So etwas würde ich ja jetzt brauchen, dachte ich.«

Das Reden schien der verzweifelten Pat Erleichterung zu verschaffen, die Anspannung wich, sie wirkte ruhiger. »Ich habe keine Erfahrung mit Kindern. Ich bin dreiunddreißig und zum ersten Mal schwanger. Warum es mit Robert nicht geklappt hat, weiß ich nicht. Wir haben nicht nachgeforscht. Es war uns beiden nicht so wichtig. Sie müssen wissen, Robert war die Chance meines Lebens, und ich habe sie ergriffen. Mein Vater war in den Siebzigerjahren aus Indien nach Großbritannien emigriert, ohne Geld, ohne Familie. Er bekam einen Job als Kurierfahrer bei einem großen Kaufhaus, und damit hat er Glück gehabt. Mit seinem Philosophiestudium konnte er zu seinem großen Kummer nichts anfangen. Die Illusionen, die er mit seiner Emigration nach England verband, verpufften wie eine Luftblase. Er lernte meine Mutter kennen, Verkäuferin im selben Kaufhaus, und sie heirateten. Als ich geboren wurde, hatte man bereits bei meinem Vater Multiple Sklerose festgestellt. Er ist gestorben, als ich fünf Jahre alt war. Meine Mutter mühte sich ab, uns beide durchzubringen. Für eine weiterführende Schule oder ein Studium reichte das Geld nicht. Mein Kapital war mein Aussehen. Ich habe lange Beine und das gewisse exotische Etwas. Eine Agentur vermittelte mich als Model. Die Aufträge kamen aus der Werbebranche, ich wurde für Kosmetik, Bekleidung, aber auch für Teppiche oder Tee gebucht. Als wir eines Tages ein Shooting in einer Bank hatten, lief mir Robert über den Weg. Er blieb wie angewurzelt stehen und sah mich die ganze Zeit während des Fototermins an. Danach fragte er mich, ob ich mit ihm essen gehen würde. Mein Instinkt sagte mir sofort, dass so etwas nur einmal im Leben passiert, und ich nutzte meine Chance. Mit Robert heiratete ich einen Mann aus einer der reichsten Familien Europas. Es machte ihm nichts aus, dass ich arm war. Er wollte sich mit meiner Schönheit schmücken.«

»Haben Sie denn als Model nicht gut verdient?«, wollte Matilda Wilson wissen.

In Pats Lächeln mischte sich Bitterkeit. »Jeder denkt, Modeln sei ein lukrativer Job. Richtig viel Geld verdienen nur die Topmodels. Und es kommt vor, dass man in einem Monat gar keine Aufträge erhält. Dazu schwebt man ständig in Gefahr, dass der Typ, den man verkörpert, nicht mehr gefragt ist. Vom Alter ganz abgesehen. Aber immerhin, ich konnte meine Mutter und mich über Wasser halten. In der ersten Zeit mit Robert konnte ich kaum fassen, was man sich mit Geld alles kaufen kann, die Wohnung in London, ein Haus auf dem Land, teure Kleidung, Autos, Reisen. Man gewöhnt sich schnell an ein besseres Leben, glauben Sie mir.«

Wer würde das nicht glauben, dachte Leblanc und lenkte das Gespräch wieder auf die Ereignisse an jenem Abend. »Zurück zu Henri Chabot. Wie hat er reagiert, als Sie ihm Ihre Schwangerschaft offenbart haben?«

Er sei ehrlich gewesen, antwortete Pat, er habe ihr nichts vorgemacht. Angesichts seines Alters hege er nicht den Wunsch nach weiteren Kindern. Aber er würde mich nicht im Stich lassen, wie immer ich mich entscheiden würde. Sollte ich bei Robert bleiben und ihn im Glauben lassen wollen, es sei sein Kind, sei das in Ordnung. Es würde sich zwischen uns nichts ändern. Sollte ich Robert verlassen wollen, würde er mich heiraten, damit ich versorgt wäre. Er habe noch keine Frau so tief begehrt wie mich. »Mir ging es genauso. Ich glaube, wir waren uns sehr ähnlich. Robert war meine Rettung, Henri meine Liebe.«

»Sie haben sich nicht gestritten, als Sie bei ihm waren?«

»Nein, überhaupt nicht. Wir haben uns nie gestritten. Henri hat in meinem Beisein seinen Anwalt in Paris angerufen und ihm mitgeteilt, er wolle sein Testament zu meinen Gunsten ändern, das würde er ihm in den nächsten Tagen schriftlich zukommen lassen. Er wollte mir zeigen, dass er für mich und das Kind sorgen würde.«

»Sie hatten keinen Sex mit ihm?«

»An dem Tag nicht. Die Spuren, die Sie bei Henri gefunden haben, müssen vom Abend davor stammen. Wie gesagt, ich war nur kurz bei ihm, eine halbe Stunde etwa, wir haben geredet, und dann bin ich zur Fähre gegangen.« Sie fügte leise hinzu: »Ich war glücklich wie noch nie in meinem Leben.«

»Wissen Sie, dass Ihr Mann und Ihr Schwager an jenem Abend ebenfalls auf Guernsey waren. Sind sie Ihnen vielleicht begegnet?«

»Nein, davon habe ich vor Kurzem erst erfahren. Sie hatten Jenny angekündigt, sie würden segeln gehen. Wann die beiden von ihrem Törn zurückgekehrt sind, weiß ich nicht. Sie hätten im Atelier übernachtet, weil sie uns nicht hätten stören wollen, sagte Robert am nächsten Tag. Ich habe ihn erst beim Frühstück gesehen. Aber als Robert und Will bei Henri eintrafen, war er doch schon tot, oder?«

»Das behaupten die beiden«, meinte Leblanc.

»Es gibt dafür aber keine Beweise«, mischte sich Matilda Wilson ein, »keinen Zeugen, der die Uhrzeit bestätigen würde. Der Verdacht gegen sie ist nicht ausgeräumt.«

»Sie haben aber auch niemanden, der Gegenteiliges aussagt?« Pat wusste selbst nicht, was sie über den Besuch von Robert und Will bei Henri denken sollte. Traute sie ihnen einen Mord zu? Beiden brachte der Tod des Vaters Vorteile. Robert hatte in ihrem Beisein mehrfach darüber spekuliert, was er täte, wenn er die Reederei übernehmen würde. Er wartete darauf, dass sein Vater ihm die Hand reichte, ihn als Partner aufnahm. Der Alte solle langsam aufhören, er sei fast siebzig, hatte Robert gesagt. Aber Henri dachte nicht daran. Für Will bedeutete das Erbe ganz klar einen Geldsegen. Ein kaltblütiger Mord, nein, das glaubte sie nicht. Aber wenn die drei im Streit in Wut gerieten, wenn zufällig gerade das Fenster geöffnet war, wenn es leicht war, jemanden zu packen, ein Kinderspiel zu zweit …

»Nein«, antwortete Leblanc ehrlich, »haben wir nicht, aber wir suchen weiter nach Zeugen. Und der Verdacht gegen Sie, Madame Chabot, besteht weiterhin, solange wir Ihre Angaben nicht überprüft haben. Das heißt, wir werden das Fährpersonal befragen, das an dem Tag Dienst hatte. Falls sich jemand an Ihre Anwesenheit auf der Fähre erinnert, falls sich also Ihre Aussagen bestätigen sollten, ist es meiner Meinung nach nicht unbedingt nötig, Ihren Mann von Ihren privaten … Aktivitäten zu informieren.«

Matilda Wilson nickte. Die Lebensgeschichte dieser Frau beeindruckte sie. Mitgefühl, ermahnte sie sich aber sofort, durfte nicht dazu führen, sich im professionellen Handeln beeinflussen zu lassen. Deshalb sagte sie etwas barscher als beabsichtigt:

»Halten Sie sich zu unserer Verfügung.«

Man sah Pat die Erleichterung an. »Dann kann ich jetzt gehen?«

»Ja. Aber Sie dürfen die Insel nicht verlassen.«

NEUNUNDZWANZIG

Die Hauptverdächtige hatte das Büro verlassen, und mit ihr schwand die Hoffnung, den Fall mit einem Geständnis abschließen zu können. Matilda Wilson sprang von ihrem Stuhl auf.

»Verflixt, wir waren so nah dran«, rief sie Leblanc zu, »und jetzt ist es wieder nichts. Kein Ergebnis, wir beginnen immer wieder von vorn. Sie ist unschuldig, oder?«

»Beruhige dich. Es passiert häufiger, dass ein Verdacht sich in Luft auflöst. Und ja, nicht selten muss man neu denken, neue Wege finden. Ruf Chabots Ex-Frau Jenny an und frag nach, wann Pat an dem Abend bei ihr eingetroffen ist, und setz zwei Leute mit einem Foto auf das Fährpersonal an. Unabhängig davon sollten wir uns aber tatsächlich auf andere Verdächtige konzentrieren.«

»Auf die Söhne?«

»Ja, auch auf die Söhne, einschließlich dem illegalen Spross, diesem Anthony. Am besten suchen wir ihn gleich auf.«

Tief durchatmen, die Enttäuschung abschütteln, Matilda Wilson war keine Frau, die leicht aufgab. Aber dieser chaotische Fall machte ihr zu schaffen. Und der französische Kommissar, Jacques, immer cool, immer geduldig. So selbstsicher, als wüsste er, dass er sein Ziel erreichen würde. Früher oder später. Dann eben später. Irgendwie beneidete sie ihn. Aber was er für Zeitvorstellungen hatte! Sie hatte ja hier auf Guernsey ein ruhiges Leben, zu ruhig nach ihrem Geschmack. Von Kollegen aus Birmingham hörte sie, dass unglaublich Druck von oben gemacht wurde. Sie sollten Erfolge vorweisen, Erfolge in kürzester Zeit. Es wurden Statistiken aufgestellt, wie viel

Zeit pro Fall für die Aufklärung gebraucht wurde. Je weniger, desto besser. Es gab schon ein Ranking der Dienststellen. Bisher hatte sie noch nichts dergleichen erlebt, und auch jetzt ließ man sie in Ruhe. Also, kein Grund zur Beunruhigung.

»Okay«, sagte sie, »fahren wir nach St. Sampson.«

»Vorher noch einen Kaffee? Das wird uns aufmuntern«, schlug Leblanc der enttäuschten Kollegin vor.

Die Fahrt an der Küste entlang verlief schweigsam. Matilda saß am Steuer, Leblanc neben ihr, den Blick auf den felsigen Meeressaum gerichtet.

Schließlich sagte er in die Stille hinein: »Du hältst mich für einen Trottel, der nur klug schwätzt, hab ich recht?« Er grinste.

»Nein, tu ich nicht. Aber brauchen wir nicht langsam ein Ergebnis?«

»Wir nähern uns an, im Moment schließen wir Verdächtige aus. Das dauert manchmal länger. Ich weiß von jungen Kriminalbeamten in Paris, unter welchem Zeitdruck sie stehen und dass sie sogar mehrere Fälle auf einmal bearbeiten, Multitasking sozusagen. Es kann sein, dass auch du gezwungen sein wirst, unter solchen Bedingungen zu ermitteln. Aber wir haben hier das Glück, dass uns niemand drängt. Meine Aufklärungsquote ist ziemlich hoch. Wenn ich auch nicht der Schnellste bin.«

Jetzt grinste auch Matilda. Es war ihm gelungen, sie aus dem Tief herauszuholen. In der Roland Road hielt sie vor einem älteren kleinen Haus mit roten Dachziegeln. Der ehemals weiße Anstrich hatte sich in ein schmutziges Grau verwandelt, an manchen Stellen war er abgeplatzt und ließ den Putz erkennen. Das Gebäude fiel auf zwischen den schmucken neuen Reihenhäusern, die die Straße säumten.

»Hier muss es sein.«

Neben der Klingel ein Schild mit dem Namen Grey.

Anthony Grey hatte bis zu seinem dreißigsten Lebensjahr nicht gewusst, wer sein Vater war. Wenn er seine Mutter Elaine danach fragte, sagte sie immer: »Ach, irgendein Franzose. Den Namen habe ich vergessen, ist nicht wichtig.« Wahrscheinlich hätte er es nie erfahren, wenn Elaine nicht von einer heimtückischen Krankheit befallen worden wäre. In ihrem Kopf hatte sich ein Tumor eingenistet, der ihre Sprache beeinträchtigte. Es begann mit Stottern, dann fand sie die richtigen Wörter nicht mehr oder verwechselte sie, zum Schluss konnte sie kaum noch Laute hervorbringen. Aphasie nannte man das, hatte er gelernt. Sie hatte lange gewartet, bevor sie zum Arzt ging, hatte gedacht, die Störung würde vorübergehen, wie vieles andere in ihrem Leben vorübergegangen war. Aber die Beeinträchtigung blieb und verschlimmerte sich. Ein Arzt kostete Geld, und das hatten sie nicht. Als sie schließlich doch einen aufsuchte, der sie gleich in die Klinik zur Untersuchung schickte, wurde festgestellt, dass der Tumor bereits eine Größe erreicht hatte, die eine Operation risikoreich erscheinen ließ. Nur von Spezialisten durchzuführen, erklärten die Ärzte, auf Guernsey gebe es niemanden, eine Privatklinik in London würde solche Eingriffe vornehmen. Seine Mutter, erkannte Anthony, würde sterben, weil sie kein Geld für eine Operation hatten, die sie vielleicht, nur sehr vielleicht, retten könnte.

In dieser Situation erzählte ihm Elaine in ihrer stockenden Sprache von seinem Vater, von ihrem Aufenthalt als Au-pair-Mädchen bei der Reederfamilie Chabot in Saint-Malo und ihrer Liebe zu dem älteren Sohn Henri. Hals über Kopf habe sie sich in den gut aussehenden, charmanten, lebensfrohen Burschen verliebt. Einmal habe er sie ausgeführt, erst zum Essen, dann in eine Diskothek, eine Art Club. Sie hatte ihn mit auf ihr Zimmer genommen. Als dann herauskam, dass sie schwanger war, sei sie von Henris Vater aus dem Haus gejagt worden. Ich wollte dich unbedingt, hatte seine Mutter gesagt, du bist das Glück in meinem Leben. Von dem Schweigegeld, das ihr zugesteckt wurde, hatte sie dieses Haus gekauft. Obwohl ein uneheliches Kind Ende der Sechzigerjahre keinen Skandal mehr hervorrief, wollte sie ihre Eltern nicht damit belasten. Die Mietsorgen war sie los, aber wie sollte sie den Lebensunterhalt für sich und Anthony verdienen? Keine feste Arbeitsstelle, immer wieder Jobs, ja, sie sprach fließend Französisch, hatte aber sonst keine Ausbildung vorzuweisen. Trotzdem hatte sie es geschafft, allein, und darauf war sie sehr stolz.

Anthony hatte sich schon während der Schulzeit für Landwirtschaft und Gartenbau interessiert, hatte bei einem der wenigen Bauern auf dem Hof geholfen, bei Tomatenzucht und Rinderhaltung. Aber auf einer Insel zu leben, die ihr Bruttoinlandsprodukt nur zu knapp drei Prozent der Landwirtschaft verdankt, aber zu fast neunzig Prozent dem Dienstleistungssektor, hieß für Anthony, den Traum vom Bauernhof aufzugeben. Er hätte die Insel verlassen müssen, und dazu konnte er sich nicht entschließen, wegen seiner Mutter und überhaupt, weil er hier zu Hause war. Also jobbte er, wie seine Mutter, mal hier und da, und lebte eher schlecht als recht von seinen mageren Einkünften. Als dann der Tumor bei Elaine festgestellt wurde und er den Namen seines Vaters erfuhr, herausbekam, dass der Reeder Chabot zu den reichsten Männern Europas gehörte, geriet er, der sanftmütige, genügsame Anthony, in Aufruhr. Sein Gerechtigkeitsempfinden sagte ihm, dass dieser Vater, der sich nie um ihn gekümmert hatte, wenigstens dafür sorgen sollte, dass seine Mutter nicht starb. Warum, hatte er seine Mutter gefragt, warum hast du nie Unterhaltszahlungen gefordert? Warum hast du ihn nicht als Erzeuger angegeben? Warum kein Vaterschaftstest? Ich hatte es versprochen, hatte seine Mutter erwidert, dafür habe ich das Geld bekommen. »Ach Mom, das war dumm«, hatte er geantwortet. Und die Fähre nach Saint-Malo genommen.

Er war in die Reederei marschiert, hatte sich über die Versuche des Portiers und der Sekretärin, ihn aufzuhalten, hinweggesetzt und stand plötzlich seinem Vater gegenüber. Bis auf die grünen Augen und die hochgewachsene Gestalt waren keine Ähnlichkeiten festzustellen. Der Mann, der sein Vater war, fuhr den unangemeldeten Besucher barsch an. »Was fällt Ihnen ein? … Wer sind Sie? Was wollen Sie?«

Anthony tat kurz und knapp kund, wer er war und welches Anliegen er hatte. Er wolle nicht den Vater finden, den er nie hatte, er wolle nur, dass seiner Mutter geholfen würde. Eine Weile schwieg Henri Chabot, schien nachzudenken. Dann sagte er ruhig, kalt und klar: »Ich denke, mein Vater hat die Sache bereinigt. Mich geht das Ganze nichts an. Rechtlich stehen Sie auf verlorenem Posten, Unterhalt ist nicht rückwirkend einzuklagen.« Er wolle nichts einklagen, beeilte sich Anthony zu erwidern, er suche Hilfe für seine Mutter. Der Mann, der sein Vater war, richtete seine grünen Augen kühl auf ihn. Er kenne diese Frau nicht, es sei ein einmaliger Fehltritt gewesen, für den seine Familie gezahlt hätte. »Und jetzt raus, oder ich hole die Polizei und lasse Sie wegen Hausfriedensbruch verhaften.« Anthony war gegangen, und seine Mutter war kurze Zeit später gestorben. Eine Operation hätte vermutlich nichts mehr genützt.

Diese Geschichte, die Begegnung mit seinem Vater, erzählte Anthony der uniformierten Polizistin und dem französischen Kommissar, als die zwei in seinem Wohnzimmer auf dem abgewetzten Cordsofa saßen. Die Fensterfront gab den Blick frei auf einen strategisch angelegten Gemüsegarten, Tomaten, Kartoffeln, Zucchini, Kräuter, alles in makellosen Reihen.

»Gute Erde hier auf Guernsey«, sagte Anthony Grey, als er bemerkte, dass Leblanc seine Aufmerksamkeit auf den Garten richtete, »ich bin Selbstversorger.«

Wie wenig er seinem Vater ähnelt, dachte Leblanc. Nur die Augenfarbe und die Größe. Der Sohn war eher stämmig, mit braunen, welligen Haaren, einem runden Gesicht.

»Wo arbeiten Sie denn?«, wollte Matilda Wilson wissen.

»Keine feste Arbeit, mal im Supermarkt oder an der Tankstelle oder beim Bauern, aber der kann mich nicht bezahlen, er gibt mir Milch oder Käse. Beim Social Service bekomme ich Kleidung oder einen Kochtopf oder was sonst so fehlt, und meine Freunde Hugh und Peter bringen mir ab und zu ein Stück Fleisch oder geben ein Bier aus, wenn wir im Pub Darts spielen. Ich komm über die Runden.«

»Wann haben Sie denn erfahren, dass Ihr Vater, Henri Chabot, nach Guernsey gezogen ist, praktisch in Ihre Nähe?«, fragte Leblanc.

»Hab ich in der Zeitung gelesen.«

»Und Sie haben sicher auch gelesen, dass er tot ist, aus dem Fenster gestürzt.«

»Ja, hab ich.«

»Haben Sie Ihren Vater noch einmal aufgesucht, seit er auf Guernsey lebte, haben Sie Kontakt zu ihm aufgenommen?«

»Nein ... keinen Kontakt ...« Anthony Grey zögerte.

Leblanc hakte sofort nach. »Aber?«

»Ich habe ihn gesehen, manchmal, manchmal auch nicht.«

»Was heißt das?«

»Ich weiß, wo sein Büro ist, die Reederei. Da fahre ich abends vorbei mit meinem Mofa. Dann warte ich vor dem Gebäude, bis er mit dem Auto aus der Tiefgarage kommt, ein dunkelblauer Jaguar. Meistens zwischen sieben und neun. Aber oft verpasse ich ihn, dann ist er vielleicht nicht da oder schon früher weggegangen. Und ich fahre wieder nach Hause. Er hat mich nie bemerkt. Jetzt mache ich das nicht mehr.«

»Habe ich das richtig verstanden, dass Sie sich abends vor dem Bürogebäude postiert haben, nur um einen kurzen Blick auf Henri Chabot in seinem Wagen zu erhaschen?« Matilda Wilson konnte es nicht fassen. »Warum tun Sie das?«

»Er ist mein Vater.«

»Ja, aber ein Vater, der Sie abgewiesen hat, der mit Ihnen nichts zu tun haben wollte. Hat Sie das nicht wütend gemacht?«

Wenn Detective Sergeant Wilson mit ihrer Frage, die ein mögliches Mordmotiv unterstellte, die Absicht verband, eine unbedachte Äußerung hervorzulocken, wurde sie von der schlichten Antwort enttäuscht. Der sanftmütige Anthony Grey schien so etwas wie Wut nicht zu kennen. »Es ist nicht gut, wenn ein Vater den Sohn ablehnt. Wenn ich Kinder hätte, würde ich mich um sie kümmern, wie sich meine Mutter um mich gekümmert hat. Aber ich habe keine Kinder.«

»Sie waren nie verheiratet?«

»Nein, Frauen interessieren mich nicht. Hugh ist mein Freund, aber wir leben nicht zusammen. Hier auf der Insel war das immer etwas schwierig. Ich weiß, dass Männer heutzutage heiraten können. Aber wir lassen es so, wie es ist.«

Der Mann ist homosexuell, wurde von seinem Vater gedemütigt, lebt am Existenzminimum, während Chabot Milliarden besitzt – und verspürt keine Rachegefühle, dachte Leblanc. Ein merkwürdiger Heiliger. Er scheint mit seinem einfachen Leben zufrieden zu sein. Warum hatte die Mutter sich gegen eine Vaterschaftsklage entschieden, die sie zweifellos gewonnen hätte? Scheute sie die Öffentlichkeit? Eine Klage gegen Chabot hätte sicher Aufsehen erregt. Oder hatte sie Angst, ein Leben lang den Drangsalierungen der Chabot-Familie ausgesetzt zu sein? Oder glaubte sie gar, sie sei mit der Geldsumme ausreichend abgefunden worden? Jedenfalls hatte sie nicht bedacht, dass auch ein uneheliches Kind erbberechtigt ist. Er lenkte seine Gedanken zurück auf Anthony Greys abendliche Beobachtungstouren. »Wie oft standen Sie denn vor dem Bürogebäude?«

»Vor ungefähr einem Jahr habe ich damit angefangen. Damals stand ein großer Artikel in der Zeitung, mit Fotos, auch von meinem Vater. Er hatte für die Reederei drei Kreuzfahrtschiffe angeschafft, ganz neu gekauft. Sie haben geschrieben, wie die Kabinen aussehen und wo die Schiffe hinfahren. Ich habe den Artikel ausgeschnitten, ich kann ihn Ihnen zeigen. Sie haben auch die Adresse der Reederei erwähnt. Da habe ich zum ersten Mal auf ihn gewartet – und ihn gleich gesehen. Dann bin ich ein paar Wochen nicht hingefahren, dann wieder mehrmals hintereinander, oft umsonst.«

»Sie waren nicht zufällig am Donnerstag letzter Woche – das ist der Tag, an dem Chabot umkam – auf Ihrem Beobachtungsposten?« Leblanc stellte die Frage eher beiläufig.

»Doch.« Die Antwort erfolgte prompt, als hätte der Befragte nur darauf gewartet. Und er genoss die Wirkung, die dieses eine Wort bei den Polizisten hervorrief. Sie starrten ihn ungläubig an.

»Was?«, rief Matilda Wilson. »Sie standen an dem Abend vor dem Bürogebäude?«

»Ja.«

»Aber hineingegangen sind Sie nicht?«

»Nein, ich blieb immer draußen, auf der Straße. Was hätte ich ihm denn sagen sollen?«

»Gut«, sagte Leblanc. »Wann haben Sie sich denn dort postiert?«

»Wie sonst, gegen sieben.«

»Und bis wann blieben Sie?«

»Bis der Polizeiwagen kam. Da dachte ich, es ist etwas passiert, und bin nach Hause gefahren.«

»Die Polizei traf kurz nach halb neun ein«, bemerkte Matilda Wilson. »Haben Sie so lange gewartet?«

»Ja.«

»Und haben Sie in dieser Zeit Leute in das Gebäude gehen oder herauskommen sehen?«

»Ja.«

»Ich fasse es nicht«, sagte Matilda Wilson erneut und schüttelte den Kopf. »Sie sind ein wichtiger Zeuge in einem Mordfall.

Ist Ihnen das nicht klar? Wir könnten Sie wegen Behinderung der Polizeiarbeit belangen. Sie hätten sich schon längst bei uns melden müssen, wenn Sie wichtige Informationen besitzen, was den Fall angeht.«

»Lass ihn«, wandte sich Leblanc an seine Kollegin. »Wir machen eine Gegenüberstellung.« Dann fragte er Anthony Grey: »Würden Sie die Leute wiedererkennen, die Sie an dem Abend gesehen haben?«

»Ja.«

»Wir holen Sie morgen ab und bringen Sie ins Polizeipräsidium. Wir zeigen Ihnen verschiedene Personen, und Sie sagen uns, wen Sie erkennen. Und noch ein Tipp: Suchen Sie einen Rechtsanwalt auf und fragen Sie, ob es eine Möglichkeit gibt, nachträglich eine Vaterschaftsklage in die Wege zu leiten. Sie würden erben, auch als uneheliches Kind. Dafür muss allerdings die Vaterschaft juristisch anerkannt sein. Normalerweise geschieht das durch den Vater selbst, oder nach einem Vaterschaftstest durch ein Familiengericht. Aber vielleicht gibt es da noch andere Möglichkeiten. Erkundigen Sie sich wenigstens. Es geht für Sie um eine Menge Geld.«

DREISSIG

Ein merkwürdiger Mann«, bemerkte Matilda Wilson auf der Rückfahrt ins Präsidium, »fast ein bisschen unheimlich.«

»Er lebt in seiner eigenen Welt und nimmt vieles nicht wahr, was um ihn herum vorgeht«, meinte Leblanc. »In gewisser Weise bietet ihm das Schutz. Seine Mutter scheint ihn abgeschirmt zu haben, wer weiß, was sie als ledige Alleinerziehende damals hat erdulden müssen.

Leblanc ließ sich am Bürogebäude der Chabot-Reederei absetzen, während Matilda Wilson sich im Präsidium um Organisation und Koordinierung der Gegenüberstellung und um eine entsprechende Anordnung der Staatsanwaltschaft kümmern wollte.

Es herrschte eine angespannte Atmosphäre, das merkte Leblanc sofort, als er das Büro betrat. Helen Hogg, die Sekretärin, sah aus, als hätte sie mehrere Nächte nicht geschlafen, graue Schatten unter den Augen, heruntergezogene Mundwinkel, eine verkniffene Miene. Auch ihr Kleidungsstil hatte sich geändert, der Rock um einige Zentimeter länger, die Bluse hochgeschlossen. Ihr Ehrgeiz, den Wachhund zu spielen, hatte sichtbar nachgelassen. Ohne viel Interesse zu zeigen, winkte sie den Besucher durch, als der verkündete, er wolle mit Robert Chabot sprechen. Als Leblanc Miss Hogg das letzte Mal gegenübergetreten war, galt er noch als Luciles Cousin. Nicht einmal dieser Identitätswechsel – er hatte sich jetzt als Kommissar vorgestellt – entlockte Helen Hogg eine Reaktion. Sie starrte auf ihren Schreibtisch, als fordere der ihre ganze Aufmerksamkeit.

Man hätte meinen können, Henri Chabot, um einige Jahre verjüngt, sei von den Toten auferstanden. Robert hatte die Haltung seines Vaters eingenommen: Herrscher über die Welt, zumindest über die Welt der Reederei.

»Sie wissen, dass ich den Mordfall Ihres Vaters zusammen mit Detective Sergeant Wilson bearbeite?« Leblanc formulierte den Satz bewusst als Frage.

»Ich habe davon gehört. Wir, seine Familie, sind immer noch der Ansicht, dass es sich um einen tragischen Unfall gehandelt hat.«

Darauf ging Leblanc nicht ein. »Ich habe das Protokoll Ihrer Aussage gelesen. Sie und Ihr Bruder sind an jenem Abend mit Ihrem Boot von Jersey nach Guernsey gesegelt, um ein Gespräch mit Ihrem Vater zu führen. Was Sie ja schon am Tag zuvor ohne Erfolg versucht hatten. Es hat sogar Streit gegeben.«

»Ach, Streit, haben Sie das vom alten Corbet?«

»Zum Beispiel.«

»Ja, mein Vater war leicht aufbrausend, wenn es um Will ging.«

»Und deshalb wollten Sie es gleich am nächsten Tag noch einmal versuchen?«

»Genau. Wir hatten das gar nicht geplant, die Idee kam uns, als wir unterwegs waren. Wir dachten, die Gelegenheit sei günstiger als bei meiner Mutter. Will und ich fanden, es sei an der Zeit, dass er endlich aufhörte und die Reederei abgab.«

»An Sie, nehme ich an.«

»Ja, an mich. Und Will hat eine sehr innovative Idee zu einer Unternehmensgründung. Ich unterstützte ihn darin, aber mein Vater hat ihm das Startkapital verweigert.«

»Dann kann man davon ausgehen, dass der Tod Ihres Vaters alle Ihre Probleme gelöst und Ihre Wünsche erfüllt hat.«

»Was wollen Sie damit sagen?« Robert Chabot witterte die Sackgasse, in die er getrieben werden sollte.

»Das war nur eine Feststellung. Zurück zu dem Abend: Als Sie hier im Gebäude um halb neun eintrafen, war Ihr Vater schon tot.«

»Ja, das habe ich bereits zu Protokoll gegeben. Wir haben ihn vom Treppenhaus aus im Hof liegen sehen.«

»Dann waren Sie gar nicht mehr in diesen Büroräumen?«

»Nein.«

Leblanc registrierte ein leichtes Zögern und ergriff seine Chance. »Wie kommen Ihre Fingerabdrücke dann in das Büro Ihres Vaters?« Ein Bluff, es waren keine nachweisbaren Fingerabdrücke identifiziert worden.

Schweigen. Volltreffer, dachte Leblanc.

Nach einer Weile sagte Robert Chabot: »Wahrscheinlich von einem früheren Mal, ich war ja schon häufiger hier.«

»Unmöglich. Es wird regelmäßig geputzt, so auch am Morgen des besagten Tages.«

Das Zögern dauerte ein paar Sekunden zu lang. Robert merkte, dass er nicht zurückkonnte. »Also gut, ja, Will und ich waren kurz hier oben, bevor die Polizei eintraf. Wir wollten nachsehen, ob mein Vater etwas Wichtiges auf dem Schreibtisch liegen hatte, etwas, das keinen Aufschub duldete und sofort erledigt werden musste.«

»Verstehe ich das jetzt richtig«, Leblancs Stimme nahm einen scharfen Ton an, »Sie haben gerade Ihren toten Vater im Hof gefunden. Statt sofort die Polizei zu benachrichtigen, begeben Sie sich ins Büro – davon einmal abgesehen, dass Sie wichtige Beweismittel hätten zerstören können, unbefugtes Betreten eines Tatorts und Behinderung der Polizeiarbeit nennt man das – und kümmern sich um … Reedereiangelegenheiten? Das ist wenig glaubwürdig, Monsieur Chabot. Wir haben einen Zeugen, der das Gebäude an jenem Abend von sieben bis neun beobachtet und jeden gesehen hat, der hineingegangen und herausgekommen ist. Wir werden eine Gegenüberstellung veranlassen, und dann werden wir wissen, um welche Uhrzeit Sie das Gebäude betreten haben. Falls das nicht mit Ihrer Aussage übereinstimmt, falls Sie früher als angegeben hier waren, verhaften wir Sie wegen Mordverdachts. Das sollte Ihnen klar sein.«

Sein Gegenüber sackte in sich zusammen, fuhr sich mit den Händen übers Gesicht. Er seufzte und klang sehr viel kleinlauter, als er schließlich sagte: »Es stimmt alles, was ich bei Ihrer Kollegin ausgesagt habe, die Uhrzeit, dass wir meinen Vater durch die Glasfront im Hof entdeckt haben, dass ich die Polizei benachrichtigt habe. Das Einzige, was ich verschwiegen habe, ist, dass wir in seinem Büro waren. Wir wollten sehen, ob er dort irgendwo sein Testament aufbewahrt hat …«

»Um es notfalls zu korrigieren, falls es nicht Ihren Wünschen entsprochen hätte?«

»So etwas Ähnliches hatten wir vor. Aber wir haben es gar nicht gefunden, es musste alles schnell gehen, Will hat die Nerven verloren. Wir haben alles abgewischt, was wir angefasst haben, unsere Spuren so gut es ging beseitigt. Ich habe dann die Polizei angerufen, wir wollten verschwinden, bevor sie eintraf. Ein Vorhaben ist ja noch nicht strafbar.«

»Sie bewegen sich auf ziemlich dünnem Eis, Monsieur Chabot. Ich könnte mir vorstellen, dass Sie und Ihr Bruder noch etwas anderes vorhatten, als nur mit Ihrem Vater zu sprechen. Sie wollten ihn unter Druck setzen und notfalls aus dem Weg räumen. Vielleicht ist Ihnen jemand zuvorgekommen und hat Ihnen die schmutzige Arbeit abgenommen. Wegen einer Mordabsicht kann ich Sie nicht verhaften, aber wenn Sie es waren, dann kriege ich Sie dran, glauben Sie mir.«

»Wir waren es nicht. Er war schon tot. Ja, ich will nicht leugnen, dass sich bei uns nicht gerade Trauer einstellte. Sie kennen meinen Vater nicht.«

»Halten Sie sich bereit für die Gegenüberstellung morgen, wir teilen Ihnen die Uhrzeit noch mit«, sagte Leblanc abschließend. »Übrigens, was haben Sie denn mit der Sekretärin angestellt?«

»Ich habe sie entlassen und den Geschäftsführer Rougier auch. Ich hole meine eigenen Leute aus London, die arbeiten effektiver.«

»Sind bei einer Kündigung nicht bestimmte Regeln einzuhalten?«

»Ach, man findet immer einen Grund, fehlerhaftes Verhalten zum Nachteil des Unternehmens oder Ähnliches.«

»Wollen Sie nicht warten, bis das Testament eröffnet wird? Übermorgen, nicht wahr? Vielleicht hat Ihr Vater etwas anderes festgelegt.«

»Unsinn, wer sollte die Reederei sonst leiten?«

Leblanc zuckte die Schultern und verließ das Büro. Er klopfte an die Tür des Geschäftsführers Rougier. Das »Herein« war kaum hörbar. Unbeweglich wie eine Statue und aschfahl saß der große Mann auf seinem Schreibtischstuhl.

»Ich bin Kommissar Leblanc von der Pariser Mordkommission. Monsieur Robert Chabot hat Sie entlassen, wie ich gerade gehört habe.«

Der Geschäftsführer stand auf, eine hohe, dunkle Silhouette vor dem hellen Himmel hinter der Glasfront. »Ja, das stimmt. Es wird mein Ruin sein, aber vielleicht ist es gut, dass alles vorbei ist.«

»Wie meinen Sie das?«, fragte Leblanc.

»Setzen Sie sich«, sagte er und nahm selbst auch wieder Platz. Seine rechte Hand war zur Faust geballt und umschloss einen Bleistift, den er sich vom Schreibtisch gegriffen hatte. »Henri hatte mich als Einzigen aus der gesamten Belegschaft mitgenommen, als er die Reederei hierher verlegte. Er konnte auf meine Loyalität bauen. Meine Frau war absolut gegen den Umzug, sie wollte in Saint-Malo bleiben. Gegen ihren heftigen Widerstand habe ich mich durchgesetzt. Es wäre schwer gewesen, eine neue, entsprechend dotierte Stelle zu bekommen. Henri hat mich gut bezahlt. Für mein Schweigen.«

»Worüber haben Sie denn geschwiegen?«

Der Geschäftsführer holte tief Luft und stieß sie durch die Zähne wieder aus. »Wie überall auf der Welt entlasten sich Firmen durch Aufträge an Subunternehmen, das heißt, immer mehr Bereiche werden outgesourct, und damit wird die Verantwortung zum Teil an andere, nicht unbedingt seriös arbeitende Firmen abgegeben. Bei uns heuert eine Zeitarbeitsfirma die Schiffsbesatzung an, macht mit den Leuten die Verträge und setzt den Lohn fest. Bei den Werften, die unsere Schiffe bauen, werden die Arbeitskräfte von Werkvertragsfirmen vermittelt. Die vorgeschriebenen Arbeitszeiten werden nicht eingehalten, es gibt dubiose Geldtransfers, Krankheitszeiten werden vom Lohn abgezogen, die Arbeiter werden unter Druck gesetzt und entlassen, falls sie irgendetwas nach außen durchblicken lassen. All das wissen wir und nehmen es billigend in Kauf, um die Kosten zu senken. Wenn etwas herauskäme, hätten wir von alldem natürlich nichts gewusst. Reeder und Werftbesitzer verweisen auf die Subunternehmen und sind letztlich juristisch aus dem Schneider. Der Öffentlichkeit gegenüber versprechen sie natürlich Aufklärung der Missstände. Aber unter der Hand geht alles weiter wie gehabt. Ob die Schiffsbesatzung tatsächlich qualifiziert für ihre Arbeit ist, ob die Leute eine entsprechende Ausbildung haben – wir kümmern uns nicht darum, schließlich wurden sie ja von der Zeitarbeitsfirma eingestellt. Bei den Sicherheitskontrollen wird gepfuscht – oder sie werden sogar willentlich vernachlässigt. Zeit ist Geld, überall. Auch auf See gibt es Regelverstöße, zum Beispiel werden die wasserdichten Schotten im Schiffsinneren offen gehalten, um Arbeitsabläufe zu erleichtern, obwohl das nach einem internationalen Abkommen verboten ist. Die Schotten verhindern im Fall eines Lecks, dass das Schiff schneller voll läuft und sinkt. Aber bei den Flaggenländern sind Ausnahmegenehmigungen zu bekommen.«

»Der Tod des philippinischen Seemanns auf einem von Chabots Kreuzfahrtschiffen geht auf das Konto mangelnder Sicherheit, wollen Sie damit sagen?«, fragte Leblanc.

»Genau. Einige Leute der Crew hatten mehrmals eine defekte Gitterabsperrung gemeldet, die repariert werden sollte. Das ist offenbar nicht geschehen, jedenfalls nicht sofort, was ja auch einiges über die Kommunikations- und Handlungsstrukturen an Bord aussagt. Wenn man sich das vorstellt! Der betroffene Seemann hat sich offenbar, so haben es zwei Zeugen dem Kapitän übermittelt, gegen das Gitter gelehnt und ist rücklings ins Meer gestürzt.«

»Und die zwei Zeugen wurden mit viel Geld davon überzeugt, dass sie vergaßen, was sie gesehen hatten. Stattdessen sagten sie aus, der philippinische Kollege sei betrunken gewesen. Hat der Kapitän das mit Chabot ausgehandelt?«

»Ja, so war es. Von diesen Deals habe ich wenig mitbekommen. Aber am Rande habe ich es doch erfahren. Und gerade vor Kurzem habe ich bei dem Unternehmen in Le Havre, das unsere Schiffe wartet, nachgefragt, wieso sie jetzt die Absprachen mit Henri persönlich und nicht mehr mit mir treffen würden. Man gab mir zu verstehen, er habe angewiesen, die Inspektionen schneller und kostengünstiger durchzuführen und nicht gravierende Mängel unberücksichtigt zu lassen.«

»Weshalb haben Sie diese Machenschaften gedeckt? Sie hätten damit an die Öffentlichkeit gehen können.«

»Und dann? Wäre ich meinen Job los gewesen. Henri hat mich, wie gesagt, gut, außerordentlich gut bezahlt. Ich habe vier Kinder, die alle studieren. Vorher sind sie auf Privatschulen gegangen. Was glauben Sie, was das kostet. Meine Frau und ich möchten, dass sie einmal Berufe haben, in denen sie auf anständige Weise ihr Geld verdienen können.«

»Was jeder tun sollte«, meinte Leblanc halb verständnisvoll, halb strafend. »Ich verstehe nicht ganz, warum Robert Chabot Sie entlassen hat, wenn er, was er doch wissen müsste, in Sachen Verschwiegenheit auf Sie zählen könnte.«

»Ach, Sie haben keine Ahnung, was heutzutage an der Grenze der Legalität und darüber hinaus getrieben wird, um ein Unternehmen rentabel zu halten. Vieles ist nicht einmal illegal, weil von staatlicher Seite Schlupflöcher bereitgehalten werden. Wenn nicht in Europa, dann eben in einem anderen Land, Asien, Afrika. Einige Firmen dehnen ihre Vorstellungen dessen, was gesetzlich vorgeschrieben ist, allerdings über Gebühr aus. Sie haben sicher vom Dieselskandal deutscher Autofirmen wie VW oder BMW gehört. Ich persönlich bin davon überzeugt, dass alle Autobauer die Abgaswerte manipulieren. Wenn man erwischt wird, Pech. Dann rollen vielleicht ein paar Köpfe, die Chefs haben von nichts gewusst, es werden Fehler eingeräumt zur Beruhigung der Kunden, es wird eine Strafe gezahlt, und wenn man Glück hat, wiegt der Gewinn, den man vorher durch die Manipulationen gemacht hat, den Verlust bei Weitem auf. Man nimmt die Gesetzesübertretung billigend in Kauf. Der Markt zwingt einen dazu, wenn man konkurrenzfähig bleiben und für die Produkte keine überteuerten Preise nehmen will. Der junge Chabot, Robert, wird nach meiner Einschätzung seinen Vater noch in den Schatten stellen, was das Strapazieren und Auslegen legaler Grenzen angeht.«

»Dann könnten Sie doch Ihrer Entlassung mit Erleichterung entgegensehen.«

Der Geschäftsführer runzelte die Stirn. »Ich bin fünfundfünfzig. Wissen Sie, was das auf dem Arbeitsmarkt bedeutet? Dazu mit meiner Spezialisierung auf das Reedereiwesen, hauptsächlich Fähr- und Kreuzfahrtschiffe, für Containerschiffe fehlt mir das Wissen. Okay, die Kreuzfahrten boomen im Moment, aber auch in diesem Bereich gibt es eine Konzentration auf wenige Anbieter.« Er schüttelte den Kopf. »Keine Chance. Ich werde mir mein gutes Gewissen damit erkaufen, dass ich meinen Kindern sage, sie müssen sich ihr Studium ab jetzt selbst finanzieren.« Der große hagere Mann mit den scharf eingegrabenen Mundfalten stand erneut auf. Er stellte sich vor die Glasfront und blickte fast sehnsüchtig in die Tiefe, als wollte er auch diese letzte Möglichkeit in Betracht ziehen.

»Machen Sie keinen Unsinn«, sagte Leblanc schnell. »Das ist keine Lösung. Sie wollen doch Ihre Frau und Ihre Kinder mit den Problemen nicht allein lassen.«

»Natürlich nicht.« Rougier drehte sich wieder zu Leblanc um

und setzte sich. »Wissen Sie, dass in Japan, auch wenn die Selbstmordrate bei Erwachsenen in den letzten Jahren etwas abgenommen hat, die Selbsttötung immer noch beliebt ist, um den Familien die Lebensversicherungsprämie zukommen zu lassen, damit sie versorgt sind? Hierzulande gibt es ja die Selbsttötungsklausel, die die Sache schwieriger macht.«

»Sie sollten an so etwas nicht denken. Es gibt immer bessere Alternativen. Sie können sich zum Beispiel umschulen lassen.«

»Ja. Entschuldigung, ich wollte Sie mit meinen Problemen nicht belästigen. Aber ich muss Ihnen noch etwas Wichtiges sagen. Meine Frau hat sowieso schon erwogen, sich bei Ihnen zu melden. Sie fühlt sich schuldig an Chabots Tod. Seitdem hat sie keine Nacht mehr richtig geschlafen.«

»Was hat Ihre Frau mit Chabots Tod zu tun? Kannten sich die beiden?«

»Natürlich kannten sie sich, ich arbeite seit fünfundzwanzig Jahren in der Reederei. Meine Frau ist todunglücklich auf Guernsey. Sie hat alle ihre Freunde in Saint-Malo zurückgelassen, sie spricht schlecht Englisch, und sie vermisst Frankreich, die Nähe zu unseren Kindern. Obwohl sie versucht hat, ihren Kummer zu verbergen, habe ich ihre gedrückte Stimmung natürlich gemerkt, und es war mir eine zusätzliche Last. Vor ungefähr zwei Wochen war es, da kam ich früher von der Arbeit nach Hause und fand meine Frau am Esstisch sitzend vor, die Zeitung vor sich, eine Schere in der Hand. ›Was machst du da?‹, fragte ich sie. ›Vielleicht kann ihn das dazu bewegen, nach Frankreich zurückzukehren‹, sagte sie und zeigte mir einen Brief, dessen Inhalt sie aus ausgeschnittenen Buchstaben zusammengesetzt hatte. Es klang wie eine Drohung: ›Letzte Warnung. Verlass die Insel oder es passiert etwas‹ oder so ähnlich. Ich sagte ihr, dass es strafbar sei, solche Drohbriefe zu schicken, und erfuhr, dass sie Chabot bereits drei dieser Art hatte zukommen lassen. ›Hör auf damit!‹, fuhr ich sie an. Aber sie entgegnete, sie könne in diesem ›Nest der Reichen und Touristen‹, das waren ihre Worte, nicht mehr leben. Auf mich könne sie offenbar nicht zählen, ich würde bis zum Ende meiner Tage der Reederei treu bleiben, und deshalb habe sie die Sache selbst in die Hand genommen. Ich warf ihr Naivität vor, fragte sie, ob sie glaube, dass Chabot sich von solchen Drohungen beeindrucken lassen würde. Seine Handlungen richteten sich nach den Gesetzen des Marktes, er würde diese lächerlichen Briefe zerreißen und in den Papierkorb werfen. ›Nur diesen einen noch‹, sagte sie. ›Wir werden sehen, was passiert.‹ Kurz danach war Chabot tot. Und meine Frau macht sich jetzt schreckliche Vorwürfe. Sie wollte ihm nichts tun, ihn nur zum Umdenken bringen.«

Ungläubig starrte Leblanc sein Gegenüber an. Seine Anwesenheit auf dieser Insel, die Tatsache, dass er entführt worden war und fast gestorben wäre, dass Marie ihm hinterhergereist und Lucile kennengelernt hatte, dass sich damit sein gesamtes Leben ändern würde, hatte er der unglücklichen Frau dieses Geschäftsführers zu verdanken? Das konnte nicht wahr sein. »Wir werden Ihre Frau vernehmen, sie wird sich für ihre Tat verantworten müssen«, sagte er matt. »War sie jemals hier im Büro?«

»Ja, zwei-, dreimal hat sie mich abgeholt.«

»An dem Abend, als Chabot ums Leben kam, auch?«

»Nein, ich habe Ihrer Kollegin schon zu Protokoll gegeben, dass ich um halb sieben das Büro verlassen habe, um direkt danach zu meinem Anwalt Monsieur Lampereur zu fahren, bei dem ich einen Termin hatte. Eine Stunde habe ich bei ihm verbracht, um Viertel vor acht war ich zu Hause. Als ich ankam, hatte meine Frau das Essen vorbereitet. Es gab Fischsuppe und danach Crêpes mit Gemüseragout, falls sie das interessiert. Wir blieben den Rest des Abends zu Hause. Ihre Kollegin hat das schon überprüft.«

»Ja, hat sie, der Anwalt hat Ihre Aussage bestätigt. Was wollten Sie eigentlich bei ihm?«

»Ich habe mit ihm über die … Aktivitäten meiner Frau gesprochen. Wie Sie sich denken können, hat er mir dringend geraten, sie von dieser strafbaren Handlung abzuhalten. Besser, sie würde gleich zur Polizei gehen. Er las mir den Gesetzestext vor: ›Wer einen Menschen mit der Begehung eines gegen ihn oder eine ihm nahestehende Person gerichteten Verbrechens bedroht, wird mit Freiheitsstrafe bis zu einem Jahr oder mit Geldstrafe bestraft.‹ Das habe ich meiner Frau mitgeteilt, aber wir haben beschlossen, erst einmal abzuwarten. Vielleicht, so hofften wir, würde die Sache im Sand verlaufen.«

»Ihr Anwalt hat recht, allerdings ist dem Gesetzestext hinzuzufügen, dass geprüft wird, ob die ausgesprochene Drohung objektiv den Eindruck der Ernstlichkeit erweckt und ob sie subjektiv von diesem Willen getragen wird. Das Urteil hängt von den Umständen des Einzelfalls ab.«

»Danke, Herr Kommissar, meine Frau wird sich im Polizeipräsidium melden. Dann gibt es doch eine gewisse Hoffnung, dass sie wegen der Drohbriefe nicht verurteilt wird.« Rougier machte eine Pause und fuhr dann fort: »Nun hat sie erreicht, was sie wollte. Wir gehen zurück nach Frankeich, allerdings unter anderen Umständen.«

Als Leblanc das Büro des Geschäftsführers verließ, sann er über das nach, was er gerade erfahren hatte. Unbegreiflich, was sich das Schicksal manchmal einfallen ließ. Hatte es ihn hierhergeführt, damit er den Mord an Chabot aufklärte? Vielleicht hätte ohne sein Zutun das Untersuchungsergebnis Unfall oder Suizid gelautet. Die Hintergründe wären nie ans Tageslicht gekommen. Und, was ihn betraf, hatte die schicksalhafte Fügung mindestens eine positive Auswirkung: Er hatte das Gefühl, dass sich durch das schreckliche Nahtoderlebnis im Tunnel sein Höhlen-Trauma verflüchtigte. Er lächelte und verzichtete darauf, sich weitere Folgen seines Guernsey-Aufenthalts auszumalen. Stattdessen wandte er sich der Sekretärin Helen Hogg zu, die unverändert an ihrem Platz am Eingang saß.

Mit finsterer Miene betrachtete sie aufmerksam ihre Finger, die mit der Tastatur des Computers spielten. Auf Leblancs Frage nach der Entlassung antwortete sie knapp.

»Soll er doch eine aus London holen. Henri wusste, was er an mir hatte.«

Die Frau scheint über ein bemerkenswertes Selbstbewusstsein zu verfügen, dachte Leblanc und befragte auch sie noch einmal zu dem Abend, an dem Chabot starb.

»Habe ich Ihrer Kollegin doch schon gesagt. Ich war mit meiner Freundin Angela im White Hart ein Bier trinken, die haben da auf Großleinwand das Spiel FC Liverpool gegen Chelsea gezeigt.«

»Wer hat gewonnen?«

»Na, Liverpool, zwei zu eins.«

»Sie interessieren sich für Fußball?«

»Eher weniger, Angela ist verrückt danach.«

»Von wann bis wann waren Sie genau im Pub?«

»Das Büro habe ich kurz nach sechs verlassen, bis zum White Hart ist es nicht weit, also Viertel nach sechs war ich da. Angela kam um halb sieben. Wir blieben bis gegen neun.«

»Wieso sprechen Sie eigentlich so gut Französisch?«

»Meine Mutter ist Französin.«

»Und wo leben Ihre Eltern?«

»Warum wollen Sie das wissen?« Helen Hogg hatte das unangenehme Gefühl, ausgefragt zu werden. Ihre Familie ging diesen Kommissar gar nichts an.

»Es interessiert mich einfach. Sie müssen darauf nicht antworten.«

In fast gelangweiltem Ton sagte sie kurz: »Norwich, Ostengland.«

Leblanc fragte nicht weiter. Es hätte ihn interessiert, was diese junge Frau nach Guernsey verschlagen hatte, aber er hielt sich zurück. Er informierte Miss Hogg über die Gegenüberstellung am nächsten Tag und beorderte sie aufs Polizeipräsidium.

»Wozu?«, fragte sie in schnippischem Ton.

»Alle Personen, die in Kontakt mit Henri Chabot standen, werden einbestellt«, antwortete Leblanc geduldig. »Sie haben der Aufforderung zur Gegenüberstellung Folge zu leisten, wir haben eine Anordnung der Staatsanwaltschaft. Bei Nichterscheinen machen Sie sich strafbar. Ich wüsste gern noch etwas über Ihre Lebensumstände. Wohnen Sie allein, oder sind Sie verheiratet?«

Erneut ertönte das »Wozu«, dieses Mal mit hörbar genervtem Unterton und dem Zusatz: »Muss ich das beantworten?«

»Nein, müssen Sie nicht, wäre aber empfehlenswert.« Leblanc ging die Zickigkeit dieser sich für unentbehrlich haltenden Sekretärin langsam auf die Nerven.

»Na ja«, meinte sie herablassend. »Es ist kein Geheimnis. Ich bewohne ein kleines Appartement hier in St. Peter Port. Allein. Henri hat es mir beschafft, er hatte gute Kontakte zu Immobilienmaklern. Normalerweise ist so eine Bleibe nicht zu bekommen.«

»Was genau waren eigentlich Ihre Aufgaben bei Mr Chabot?«

»Ich habe unangenehme Leute von ihm ferngehalten. Alle Anrufe landeten zuerst bei mir. Ich wusste genau, wen Henri sprechen wollte und wen nicht. Die Anrufer, die nicht erwünscht waren, habe ich abgewimmelt. Damit er sich wichtigeren Angelegenheiten widmen konnte.«

»Aha«, sagte Leblanc knapp. »Ihnen war nicht bekannt, worum es sich bei diesen wichtigeren Angelegenheiten handelte?«

»Nein. Dafür hat er mich nicht bezahlt.«

»Versäumen Sie die Gegenüberstellung nicht«, mahnte Leblanc noch einmal beim Hinausgehen.

EINUNDDREISSIG

Es war Abend geworden, als Leblanc den Heimweg zur Chabot-Villa antrat. Er war noch zum Polizeipräsidium gefahren und hatte Matilda Wilson über die Neuigkeiten informiert, die er im Reedereibüro erfahren hatte, und mit ihr den Ablauf der morgigen Gegenüberstellung besprochen. Dann hatte der Polizeipräfekt aus Paris angerufen und wollte über den Stand der Ermittlungen unterrichtet werden. Nachdem das geschehen war, konnte Monsieur Gautier sich seiner Neugier nicht erwehren – auch Polizeipräfekten sind nur Menschen. Er hätte von Monsieur Delaunay gehört, begann er etwas zögerlich, er, Leblanc, würde demnächst eine … hüstel … Art Wohngemeinschaft mit Monsieur Delaunays Tochter gründen. Lucile hätte ihren Vater gebeten, sich schon nach einer entsprechenden Wohnung umzusehen, die sie kaufen wolle. »Glückwunsch, Leblanc, Sie werden in einer privilegierten Gegend von Paris Fuß fassen und interessanten Leuten begegnen.«

»Ja, sicher«, hatte Leblanc gemurmelt, etwas überrumpelt von der Mitteilung, die ihn auf diesem Umweg erreichte. Er hatte nicht gewusst, dass Lucile und Marie schon konkrete Schritte zur Wohnungsbeschaffung eingeleitet hatten. Die beiden verloren keine Zeit und waren offensichtlich fest entschlossen, dieses Projekt anzugehen. Ja, hatte er noch einmal mit festerer Stimme betont, ja, sie hätten die Absicht, sich zu dritt zusammenzutun. Seine Lebensgefährtin Marie hätte sich häufiger allein gefühlt, wenn er in Ermittlungen steckte. Auf diese Weise hätte sie Gesellschaft. Er war froh, dass ihm dieses Argument gerade eingefallen war.

»Dann kann ich also weiter auf Sie zählen, Leblanc, das ist gut«, hatte der Polizeipräfekt abschließend gesagt. »Und bringen Sie den Chabot-Fall bald zu Ende.«

Leblanc ließ den Wagen vor der Garage stehen. Vom Flur aus entdeckte er Marie und Lucile im Wohnzimmer am Esstisch, vor sich den Laptop, auf dessen Bildschirm sie abwechselnd tippten. Er hörte Sätze wie: »Diese käme auch infrage.« – »Die hat aber nur ein Bad.« – »Ja, stimmt, wir brauchen zwei.« – »Diese hier liegt im fünften Arrondissement, direkt hinter dem Jardin du Luxembourg, sieben Zimmer, zwei Bäder.« – »Die wäre ideal, da ist allerdings eine Menge zu renovieren«.

Leblanc trat ein. »Von eurer Wohnungssuche habe ich bereits von höchster Stelle gehört. Habe ich da auch ein Wort mitzureden?«

Das war scherzhaft gemeint, aber Marie, aus Angst, er könnte noch abspringen, beeilte sich zu bekräftigen: »Klar, es ist nichts entschieden, wir prüfen nur die ersten Angebote. Setz dich zu uns und sieh sie dir an. Übrigens, deine Mutter hat angerufen. Wir hatten ihr zugesichert, dass Dayo in den Ferien zu uns kommen kann. Sie wird ihn nächste Woche bringen. Er kann es kaum erwarten.«

»Der Junge ist jetzt fünfzehn«, sagte Leblanc, »und mitten in der Pubertät. Wir werden ihm einiges bieten müssen, damit er sich nicht langweilt. Ich denke, ich werde ihm auch die dunklen Seiten von Paris zeigen. Wenn er Jura studieren will, kann das nicht schaden.«

»Jacques«, rief Marie empört, »lass das, er kommt aus einer behüteten Umgebung in Yaoundé, das könnte ihn schockieren. Seine Eltern wären bestimmt nicht einverstanden, wenn du ihm die kriminelle Szene vorführst.«

Auch Lucile fand, dass das nicht die richtige Art sei, einem Jungen Paris nahezubringen. »Keine Sorge«, beschwichtigte sie Leblanc, »er kriegt nichts zu sehen, was seiner zarten Seele schaden könnte. Aber ich glaube, ihr unterschätzt seine Neugier.«

Den restlichen Abend verbrachten die drei mit dem Begutachten der Wohnungsangebote, die Luciles Vater von einem Immobilienmakler erhalten und weitergeleitet hatte.

Am nächsten Tag um elf sollte die Gegenüberstellung stattfinden. Auch Lucile hatte Leblanc aufgefordert, sich im Präsidium einzufinden. Da es zu kurzfristig gewesen war, den ehemaligen Personalchef Alexandre Cornet aus Saint-Malo kommen zu lassen, begnügte man sich mit einem Foto, das er gemailt hatte.

Über Videokameras und einen Monitor zur Übertragung verfügte das Polizeipräsidium nicht. Matilda Wilson hatte den Verhörraum mit dem Einwegspiegel leer räumen lassen, sodass alle vorgeladenen Personen darin Platz fanden. Bevor es losging, teilte sie Leblanc das Ergebnis der DNA-Untersuchung mit. Die Spuren, die bei Chabot gefunden worden waren, stammten eindeutig von Pat.

Anthony Grey, der verabredungsgemäß früher als die anderen eintraf, um von ihnen nicht gesehen zu werden, wurde ins Nebenzimmer gebracht, wo er, von den anderen unbemerkt, durch die Glasscheibe des Spiegels die aufgereihten Personen erkennen konnte. Sein Mofa, das einzige Verkehrsmittel, das er besaß, hatte er im Hof des Präsidiums abgestellt. Den Helm trug er noch in der Hand. Weil er dies für eine offizielle Angelegenheit hielt, hatte er ein blaues Baumwolljackett angezogen. Die Hose allerdings wies Spuren von Erde auf, denn er hatte früh am Morgen seine Pflanzen im Garten versorgt. Vor Aufregung begann er zu stottern, eine Eigenschaft, die ihn zu seinem Leidwesen in der Kindheit geplagt, die er im Erwachsenenalter jedoch abgelegt hatte. Nur bei besonderen Anlässen trat sie wieder hervor. Der uneheliche Chabot-Sohn war sich bewusst, dass seine Aussage ausschlaggebend war, dass er möglicherweise dazu beitragen würde, den Mörder seines Vaters zu fassen, eines Vaters, der ihn nicht geliebt und gewollt hatte.

Matilda Wilson biss sich auf die Lippe, was sie bei Nervosität häufig tat. Leblanc spürte, dass sie nah vor der Lösung des Falls standen.

Auf dem Flur versammelten sich die einbestellten Personen: Lucile, ruhig und gelassen; Robert, der beschlossen hatte, sich ab jetzt Henri zu nennen, um aller Welt zu bedeuten, dass er der rechtmäßige Nachfolger seines Vaters war; eine sehr bleiche Pat und ein fahrig wirkender Will Chabot; der Geschäftsführer Christophe Rougier, mit sorgenvoller Miene; und die Sekretärin Helen Hogg, heute im grauen Hosenanzug, wie schon im Büro finster blickend. Alle mieden das Gespräch, und so herrschte Schweigen unter den Wartenden.

Matilda Wilson führte die unfreiwillig zusammengefundene Flurgesellschaft in den Verhörraum, während Leblanc sich mit Anthony Grey im Nebenzimmer aufhielt. Auf dem Tisch lag ein Blatt Papier, auf dem die genaue Uhrzeit des Kommens und Gehens der jeweiligen Besucher Chabots festgehalten werden sollte. Leblanc bat den Zeugen, sich zu konzentrieren, weil es, wie er sagte, auf die Minute ankomme. Dann wurde ihm noch das Foto von Cornet vorgelegt. Den ehemaligen Personalchef sollte er bei der Rekonstruktion des Ablaufs berücksichtigen.

Besondere Konzentration musste Anthony Grey nicht aufwenden, denn er verfügte über ein fotografisches Gedächtnis, das ihm bei der Identifizierung der Personen half. Eine Weile blickte er stumm auf die aufgereihten Personen jenseits der Glasscheibe. Dann zeigte er auf Pat, die zwischen Robert, jetzt Henri, und Will stand.

»Z-z-zuerst kam diese Frau. D-d-das war zwanzig Minuten, nachdem ich mein M-m-mofa abgestellt hatte, zwanzig nach sieben.«

»Vorher hat niemand das Bürogebäude verlassen?«, wollte Leblanc wissen.

»N-n-nein, seit ich dort stand, nicht.«

»Gut. Wann ist die Frau wieder gegangen?«

»Nach einer halben Stunde.« Anthony Greys Stottern verflüchtigte sich, je sicherer er wurde.

»Also um zehn vor acht? Dann protokollieren wir das.«

Er nickte. »Ja. Aber bevor sie ging, ist die andere Frau reingegangen.«

»Was? Welche Frau?«, riefen Matilda Wilson und Leblanc gleichzeitig.

Der besonnene Zeuge zeigte auf Helen Hogg. »Die ist um halb acht gekommen.«

Beide Kommissare starrten Anthony Grey wie eine Erscheinung an. »Das ist die Sekretärin. Sie verwechseln da vielleicht etwas. Haben Sie sie möglicherweise vorher weggehen sehen?«

»Nein«, behauptete der Zeuge mit felsenfester Sicherheit. »Nein, sie ist gekommen. Sie trug einen kurzen roten Rock und ein weißes Hemd mit dünnen Trägern.«

»Das ist allerdings eine Überraschung«, sagte Leblanc, der sich wieder gefasst hatte, und nickte, wie wenn er etwas begreifen würde. »Wann hat sie das Gebäude denn wieder verlassen?«

»Um kurz nach acht.«

Matilda Wilson schrieb die Uhrzeit auf. »Sind Ihnen noch andere Personen aufgefallen?«

»Als die erste Frau weg war, kam dieser Mann, um zehn vor acht. Da war die zweite Frau noch drinnen.« Anthony Grey deutete auf das Foto, das Cornet zeigte. »Aber er blieb nicht lange, höchstens zehn Minuten, dann war er wieder draußen. Er torkelte, machte einen betrunkenen Eindruck.«

»Cornet ist gegangen, kurz bevor Chabot aus dem Fenster gestoßen wurde«, kommentierte Leblanc die Aussage des Zeugen. »Wäre er geblieben, hätte er Chabots Büro betreten – Chabot wäre möglicherweise noch am Leben. Und was passierte dann?«

»Na ja, kurz nachdem die zweite Frau weg war, erschienen noch die beiden Männer da. Sie blieben bis halb neun. Und dann traf die Polizei ein. Da bin ich nach Hause gefahren.«

»Ist Ihnen an der zweiten Frau etwas aufgefallen, als sie aus dem Gebäude trat? War sie anders als vorher?«

»Weiß nicht, sie war in Eile.«

»Die Frau ganz außen«, Leblanc zeigte auf Lucile, »die haben Sie nicht gesehen?«

»Nein.«

»Und den Mann«, er wies auf Rougier, »auch nicht?«

»Nein.«

»Mr Grey«, sagte Matilda Wilson, »Sie müssen noch ein Protokoll mit Ihren Aussagen unterschreiben.«

»Ja.«

»Sie haben uns sehr geholfen, Mr Grey«, fügte Leblanc hinzu. »Die Situation mit Ihrem Vater muss für Sie schwierig gewesen sein. Und Sie haben sich trotz allem Ihre Unabhängigkeit bewahrt.«

»Ach, lange habe ich gar nicht gewusst, wer mein Vater ist. Mutter und ich, wir hatten es gut, haben niemanden vermisst.«

Matilda Wilson schickte alle Vorgeladenen nach Hause, bis auf Helen Hogg, die sie in ihr Büro brachte. Kurze Beratung mit Leblanc, dann wurde der Sekretärin mitgeteilt, sie stehe unter Mordverdacht und habe das Recht, die Aussage zu verweigern und einen Anwalt hinzuzuziehen. Helen Hogg schüttelte nur den Kopf, was immer das heißen mochte. Sie hatte sich ein Kaugummi in den Mund geschoben und bewegte die elastische Masse in ihrem Mund hin und her. Nach den Personalien in der Akte, die Matilda Wilson vorlag, war Helen Hogg am Vortag achtundzwanzig Jahre alt geworden.

»Miss Hogg«, begann sie die Vernehmung, »Sie wissen, warum Sie hier sind? Ein Zeuge hat sie erkannt. Sie sind am Abend von Mr Chabots Tod noch einmal ins Büro gegangen. Das haben Sie uns verschwiegen.«

Die Sekretärin blieb stumm.

»Es wäre besser, wenn Sie uns die Wahrheit sagten, Miss Hogg«, legte Leblanc nach. »Ein Geständnis würde sich in jedem Fall positiv auf das Strafmaß auswirken, glauben Sie mir. Also, was ist an dem Abend passiert?«

Die Beschuldigte überlegte kurz und gab dann folgende Erklärung ab: »Ich hatte mein Handy im Büro vergessen. Das habe ich erst im Pub gemerkt. Deshalb bin ich kurz zurückgegangen. Das Spiel hatte schon begonnen. Die anderen haben gar nicht mitgekriegt, dass ich weg war.«

»Na, so kurz war Ihr Besuch nicht, immerhin eine halbe Stunde, um genau zu sein. Ziemlich lang, um ein Handy zu holen, meinen Sie nicht?«

Miss Hoggs Zähne bearbeiteten das Kaugummi. Sie dachte nach. Ein Zeuge, der sie ins Gebäude hatte gehen sehen, wäre niemals so lange auf der Straße geblieben, um beurteilen zu können, wann sie es wieder verlassen hatte. Der Zeuge war ein Passant, der sich zufällig an sie erinnerte. Deshalb hielt sie dagegen: »So lange war es nicht. Ich habe nur mein Handy geholt und war schon wieder weg.«

»Wo war Henri Chabot zu diesem Zeitpunkt?«

»In seinem Büro, nehme ich an. Er muss noch da gewesen sein, aber ich habe ihn nicht gesehen.«

»Er hatte Besuch, nicht wahr?«

Helen Hogg wirkte leicht verunsichert, aber sie leugnete beharrlich. »Das weiß ich nicht.«

Es reichte Leblanc. Mit leiser Stimme, aber bedrohlichem Ton zischte er die Sekretärin an: »Sie lügen. Der Zeuge konnte exakt angeben, wie lange Sie sich im Gebäude aufgehalten haben. Als Sie ankamen, war Pat Chabot noch bei ihrem Schwiegervater. Sie hörten Stimmen in Chabots Büro und horchten vor der Tür. War es so, Miss Hogg? Was haben Sie da erfahren?«

Schweigen.

Leblanc fuhr unerbittlich fort. »Dass Henri Chabot eine Beziehung mit seiner Schwiegertochter unterhielt, dass diese sogar schwanger von ihm war?«

Schweigen. Nur die Mahlbewegungen der Zähne setzten einen Moment aus.

»Sie haben alles mit angehört, nicht wahr? Und als die Besucherin gegangen war, traten Sie in Henri Chabots Büro und haben ihn erpresst. Sie würden es seiner Frau und seinem Sohn sagen. Was wollten Sie von ihm? Geld vermutlich. Wie viel? Hat er sich geweigert? Sie bekamen Streit, das Fenster war geöffnet. Er stand direkt davor, es war ganz leicht, ein Schubs, und … er fiel. Sie waren erschrocken. Das haben Sie nicht gewollt. Wahrscheinlich nicht, denn damit haben Sie die Kuh, die Sie melken wollten, geschlachtet. War es so?«

Keine Reaktion. Die Verdächtige verweigerte jeden Blickkontakt und schwieg beharrlich.

Matilda Wilson übernahm. »Ein Angriff mit Todesfolge wäre etwas anderes als Mord. Sie sollten gestehen, wirklich. Wie mein Kollege schon sagte, ein Geständnis würde sich positiv auf Ihr Urteil auswirken.«

Die Beschuldigte äußerte sich nicht, ließ sich aber, ohne zu protestieren, eine Speichelprobe entnehmen. Überhaupt wirkte sie teilnahmslos, fast apathisch, ein Eindruck, der durch ihr ununterbrochenes Kauen verstärkt wurde.

»Das reicht wohl für Untersuchungshaft«, meinte Matilda Wilson.

»Auf jeden Fall«, bestätigte Leblanc. »Dringender Tatverdacht, Verdacht auf mögliche Beeinflussung von Zeugen und Vernichtung von Beweismitteln. Haben wir Adresse und Telefonnummer der Freundin, mit der sie im Pub war?«

»Ja, die haben wir.«

»Miss Hogg«, verkündete Matilda Wilson, »ich nehme Sie fest. Sie stehen im Verdacht, Mr Henri Chabot ermordet zu haben. Wenn

Sie von Ihrem Recht, einen Anwalt zu konsultieren, Gebrauch machen wollen, geben Sie uns Bescheid.« Sie ließ zwei Kollegen kommen, die die junge Frau wegführten.

»Merkwürdig«, sagte Leblanc, »wenn man sie im Büro erlebt hat – schnippisch, arrogant, selbstbewusst –, könnte man denken, diese Helen Hogg sei eine andere Person. Sie tut, als würde sie das Ganze nichts angehen. Aber ich bin fest davon überzeugt, dass sie es war. Sie hat Chabot aus dem Fenster befördert, in welcher Absicht auch immer.

»Ja, ich auch«, stimmte Matilda Wilson zu. »Aber wie bekommen wir von ihr ein Geständnis?«

»Hausdurchsuchung, jetzt sofort.«

»Was glaubst du da zu finden?«

»Geld vielleicht? Briefe, Mails …«

»Okay, ich sage der Spurensicherung Bescheid.«

»Wie wirkt sie auf dich?«, wollte Leblanc wissen.

»Wie du gesagt hast, irgendwie abwesend. Vielleicht ist ihr nicht klar, in welcher Lage sie sich befindet.«

»Gestern im Büro war sie schon verändert. Ich dachte, das läge an der Kündigung, aber jetzt glaube ich, dass ihr Henri Chabots schützende Hand fehlt.«

»Warum hat sie ihn dann umgebracht?«

»Wahrscheinlich eskalierte die Situation. Es war bestimmt kein geplanter, vorsätzlicher Mord. Genaueres wissen wir aber erst, wenn sie redet.«

»Sprechen wir noch einmal mit der Freundin?«

»Unbedingt. Die Puzzlesteine fügen sich zusammen.«

ZWEIUNDDREISSIG

Helen Hogg rutschte auf dem Bettrand hin und her. Eine Zelle, neun Quadratmeter, ein vergittertes Fenster, ein Bett aus Metall mit Matratze, ein Tisch, ein Waschbecken, eine Toilette. Ihre persönlichen Sachen hatten sie ihr abgenommen, auch das Kaugummi hatte sie ausspucken müssen. Wie dumm, dass dieser Zeuge sie beobachtet hatte, als sie an dem Abend ins Büro zurückgekehrt war, um ihr Handy zu holen. Aber sie konnten ihr nichts weiter nachweisen, da war sie sich sicher.

Sie und Henri waren allein gewesen, nachdem diese Frau, seine Schwiegertochter, diese Zerstörerin, gegangen war. Sie drängte sich zwischen sie, Helen, und Henri. Dabei hatte sie doch schon einen Mann, Henris Sohn, wieso musste sie sich dann noch an ihn ranmachen. Sie, Helen Hogg, war davon überzeugt, dass Henri das nicht gewollt hatte. Diese Frau hatte ihn gegen seinen Willen verführt, wie Eva, die Adam von der Frucht der Sünde zu essen gegeben hatte. Und jetzt war sie schwanger. Eine Katastrophe! Und Henri, das hatte sie gehört, als sie auf dem Flur stand und lauschte, Henri war bereit, diese Zerstörerin zu heiraten. Warum war sie nicht schwanger geworden nach dieser wunderbaren Nacht mit Henri in Paris? Es war das Schönste, was sie jemals in ihrem Leben erlebt hatte. Dann hätte Henri sie geheiratet. Sie wusste von Anfang an, dass sie für Henri bestimmt war, und er wusste es auch. Das Schicksal hatte sie füreinander bestimmt. Sie musste nur warten. Bis er sich von seiner Frau getrennt hatte, die ihn nicht liebte und schätzte. Dass er das vorhatte, hatte sie mehrfach aus Gesprächen, die er mit anderen führte, herausgehört.

Sie musste zugeben, dass die Zerstörerin schön aussah, anders als seine Frau. Aber sie, Helen, war doch auch schön. Sie tat alles, um ihm zu gefallen. Früher hätte sie so kurze Röcke und enge Blusen nicht getragen. Ihre Eltern hätten ihr solche Kleidung verboten, als sie noch bei ihnen wohnte. Ihr Vater, Chaplain der Church of England im Bezirk Norwich, hielt auf Sitte und Anstand. Sie musste ihm mitteilen, wann sie kam und ging, mit wem sie sich traf. Er bestand darauf, dass sie regelmäßig am Gottesdienst teilnahm. Ihre aus einer streng katholischen französischen Familie stammende Mutter war aus Liebe zu ihrem Mann Mitglied der anglikanischen Kirche geworden. Dass sie nach wie vor den Papst als Oberhaupt der Kirche ansah, teilte sie ihrem Mann nicht mit. Aber ihr, ihrer Tochter, gestand sie diese heimliche Anhänglichkeit an den Katholizismus, tat so, als würde sie sie mit diesem Geständnis in ein großes Geheimnis einweihen.

In Sittenstrenge stand die Mutter ihrem Mann in nichts nach, sie kontrollierte ständig ihr, Helens, Aussehen, bevor sie das Haus verlassen durfte – kein Lippenstift, keine kurzen Röcke, kein Schmuck. Ihre Schulkameraden hatten längst alle ein Tattoo und Piercings. Das hätten ihre Eltern nicht geduldet. Ihr Vater hatte sie nie geschlagen, nein, das nicht, die Drohung mit Hölle und Fegefeuer reichte. Dass sie sie überhaupt aus dem Elternhaus und sogar aus Norwich gehen ließen, hatte sie Onkel James zu verdanken, der bei einem Schiffsversicherer in London arbeitete. Er hatte ihre Eltern überzeugt, dass ihre Tochter eine gute Ausbildung und einen zukunftsweisenden Beruf brauchte, und sie mitgenommen nach London, mit dem Versprechen, er werde auf sie aufpassen.

Am Anfang hatte ihr die große Stadt Angst gemacht, aber bald hatte sie auch die schönen Seiten entdeckt. Und sie war lernbegierig, absolvierte die Ausbildung zur Versicherungsassistentin mit Bravour. Onkel James sorgte dafür, dass sie in seiner Abteilung arbeitete. Und als er dann zum Filialleiter auf Jersey ernannt wurde, nahm er sie mit, sehr zur Freude ihrer Eltern, die in London die Sünde an jeder Straßenecke lauern sahen und sie auf einer Insel vor den großstädtischen Versuchungen in Sicherheit wähnten.

Eines Tages hatte Onkel James ihr gesagt, dass ein bekannter Reeder aus Frankreich, aus Saint-Malo, seinen Firmensitz nach Guernsey verlegen wolle. Er suche noch Personal, sie solle sich bewerben. Mit ihrer Zweisprachigkeit hätte sie gute Chancen und mehr Aufstiegsmöglichkeiten als bei ihm. So hatte sie Henri kennengelernt. Er hatte sie eingestellt und ihr erklärt, was sie zu tun habe, dass sie seine persönliche Assistentin und nur für ihn da sei. Sie hatte ihn sofort geliebt, alles an ihm geliebt, seinen Namen, Henri, Henry, Könige Frankreichs und Englands hießen so, seine Tatkraft, die Hände, das Gesicht. Dass er viel älter war als sie, störte sie gar nicht. Er war ein Herrscher, ein Gott, der auf die Erde gekommen war, um sie, Helen Hogg, in seine Höhe hinaufzuziehen. Sie war die Auserwählte, sie sollte an der Seite dieses Gottes ihre Erfüllung finden. Wie die Jungfrau Maria einst die Auserwählte war, Gottes Sohn zu gebären.

Wenn nur die Zerstörerin nicht aufgetaucht wäre! Aber die bekam Henri jetzt auch nicht, dafür hatte sie, Helen Hogg, gesorgt. Henri war da, wo Gott wohnte. Und sie war überzeugt, dass er sie eines Tages holen würde. Sie würde warten, sie war Warten gewohnt, sie hatte schon so lange gewartet. Im Grunde war er bei ihr, auch in diesen Minuten. Er brauchte sie, wie sie ihn brauchte. Hatte er nicht immer gesagt, sie sei wie eine Mauer, die ihn vor unliebsamen Menschen schütze, sie gelobt dafür, dass sie ihn abschirmte? Für die anderen Aufgaben habe ich genug Personal, hatte er gesagt, du, Helen, bist meine Wächterin, und dabei gelacht. Hatte sie nicht genug auf ihn aufgepasst, dass diese Schlange sich ihm nähern konnte?

Helen Hogg begann zu weinen, Schuldgefühle nagten an ihr. Sie hätte Henri beschützen müssen und hatte versagt. Am Ende war ihr nur der Ausweg geblieben, ihn zu erlösen. Ihre Strafe würde sein, ohne ihn zu leben. Aber das alles konnte sie niemandem sagen, es würde ihr Geheimnis bleiben.

DREIUNDDREISSIG

Die Einzimmerwohnung, die Helen Hogg bewohnte, lag in einem Mehrfamilienhaus in der Sausmarez Street, oberhalb des alten Zentrums von St. Peter Port, im obersten Stock. Leblanc und Matilda Wilson, begleitet von zwei Kollegen von der Spurensicherung, öffneten die Tür und betraten einen Raum, dessen Wände geradezu tapeziert waren mit Fotos von Henri Chabot und Zeitungsausschnitten, die die Reederei betrafen.

»Oh«, entfuhr es Matilda Wilson, und Leblanc pfiff durch die Zähne.

»Sie hat Chabot zu ihrem Idol erkoren. Das übersteigt das Maß der Normalität bei Weitem, meinst du nicht?«

»Ja, sie hätte das Zeug zur Stalkerin gehabt. Wenn sie nicht ihr Liebesobjekt jeden Tag im Büro in persona vor Augen gehabt hätte.«

»Schau mal, es sind in Wirklichkeit nur zwei Aufnahmen, die sie unendlich oft hat reproduzieren lassen. Wahrscheinlich hat sie ihn mit ihrem Handy aufgenommen. Wenn ich mir den Hintergrund ansehe, würde ich sagen, das eine Foto ist in Paris entstanden.«

»Dann müssen die zwei zusammen in Paris gewesen sein.« Matilda Wilson ließ ihre Fantasie spielen: »Er nimmt sie mit auf Dienstreise, sie himmelt ihn an. Er fühlt sich geschmeichelt, ergreift die Gelegenheit und geht mit ihr ins Bett. Es bedeutet ihm nichts, gar nichts, aber für sie ist es die Erfüllung ihrer Wünsche. Vielleicht war er ihr erster Mann. Sie erwartet eine Fortsetzung dieser Beziehung, aber er sieht in ihr nichts anderes als einen belanglosen Seitensprung mit seiner Sekretärin. Sie ist enttäuscht, aber sie wartet darauf, dass sich das Blatt zu ihren Gunsten wendet, sie verdoppelt ihren Ehrgeiz, ihm zu gefallen …«

»Und dann erfährt sie an dem Abend von Pats Schwangerschaft und ist schockiert, wütend, aufgewühlt, ihr Geliebter hat sie verraten …«, ergänzte Leblanc.

»Sie stellt ihn zur Rede, droht ihm, alles zu verraten.«

»Erst versucht er, sie zu beruhigen, bietet ihr Geld an. Aber das verletzt sie noch mehr. Chabot, wie ich ihn kennengelernt habe, neigt zum Jähzorn. Wahrscheinlich brüllt er sie an, vielleicht packt er sie mit den Händen, sie wehrt sich, das Fenster stand die ganze Zeit offen …«

»Und dann … Ja, so wird es gewesen sein. Wir nehmen einige Fotos und die Zeitungsartikel mit.« Die letzten Worte richtete Matilda Wilson an den Kollegen von der Spurensicherung, der schon die Schubladen der Kommode aufzog. »Und Fingerabdrücke sichern, es könnte sein, dass wir welche von Chabot hier finden.«

»Okay«, sagte der Kollege und hielt ein in buntes Papier eingeschlagenes Buch in die Höhe, das er einer Schublade entnommen hatte. »Das ist eine Art Tagebuch.«

»Nehmen wir auch mit, und den Laptop. Ihr macht noch Fotos, ja?«

»Da steht eine Bibel.« Leblanc blätterte darin. »Sie hat Stellen rot markiert. Auf der ersten Seite eine Widmung ihrer Eltern. Sie haben sie ihr zur Kommunion geschenkt.«

»Steck sie ein! Viel gelesen hat sie nicht, jedenfalls besitzt sie kaum Bücher.«

Das Appartement war schnell durchsucht, die Ermittler fanden lediglich Briefe von Helen Hoggs Eltern, aber weder Geld noch Notizen, die auf Chabot verwiesen. Matilda Wilson schickte die beiden Kollegen von der Spurensicherung zurück ins Präsidium.

»Und wir«, wandte sie sich an Leblanc, »fragen die Hausbewohner, ob Chabot hier schon einmal aufgetaucht ist.«

Die Befragung ergab nichts, keiner erinnerte sich an den Mann auf dem Foto. Ob die junge Frau im Obergeschoss sonst irgendwelchen Besuch gehabt hätte? Nein, sie sei immer allein gewesen, keine Freunde, jedenfalls nicht in ihrer Wohnung, auch keine Feiern. Sie sei immer freundlich und hilfsbereit gewesen, hätte schon mal die Mülltüten der Nachbarn zum Container gebracht. Nein, keine Beschwerden, keine laute Musik, eine angenehme Mitbewohnerin. Nein, in ihrer Wohnung seien sie nie gewesen, man habe sich im Treppenhaus getroffen. Was denn los sei?, fragten einige neugierig. Warum die Polizei im Haus sei? Darüber, antwortete Matilda Wilson, könnten sie nichts sagen, es seien laufende Ermittlungen, aber sie bräuchten sich keine Sorgen zu machen, es gebe nichts, was gegen die Sicherheit verstoße.

Angela Clayton befand sich auf dem Weg von der Bank, ihrer Arbeitsstelle, zum White Hart, ihrem Lieblingspub, als sie einen Anruf der Polizei erhielt. Wo sie sich gerade aufhielte, fragte Detective Sergeant Wilson, sie und ihr Kollege müssten sie dringend sprechen. Wahrheitsgemäß teilte Angela Clayton ihren Aufenthaltsort mit, und zehn Minuten später saß die junge, blonde, etwas füllige Frau im Fond des Polizeiwagens, der sie ins Präsidium brachte.

»Es geht um Helen Hogg, Sie sind eine wichtige Zeugin, und Sie sind zur Wahrheit verpflichtet«, mahnte Leblanc. »Eine Falschaussage kann eine Freiheitsstrafe zur Folge haben.«

Die himmelblauen Augen auf den Kommissar gerichtet, nickte die Zeugin zum Zeichen, dass sie verstanden hatte. Zu ihrem Verhältnis zu Helen Hogg befragt, sagte sie, sie sei so etwas wie eine Freundin, aber keine ganz nahe, der man intime Sachen erzähle. Man sei zusammen ausgegangen, meistens in den Pub, manchmal in ein indisches Restaurant, im Sommer gelegentlich an den Strand zum Picknick. Sie habe Helen auf Jersey kennengelernt, als sie beide bei der Versicherungsgesellschaft gearbeitet hätten. Dann sei erst sie, Angela, nach Guernsey zu einer Bank gewechselt, und kurze Zeit danach habe Helen bei der Reederei angefangen. Man habe sich in St. Peter Port wiedergetroffen. Sie selbst sei total fußballbegeistert, Fan vom FC Liverpool, Helen weniger, aber sie sei immer mitgekommen zum Public Viewing. Ja, an dem Donnerstagabend auch, das habe sie der Polizistin bereits gesagt.

Ob sie den ganzen Abend ohne Pause zusammen gewesen seien, wollte Leblanc wissen.

»Ja, eigentlich schon.«

»Was heißt eigentlich?«, fragte Matilda Wilson.

Na ja, ihr sei aufgefallen, dass Helen eine Weile weg war, wie lange, wisse sie nicht. Das Spiel sei ziemlich spannend gewesen und hätte ihre ganze Aufmerksamkeit gefordert. Und dann sei Helen wieder am Tisch gewesen. Sie, Angela, habe gefragt, wo sie gewesen sei, und Helen habe geantwortet, auf der Toilette. Ob ihr schlecht sei, habe sie wissen wollen, weil Helen sehr blass war. Aber sie habe beteuert, es gehe ihr gut. »Ich dachte mir dann, dass Helen vielleicht ihre Tage bekommen hat und nicht weiter darüber reden wollte. Wir haben uns auf das Spiel konzentriert, und ich habe diese Sache völlig vergessen.«

»Sie wissen wirklich nicht mehr, wie lange Miss Hogg abwesend war?«

»Es können zehn Minuten gewesen sein, oder auch länger. Warten Sie mal, ich glaube, als Mohamed Salah das erste Tor schoss, war sie nicht da.«

»Warum haben Sie das nicht früher gesagt? Hat Miss Hogg sie darum gebeten?«

Das Nein kam spontan und überzeugend. »Ich habe wirklich nicht daran gedacht, dass es wichtig sein könnte. Warum hätte ich daran zweifeln sollen, dass Helen, wie sie sagte, auf der Toilette war.«

»Wie würden Sie Miss Hogg charakterisieren?«, fuhr Matilda Wilson fort.

»Sie hat nicht viel erzählt. Dass sie froh gewesen sei, ihr Elternhaus verlassen zu können. Die Eltern sind wohl ziemlich religiös und haben ihr alles Mögliche verboten. Aber – ich kann das nicht begründen – irgendwie schien auch sie mir manchmal seltsam … religiös oder altmodisch. Wahrscheinlich die Erziehung. Sie glaubte an die große Liebe, die ein Leben lang hält, daran, dass Menschen füreinander bestimmt sein können. Wenn ich sie mit Männern bekannt machte, wehrte sie ab.«

»Hat sie erwähnt, ob sie ihre große Liebe bereits gefunden hat?«

»Nicht direkt. Sie hat manchmal komisches Zeug geredet, man müsse warten können und so. Der Richtige sei nicht immer frei. Aber das war's auch schon. Mehr nicht. Sonst war sie fröhlich und nett, und wir hatten Spaß.«

»Haben Sie jemals ihre Wohnung betreten?«

»Nein, nie. Ich wusste, dass sie in einer kleinen Wohnung lebte, die ihr Chef ihr besorgt hatte. Aber sie hat mich nie zu sich eingeladen.«

»Hat sie über ihren Chef gesprochen?«

»Nein, ich glaube nicht. Wenn ja, war es nichts Wichtiges, irgendetwas über die Arbeit vielleicht, ich erinnere mich nicht. Was ist denn nun mit ihr?«

»Sie befindet sich in Untersuchungshaft. Es besteht der dringende Verdacht, dass sie ihren Chef, Mr Chabot, umgebracht hat.«

»Mein Gott, wirklich? Das kann ich mir nicht vorstellen. Sie ist doch keine … Mörderin.«

»Noch ist sie nicht verurteilt, aber es deutet alles darauf hin.«

Die Zeugin Angela Clayton wurde entlassen. Matilda Wilson und Leblanc nahmen sich das Tagebuch vor, das sie in Helen Hoggs Wohnung gefunden hatten. Die ersten Eintragungen datierten aus der Zeit auf Jersey, knappe Schilderungen der Arbeitssituation, Dankbarkeit ihrem Onkel gegenüber, der ihr die Stelle vermittelt hatte und sich im Namen ihrer Eltern um sie kümmerte, gelegentlich Klagen über Einsamkeit, obwohl Kollegen sie aufforderten, sich an Unternehmungen zu beteiligen. Der Name Angela tauchte auf, als Kollegin, zu der Helen Hogg Vertrauen gefasst hatte. Zuerst streute die Tagebuchschreiberin nur gelegentlich Bibelstellen in ihre Aufzeichnungen, dann wurden es mehr. Die Kluft zwischen den geschilderten Erlebnissen – ein Sonntag am Strand mit Freunden von Angela, ein Kinobesuch, ein Essen im Restaurant – und den Bibelzitaten wurde immer größer.

»Auf mir lastet Grimm, mit all deinen Wogen drückst du mich nieder. Entfernt hast du von mir meine Vertrauten, zum Abscheu machtest du mich ihnen. Mein Auge erlischt vor Elend. Den ganzen Tag, Herr, ruf ich zu dir, ich strecke nach dir meine Hände aus (Psalm 88).« Leblanc las den Text laut vor.

»Ich bin kein Psychologe«, sagte er, »aber mir scheint, sie hat die Trennung von ihren Eltern nicht verkraftet und hatte niemanden, mit dem sie darüber reden konnte.«

»Und niemanden, der die Leerstelle eingenommen hätte. Einsamkeit, würde ich denken, und der übersteigerte Wunsch, einen Menschen zu finden, der die Rolle übernahm.«

Leblanc überschlug die Seiten bis zu der Stelle, als Helen Hogg ihre erste Begegnung mit Henri Chabot beschrieb. Die Wortwahl, mit der sie ihn charakterisierte, ließ darauf schließen, dass sie in ihm vom ersten Moment an mehr sah als ihren zukünftigen Chef: gütig, herrlich, stark, groß, mächtig. Und wieder ein Bibelzitat: »Neige dein Ohr mir zu, erlöse mich eilends! Sei mir ein schützender Fels, ein festes Haus, mich zu retten. Denn du bist mein Fels und meine Festung. Du wirst mich befreien aus dem Netz, das sie mir heimlich legten. In deine Hand lege ich voll Vertrauen meinen Geist (Psalm 31).«

»Weißt du, was sie da tut«, rief Matilda Wilson aus, »sie überträgt Liebe und Vertrauen, die man laut Bibel Gott entgegenbringen soll, auf einen Menschen, nämlich Chabot. Sie sieht in ihm ihren Erlöser. Blätter mal weiter, ob da etwas über Chabots Tod vermerkt ist.«

»Hier ist es: Sie notiert das Fußballspiel im Pub, Angelas Begeisterung, dann: ›Er ist der Sünde verfallen, und ich habe ihn erlöst.‹«

»Wir haben mehr als genug Beweise für eine Täterschaft, selbst wenn sie nicht gesteht. Für mich sieht das nach Wahnvorstellungen aus. Da geht alles chaotisch durcheinander, religiöse Verblendung, Verliebtheit, Überhöhung der geliebten Person, unkontrollierbare Idealisierung. Sie scheint in zwei Welten zu leben, äußeres Verhalten und inneres Erleben fallen auseinander. Eine gespaltene Persönlichkeit, würde ich sagen.«

»Chabot hat vermutlich nichts von ihrem Liebeswahn gemerkt oder wollte nichts merken. An Personen seiner Umwelt zeigte er sowieso wenig Interesse. Außerdem schmeichelt es älteren Männern, wenn sie von jungen Frauen angehimmelt werden.«

»Sprichst du aus Erfahrung?« Matilda Wilson hielt sich die Hand vor den Mund. »O, Entschuldigung für den älteren Mann.«

Leblanc grinste. »Schon gut, stimmt ja, mit Mitte fünfzig fällt man in diese Kategorie. Ja, ich bin auch nicht gefeit gegen Bewunderung, aber die Frage ist, wie man darauf reagiert.«

»Chabot hat das ausgenutzt, meinst du?«

»Wie ich ihn erlebt habe, kann ich mir das gut vorstellen.«

»Dann holen wir Helen Hogg noch einmal zur Vernehmung und konfrontieren sie mit den Indizien. Die Beweislast ist so erdrückend, dass sie gestehen müsste. Vielleicht empfindet sie es sogar als Erleichterung, sich endlich alles von der Seele zu reden.«

»Ich würde vorschlagen, dass wir einen Psychologen, besser noch eine Psychologin hinzuziehen. Habt ihr hier einen Polizeipsychologen?«

»Nein, ich müsste aus London einen anfordern. Aber wir haben bisher, vor allem bei Problemen zwischen Kindern und Eltern, eine

Schulpsychologin zurate gezogen. Ich kann sie bitten, an der Vernehmung teilzunehmen.«

»Ja, ich denke, das ist eine gute Idee. Es könnte helfen, ihr seelisches Chaos zu erhellen. Später wird die Staatsanwaltschaft sowieso einen eigenen psychologischen Gutachter beauftragen.«

Matilda Wilson rief die Schulpsychologin an und schilderte ihr die Situation. Mrs Simmons erklärte sich bereit, am übernächsten Tag ins Präsidium zu kommen und an der Vernehmung von Helen Hogg teilzunehmen, vorher sei sie nicht disponibel. Leblanc nickte Matilda zu, zum Zeichen, dass er einverstanden war. Seine Arbeit war im Grunde getan. Trotzdem wollte er bei dieser letzten Vernehmung dabei sein. Die Indizien allein würden ausreichen, um Helen Hogg zu überführen, aber er wollte ihre Darstellung der Tat hören.

Für den nächsten Tag war die Testamentseröffnung in Saint-Malo angesetzt, und Lucile würde erfahren, wie Henri Chabot sein Erbe aufgeteilt wissen wollte. Er sollte mit Marie an die Rückreise nach Paris denken.

VIERUNDDREISSIG

Den nächsten Tag hatten Leblanc und Marie ganz für sich. Sie beschlossen, in den Norden der Insel zu fahren, sich einen schönen Strand zu suchen und in einem netten Lokal Meeresfrüchte zu essen. Marie entging nicht, dass Leblanc wortkarg und bedrückt war. Ihre Befürchtung, er habe Bedenken wegen der bevorstehenden Änderung der Wohn- und Lebenssituation, stellte sich als unbegründet heraus. Seine Gedanken hingen der gestrigen Vernehmung nach. Nachdem er bisher über die laufenden Ermittlungen kein Wort verloren hatte, erzählte er Marie nun von der Wendung, die der Fall genommen hatte, von Helen Hogg, der mutmaßlichen Täterin und ihren Motiven. Auch bei Marie rief das Schicksal der jungen Frau, die nun einer Verurteilung entgegensah, Mitleid hervor.

»Wie schrecklich, dass sie niemanden zum Reden hatte«, sagte Marie, »keine Vertrauensperson. Sie hat sich in das geflüchtet, was sie von ihrem Elternhaus kannte, die Bibel. Aber die hat ihr nicht helfen können. Ich finde, die Eltern trifft eine Mitschuld, wenn sie ihr Kind zur Lebensuntüchtigkeit erziehen. Man kann sich doch heutzutage nicht in Religion oder Glauben zurückziehen und die Welt und ihre Probleme außen vor lassen. Ein Kind, das so aufwächst, hat kein Rüstzeug, um mit eigenen Schwierigkeiten fertigzuwerden.«

Wunderbare Marie, dachte Leblanc und sah sie still von der Seite an, wunderbare einfühlsame Marie mit ihrem Gespür für die Seelennöte anderer Menschen. »Wir sollten nach Hause fliegen«, sagte er schließlich, »am besten morgen, wenn es einen Flug am Abend gibt. Ich möchte noch einmal ins Präsidium, wenn wir Helen Hogg zusammen mit der Psychologin vernehmen. Aber dann – nichts wie weg, irgendwie habe ich diese Insel satt.«

»Ich auch. Und Lucile, die würde auch am liebsten so schnell wie möglich ihre Sachen packen. Ich bin gespannt, was sie von der Testamentseröffnung berichtet.«

Das erfuhren Marie und Leblanc am Abend, als Lucile in die Villa zurückkehrte.

»Keine Überraschungen, was die Aufteilung des Erbes angeht«, rief sie, als sie die fragenden Gesichter sah. »Aber stellt euch vor, was der Notar gesagt hat: Henri hat ihn an dem Abend, bevor er starb, angerufen und angekündigt, er wolle sein Testament ändern zugunsten seiner Schwiegertochter, sie solle sein Ferienhaus und zwanzig Prozent der Anteile an den Wertpapieren bekommen. Robert sah aus, als würde ihn der Schlag treffen, Pat nickte nur abwesend. Pat hat überhaupt einen völlig verstörten Eindruck gemacht, ganz anders als sonst. Leider, musste der Notar einräumen, sei eine mündliche Anweisung nicht rechtsgültig. Deshalb könne dieser letzte Wunsch des Verstorbenen nicht berücksichtigt werden. Es bleibe bei dem schriftlich vereinbarten Testament.«

»Und«, fragte Marie, »wie sieht das aus?«

»Robert gehört jetzt die Reederei allein. Henri hielt es nicht für gut, Will Anteile daran zu vererben. Ihm war wichtig, dass sie in einer Hand bleibt. Und Robert ist zweifellos der Geeignetere. Will kriegt die Immobilien in Paris und einigen Landbesitz in der Bretagne, dazu einen Teil der Aktien und Wertpapiere. Und ich bin Besitzerin dieses Hauses, das ich so schnell wie möglich verkaufen werde, es ist zwei Millionen Pfund wert. Damit die Einlagen der Reederei bei Banken nicht aufgelöst werden, hat Henri verfügt, dass Robert mir aus den Guthaben monatlich eine Summe von sechstausend Euro zahlt. Und mir gehört das Ferienhaus in Cancale, das er zuletzt Pat schenken lassen wollte. Ich überlege, ob ich es ihr schenke, wenn es Henris letzter Wille war.«

»Das wäre eine großzügige Geste«, meinte Leblanc. »Es könnte sein, dass sie es brauchen wird, wenn Robert erfährt, dass Pat von seinem Vater schwanger ist.«

»Pat ist schwanger?«, rief Lucile entgeistert aus. »Das erklärt ihren Ausnahmezustand. Ich habe sie noch nie so durcheinander gesehen, sie ist sonst die Kälte und Überlegenheit in Person. Robert scheint etwas zu ahnen, er machte eine Bemerkung, als der Anwalt von der Testamentsänderung sprach, so etwas wie ›Na, das sollte wohl der Lohn sein‹. Zum Glück ist das alles nicht mehr mein Problem.«

»Jacques und ich, wir fliegen morgen nach Paris zurück«, sagte Marie. »Und du kommst nach, sobald du hier alles abgewickelt hast, ja? Wenn du willst, begutachte ich schon mal die Wohnung, die wir ausgesucht haben.«

»Ja, tu das, unbedingt, wir sollten den Eigentümer nicht länger warten lassen mit der Zusage. Ich wünschte, ich könnte euch begleiten. Mit dem Hausverkauf beauftrage ich einen Makler, dann verpacke ich mein persönliches Hab und Gut, natürlich nur das, was mir wirklich wichtig ist, die Möbel bleiben hier. Und dann Adieu, ungeliebtes Guernsey.«

Wie glücklich Lucile aussieht, dachte Leblanc. Die letzten zwei Wochen haben sie völlig verändert. Ich sehe sie noch vor mir, wie sie mich am Flughafen abgeholt hat, eine eingeschüchterte, abgemagerte Frau ohne Selbstbewusstsein. Und jetzt! Sie hat ihr Leben zurückerhalten, sie ist als Einzige davongekommen. Wenigstens etwas Positives in diesem Fall, der eher einem Drama glich. Im Rückblick schien es Leblanc, dass Henri Chabot alle Personen in seiner näheren Umgebung ins Unglück gestürzt hatte: Entweder er hatte ihr Leben zerstört, wie bei seinen einstigen Angestellten aus Saint-Malo oder bei Helen Hogg und Pat Chabot, oder er hatte solche gierigen Monster wie seine Söhne hervorgebracht, die nichts lieber getan hätten, als ihren Vater zu beseitigen. Ja, dachte Leblanc, der Fall Chabot hätte Stoff für eine antike Tragödie sein können.

»Was ist mit dir?«, fragte Lucile, die merkte, dass Leblanc in Gedanken versunken war.

»Ach, nichts«, erwiderte er, »ich freue mich nur, dass es dir gut geht.«

Die Taschen waren gepackt, als Leblanc am nächsten Vormittag zum letzten Mal mit seinem Dienstwagen ins Präsidium fuhr. Es war vereinbart, dass Lucile und Marie ihn nachmittags abholen und sie gemeinsam zum Flughafen fahren würden.

Matilda Wilson stellte Leblanc die Psychologin Mrs Simmons vor, eine große, brünette Frau Mitte vierzig, in deren Gesicht sich der Wunsch widerspiegelte, bei den Menschen ihrer Umgebung für Harmonie zu werben, sanftes Lächeln, verständnisvoller Blick. Die Kleidung in milden Rottönen schien dazu angetan, dieses Vorhaben zu begünstigen. Die Kommissarin hatte Mrs Simmons bereits über den Fall der verhafteten Helen Hogg informiert und ihr das Tagebuch gezeigt.

»Wir lassen sie jetzt bringen«, kündigte Matilda Wilson an.

»Sprechen Sie mit ihr«, sagte Leblanc zu der Psychologin, »wir halten uns zurück. Nur wenn es um Details zum Tathergang geht, greifen wir ein.«

Helen Hogg schien kaum verändert im Vergleich zur letzten Vernehmung, nur das Kaugummi fehlte. Die zwei Nächte in Untersuchungshaft hatten keine, zumindest keine äußeren Spuren hinterlassen.

»Wie geht es Ihnen, Miss Hogg?«, fragte die Psychologin.

»Gut«, antwortete die Angesprochene knapp. Sie schien sich, wie beim letzten Mal, aufs Schweigen verlegen zu wollen.

Mrs Simmons erklärte ihr noch einmal, was man ihr vorwarf. Aber auch darauf reagierte sie nicht. Erst das Vorzeigen ihres Tagebuchs rief bei Helen Hogg eine Wirkung hervor, sie versuchte, danach zu greifen, griff aber ins Leere. Die Psychologin hatte es zurückgezogen und reichte es Matilda Wilson. »Wir haben es gelesen«, begann sie. »Sie zitieren oft aus der Bibel. Sind Sie religiös?«

Die Frage verwirrte Helen Hogg offensichtlich. Sie stammelte, ihre Eltern seien religiös. Sie sei es gewohnt, die Bibel zu lesen.

»Dann kennen Sie auch die Zehn Gebote?«, fuhr die Psychologin fort.

»Ja.«

»Du sollst nicht töten. Wie stehen Sie dazu?«

»Das stimmt«, murmelte die Angeklagte.

»Was meinen Sie damit? Dass Sie das Gebot richtig finden?«

»Ja.«

»Miss Hogg«, beharrte Mrs Simmons nun eindringlicher, »erklären Sie mir, warum Sie dennoch getötet haben. Warum Sie, obwohl Sie die Zehn Gebote anerkennen, gegen eines verstoßen haben. Sie haben Ihren Chef, Mr Chabot, aus dem Fenster geschubst, nicht wahr? Warum? In Ihrem Tagebuch steht dazu: ›Er ist der Sünde verfallen, und ich habe ihn erlöst.‹ Was meinen Sie damit?«

Die Angeklagte rutschte auf ihrem Stuhl hin und her, sichtlich nervös. »Wer Sünde tut, stammt vom Teufel«, flüsterte sie. »Er war nicht mehr rein.«

»Weil Sie gehört hatten, dass Mr Chabot ein Verhältnis mit seiner Schwiegertochter hatte und die ein Kind von ihm erwartete?«

»Er war mir versprochen.«

»Hat er Ihnen das irgendwann einmal gesagt?«

»Ich wusste es.«

»Sie waren mit ihm in Paris, nicht wahr?«

»Ja.«

»Hatten Sie dort Sex mit ihm?«

Helen Hogg sprang wütend auf. »Wie können Sie so etwas Schreckliches sagen. Wir haben uns einander versprochen.«

»Gut«, beruhigte sie die Psychologin, »dann schildern Sie uns bitte, wie genau das … sagen wir: Unglück passiert ist. Es war doch ein Unglück, oder? Sie haben mit Mr Chabot gestritten, es kam zu Handgreiflichkeiten?«

»Nein. Ich habe ihn daran erinnert, dass er mir gehört: ›Du gehörst mir, es ist falsch, was du getan hast, das darfst du nicht.‹ Da hat er geschrien. Ich habe nicht zugehört, nur immer wiederholt: ›Du gehörst mir, du gehörst mir.‹ Er öffnete das Fenster, er brauchte frische Luft. ›Bei dem Wahnsinn hier erstickt man ja‹, sagte er und beugte sich aus dem Fenster. Er sah mich nicht an, er stand mit dem Rücken zu mir. Es war nicht schwer, er verlor sofort das Gleichgewicht und fiel.« Helen Hogg zeigte keine innere Erregung, keine Tränen, keine Verzweiflung, sie hatte die Worte ohne innere Anteilnahme gesprochen.

Die Psychologin ignorierte die apathische Haltung der Geständigen. Von ihrer Natur her dazu neigend, durchweg das Positive zu betonen, schickte sie sich nun an, Trost zu spenden. »Es ist gut, dass Sie Ihre Seele erleichtert haben.«

Matilda Wilson griff ein. »Sie brauchen einen Anwalt, Miss Hogg. Sollen wir Ihre Eltern benachrichtigen?«

Der Gedanke an die Eltern schien bei Helen Hogg Panik auszulösen. »Nein«, schrie sie aufgebracht, »nicht meine Eltern, sie haben damit nichts zu tun.«

»Ist gut«, beschwichtigte Mrs Simmons, »wenn Sie nicht wollen. Vielleicht schreiben Sie ihnen einen Brief. Schreiben ist oft leichter als reden.«

Matilda Wilson schaltete das Aufnahmegerät ab. Einen Moment lang verharrten alle in Schweigen. Leblanc konnte nicht sagen, dass ihn das Geständnis der jungen Frau erfreute. Die ganze Geschichte kam ihm vor wie ein Drama, in dem verschiedene Schicksalsfäden zu einem verhängnisvollen Kulminationspunkt zusammenliefen. Er bot an, Kaffee zu besorgen, und verließ das Büro, um am Automaten welchen zu holen.

Auf dem Flur, schräg gegenüber von Matilda Wilsons Büro, saß Pat Chabot auf einem Stuhl, als hätte sie einen Termin. Wäre Leblanc ein wenig aufmerksamer und nicht in Gedanken noch bei der Vernehmung gewesen, hätte er vielleicht den leeren Blick der Wartenden wahrgenommen. Vielleicht wäre ihm auch aufgefallen, wie schlecht Pat aussah, eingefallene Wangen, tief liegende Augen, zusammengekrümmte Haltung.

So aber fragte er nur: »Wollen Sie mit mir sprechen?«

Sie verneinte.

»Dann sage ich Detective Sergeant Wilson Bescheid. Sie ist noch beschäftigt, wird sich aber gleich um sie kümmern.« Er setzte seinen Weg zum Automaten fort. Es dauerte eine Weile, ehe er einen Pappdeckel für den Transport der vier Becher gefunden hatte. Als er um die Ecke bog, um ins Büro zurückzukehren, sah er, wie Helen Hogg in Begleitung eines Polizisten den Flur betrat. Entweder wollte sie zurück in ihre Zelle oder hatte darum gebeten, zur Toilette begleitet zu werden. Was sich dann vor seinen Augen abspielte, musste in Sekundenschnelle passiert sein. Dennoch sah er alles wie in Zeitlupe verlangsamt.

Pat sprang auf, hielt ein Messer in der Hand, das sie unter ihrer Jacke verborgen hatte, stürzte sich auf Helen Hogg und stach ihr mehrfach in Brust und Bauch. Der begleitende Polizist schien von dieser Attacke so überrascht, dass er erst mit Verzögerung reagierte und die Angreiferin abwehrte. Helen Hogg brach zusammen, die Hände auf den Bauch gepresst. Blut rann aus den Wunden und bildete eine Lache auf dem Boden. Der Polizist umklammerte Pat, die immer noch das Messer in der Hand hielt. Sie wehrte sich nicht.

Leblanc, am anderen Ende des Flurs, ließ das Papptablett mit dem Kaffee fallen, rannte so schnell er konnte zum Ort des Geschehens und brüllte dabei, so laut er konnte: »Nein!«, immer wieder »Nein!«. Keiner hatte einen Laut von sich gegeben, auch die verletzte Helen Hogg hatte nicht geschrien, als ihr die Messerstiche zugefügt wurden.

Als er bei der am Boden Liegenden ankam, waren Matilda Wilson und die Psychologin schon auf den Flur gelaufen. Die Kommissarin nahm der leblos wirkenden Pat das Messer ab, führte sie mitsamt dem Polizisten in ihr Büro und rief den Notarzt. Leblanc kniete neben Helen Hogg und presste seine Hände auf die Wunden, um die Blutungen aufzuhalten. Fünfzehn Minuten später traf der Arzt ein, der die Verletzungen notdürftig versorgte, und Helen Hogg wurde ins Krankenhaus gebracht. Sie lebte, aber ob sie überleben würde, war nicht abzusehen.

Pat saß zusammengesunken auf einem Stuhl, die blutigen Hände baumelten an den Seiten herunter. Die Psychologin stand kreidebleich und tief atmend an der Wand. Der Schock war ihr ins Gesicht geschrieben. Matilda Wilson fasste sich als Erste wieder.

»Um Gottes willen, warum haben Sie das getan?«, rief sie aus. »Sie machen sich unglücklich.«

Langsam, als würde sie aus innerer Erstarrung emportauchen, hob Pat Chabot den Kopf. »Unglücklicher kann ich nicht mehr werden.«

Leblanc hatte sich das Blut von den Händen gewischt. »Sie wussten, dass Helen Hogg für den Tod Ihres Schwiegervaters verantwortlich ist?«, fragte er.

»Mein Mann hat es mir gesagt.«

Matilda Wilson fühlte sich zu einer Erklärung verpflichtet. »Ich habe Robert Chabot vorgestern angerufen, um ihm mitzuteilen, dass seine Sekretärin verhaftet wurde.«

»Sie wollten Helen Hogg umbringen, weil sie Ihnen den Geliebten genommen hat?«, wollte Leblanc wissen.

»Ich hatte keine Absicht, ich habe es mir nicht vorgenommen. Ich wusste ja gar nicht, ob ich ihr hier begegnen würde.«

»Aber immerhin sind Sie mit einer Waffe, einem Messer, hier aufgetaucht und haben auf eine Gelegenheit gewartet.«

»Ich wollte es dem Schicksal überlassen, was passierte.«

»Dem Schicksal? Sie selbst haben Schicksal gespielt, Sie haben vorsätzlich und bewusst einen Mord geplant. Woher hatten Sie das Messer?«

Der Anflug eines Lächelns erschien auf Pats jammervollem Gesicht. »Aus der Kajüte von Henris Yacht. Ich habe den Schlüssel, seit wir einmal zusammen unterwegs waren. Es ist ein sehr scharfes japanisches Messer, Henri hat rohen Fisch damit geschnitten, er liebte Sashimi.« Das Lächeln verschwand wieder. »Die Sekretärin hat Robert von mir und Henri erzählt, auch, dass das Kind von ihm war. Mein Mann verlässt mich, er reicht die Scheidung ein.«

Matilda Wilson fiel Pats Wortwahl auf. »Wieso sagen Sie *war*?«

»Ich habe es verloren. Vorgestern Abend setzten heftige Blutungen und Schmerzen ein, der Gynäkologe im Krankenhaus konnte nichts mehr tun. Eine Fehlgeburt in der achten Woche. Mein Leben ist sowieso zerstört, ob ich nun im Gefängnis sitze oder nicht. Es ist mir egal.«

»Diese Ansicht werden Sie noch ändern, glauben Sie mir. Hoffen Sie, dass Helen Hogg überlebt. Und besorgen Sie sich einen guten Anwalt.« Leblanc zögerte, dann fügte er hinzu: »Es tut mir wirklich leid, was Ihnen passiert ist.«

»Ich nehme Sie jetzt fest, Mrs Chabot. Ihnen wird schwere Körperverletzung zur Last gelegt, mit oder ohne Todesfolge, das wird noch zu klären sein. Sie dürfen jemanden anrufen. Möchten Sie das tun?«

»Ja, meine Mutter.«

Für Leblanc wurde es Zeit, sich zu verabschieden. Sicher warteten Marie und Lucile schon im Auto auf ihn. Er reichte Matilda Wilson die Hand. Sie wirkte erschöpft. Aus ihren zusammengebundenen roten Haaren hatten sich Strähnen gelöst, die sie wiederholt hinter die Ohren strich, die ihr aber immer wieder ins Gesicht fielen.

»Der Fall war eine harte Nuss«, sagte Leblanc. »Zu Beginn keine Zeugen, eine schwierige Beweislage, mehrere Verdächtige, die sich als unschuldig herausstellten. Ich weiß, dass dir zwischendurch Zweifel kamen. Es wäre leicht gewesen, die Akte zu schließen. Selbstmord – und fertig. Keiner hätte auf Nachforschungen bestanden. Aber du bist drangeblieben, und das zeichnet einen guten Ermittler aus. Du bist eine gute Ermittlerin, Matilda, wenn ich das als älterer Mann, ohne überheblich zu wirken, sagen darf. Ich meine das ernst. Und schließlich habe ich dir mein Leben zu verdanken. Wenn du nicht alles getan hättest, um mich zu finden, dann wäre ich wohl jetzt … Das mag ich mir nicht vorstellen. Danke, Matilda.«

»Ich möchte dir auch etwas sagen«, begann Matilda Wilson und schluckte. »Ja, ich habe dich tatsächlich das eine oder andere Mal zum Teufel gewünscht, weil sich in diesem Fall überhaupt keine Lösung abzeichnete und du stur weitergemacht, die Sackgassen einfach ignoriert hast. Aber ich habe weder auf der Polizeiakademie noch in meiner bisherigen Praxis so viel gelernt. Dass es jetzt so schrecklich enden musste …«

»… das konnte niemand vorhersehen, und schon gar nicht verhindern. Am ehesten ich, wenn ich mir Pat draußen auf der Bank näher angesehen hätte. Aber vermutlich selbst dann nicht. Man kann nicht in Menschen hineinblicken. Ich rufe dich an, um zu erfahren, ob Helen Hogg den Angriff überlebt hat.«

Zum Abschied umarmte Leblanc Matilda, die nicht verhindern konnte, dass ihr, sei es die Erschöpfung, sei es der Abschiedsschmerz, Tränen in die Augen traten. Sie wandte den Kopf ab, der rote Haarschopf wippte, und fasste sich an die Stirn, eine Geste, als erinnerte sie sich gerade an etwas.

»Ach«, sagte sie, »was ich vergessen habe: Der Russe, Tursanow, der dich entführt hat – sein Boot wurde in Plymouth aufgefunden, aber von ihm keine Spur. Die Kollegen dort vermuten, dass er mit gefälschten Papieren auf einem Schiff angeheuert und sich ins Ausland abgesetzt hat. Interpol ist benachrichtigt. Falls sie ihn finden, gebe ich dir Bescheid.«

Vor dem Präsidium warteten bereits Lucile und Marie. Als sich Leblanc näherte, riefen beide bestürzt: »Was ist passiert? Hast du dich verletzt?«

Er hatte seine Kleidung nicht gesäubert, Hemd und Hose wiesen Blutflecken auf. »Ist nicht mein Blut, keine Panik«, versuchte er sie zu beruhigen. Auf dem Weg zum Flugplatz erzählte er ihnen, was geschehen war.

Marie sah in der Messerattacke eine weitere Bestätigung für ihre Abneigung gegen diesen Guernsey-Einsatz. »Von Anfang an war mir nicht wohl. Ich bin froh, dass wir abfahren, diese Insel macht mir Angst. Komm bald zu uns, Lucile, bleib nicht länger hier.«

»Mach ich«, bestätigte Lucile und fügte lächelnd hinzu: »Auch wenn wir alle erleichtert sind, diesen Ort zu verlassen – ohne die Insel hätten wir uns nicht kennengelernt.«

In der Flughafenhalle ließ Leblanc die beiden Frauen allein und begab sich zum Zeitungskiosk, um eine französische Zeitung zu kaufen. Schon von Weitem sprang ihm die Zeile auf der Titelseite von *Le Monde* ins Auge: »Gewalttätige Ausschreitungen in Paris. Muss der Polizeipräfekt gehen?«

Er wählte die Nummer von Monsieur Gautier, der sofort am Apparat war.

Was es mit dieser Meldung auf sich habe, fragte ihn Leblanc.

»Mir wird vorgeworfen, zu lange mit den Einsätzen gezögert zu haben. Ein früheres Eingreifen hätte die Eskalation verhindert, meinen gewisse Leute. Andere stehen hinter mir. Wir werden sehen, wer sich durchsetzt. Das Ministerium war übrigens not amused von Ihrem Einsatz auf Guernsey. Ich hätte die Genehmigung für die offizielle Zusammenarbeit verweigern sollen, wegen der schwierigen Brexit-Situation …«

»Aber wieso? Guernsey hat doch mit dem Brexit nichts …«

»Wem sagen Sie das. Gegen Ignoranz lässt sich schwer argumentieren. Meine Gegner nutzen jede Gelegenheit, um mich zu schwächen. Die gewissen Leute würden es lieber heute als morgen sehen, wenn ich meinen Posten räume. Aber das ist ja nicht neu. Sie sind auf dem Rückweg?«

»Ja, ich komme morgen in Ihr Büro und erstatte genauen Bericht.«

»Tun Sie das, Leblanc, gute Reise.« Die letzten Worte murmelte der Polizeipräfekt geistesabwesend vor sich hin. Andere, wichtigere Aufgaben warteten auf ihn.

FÜNFUNDDREISSIG

Monsieur Leblanc, bitte«, rief die weiß gekleidete Assistentin ins Wartezimmer der Zahnarztpraxis von Docteur Puget.

Sich selbst beobachtend war Leblanc die Stufen in den ersten Stock zur Praxis emporgestiegen. Heute sollte der abgeschliffene Zahn seine Krone bekommen. Wo war seine Angst geblieben? Seine Panik? Er zwang sich, an eine Spritze zu denken, die in sein Zahnfleisch eindrang. Nichts. Er empfand nichts. Auch im Wartezimmer verließ ihn der Gleichmut nicht, er verspürte keinen Fluchtimpuls. Angenehm, dachte er, und hieß diese neue stoische Haltung willkommen. Gelassen trottete er hinter der Assistentin her ins Behandlungszimmer. Wieder begrüßte ihn Docteur Puget mit einer Herzlichkeit, als seien sie engste Freunde, die sich ein paar Wochen nicht gesehen hatten.

»Eine sehr hübsche Krone, sehen Sie mal, Herr Kommissar«, sagte der Arzt und hielt Leblanc das Meisterstück zahntechnischen Handwerks zur Begutachtung hin. »Damit wird Ihr Dens caninus wieder voll einsatzfähig sein.«

»Ja, sehr hübsch«, bestätigte Leblanc nickend.

Dann öffnete er bereitwillig den Mund.

»Dann wollen wir mal das Provisorium …« Der Arzt zögerte. »Was ist das denn? Was Sie da im Mund haben, entstammt aber nicht meiner Praxis. Wo haben Sie mein schönes Provisorium gelassen?«

»Das steckt im Moos in einem Nazitunnel auf Guernsey«, erklärte Leblanc kurz und knapp.

Der Zahnarzt stieß einen anerkennenden Pfiff aus. »Alle Achtung! Abenteuerurlaub auf einer Kanalinsel mit Survivaltraining. Da haben Sie sicher einiges erlebt.«

»So etwas Ähnliches«, sagte Leblanc. »Ich musste mir dort ein neues Provisorium einsetzen lassen.«

»Nicht schlecht, gar nicht schlecht«, urteilte Docteur Puget. »Die Kollegen dort verstehen ihr Handwerk. Gut, dann schreiten wir jetzt zur lokalen Anästhesie, es reicht eine geringe Dosis.«

Die Kanüle drang in Leblancs Zahnfleisch. Er spürte den Einstichschmerz, blieb aber auch jetzt vollkommen ruhig und überließ sich widerstandslos den Händen des Arztes.

Nach einer Weile, Leblanc hätte nicht sagen können, wie lange es gedauert hatte, verkündete der Arzt das Ende der Behandlung und reichte ihm einen Spiegel.

»Hier, sehen Sie sich das an! Ein nagelneuer Dens caninus. Na, was sagen Sie?«

Docteur Puget zog Leblancs Oberlippe, die er zwischen Daumen und Zeigefinger geklemmt hatte, nach oben, sodass der Patient freie Sicht auf sein Gebiss hatte. Es schien Leblanc, als ob der neue Eckzahn länger und spitzer wäre als der alte, irgendwie tierisch, wie ein Hund oder ein Wolf.

»Ist der nicht ein wenig … lang?«

»Ich würde sagen … das ist im Rahmen. Na ja, vielleicht ein wenig … länglich. Das könnte Ihnen als Kommissar doch nützlich sein bei der Verbrecherjagd. Drohgebärde nennt man das bei Tieren. Sie fletschen die Zähne, und die Angreifer ergreifen die Flucht. Ha, ha.«

»Es ist nur so, dass wir Verbrecher nicht in die Flucht schlagen, sondern in Haft nehmen wollen.«

»Dann erschrecken Sie den Bösewicht eben. Er erstarrt, und Sie können ihn wie eine reife Frucht vom Baum pflücken.«

»Ich werde Ihre innovativen Vorschläge an die Polizeipräfektur weiterleiten, Herr Doktor, und Ihnen vom Erfolg der Maßnahmen berichten.«

Die Freude darüber, dass die Panikattacken ausgeblieben waren, konnte nicht darüber hinwegtäuschen, dass Leblanc Erleichterung empfand, als er nach beendeter Behandlung die Avenue de Wagram überquerte und der Métro-Station entgegenstrebte. So eine Zahnarztbehandlung ist einfach nicht angenehm, dachte Leblanc, mit oder ohne Angst.

Glücklich, wieder in Paris zu sein, richtete sich sein Blick nach oben ins Azurblau des Himmels. Die Betäubungsspritze verlor an Wirkung, er spitzte die Lippen und pfiff leise ein Lied von Édith Piaf vor sich hin: »Sous le ciel de Paris s'envole une chanson, hum hum …«

Autorin

Catherine Simon ist das Pseudonym für Sabine Grimkowski. Bis Ende 2017 arbeitete sie als Redakteurin beim Südwestrundfunk. Regelmäßig fährt sie in die Normandie und wohnt in Trouville im legendären Hôtel des Roches Noires, wo schon Marcel Proust logierte und Marguerite Duras eine Wohnung besaß. Seit Anfang 2018 lebt Sabine Grimkowski als freie Autorin in Hamburg.

Catherine Simon im Goldmann Verlag:

Kein Tag für Jakobsmuscheln. Der erste Fall für Kommissar Leblanc
Wintergäste in Trouville. Der zweite Fall für Kommissar Leblanc
Bitterer Calvados. Der dritte Fall für Kommissar Leblanc
Falsche Austern. Der vierte Fall für Kommissar Leblanc
Kalter Hummer. Ein Fall für Kommissar Leblanc

Alle auch als E-Book erhältlich